穆旦译文集

查良铮

MUDAN YIWENJI

3

人民文学出版社

一九五六年四月与长子英传、次子明传照于天津。

一九五一年于芝加哥。

拜伦小传

乔治·戈登·拜伦(1788-1824)是苏格兰贵族,于1788年1月23日出生于伦敦。他的祖父约翰·拜伦是海军军官,人称"坏天气杰克",一生航海,常遇风暴,并曾沉船和漂泊。他父亲亦名约翰,绰号"疯杰克",是个侍卫军官和浪荡子,曾骗一位侯爵夫人和他结婚,又对她不忠和虐待,这位夫人几年后去世,转年他娶聚了一位贵族凯小姐凯瑟林·戈登,很快挥霍完她的产业,就在拜伦诞生不久,他为逃避债务而遗弃家庭,跑到法国,两年后在法国死去。他和前妻生了一女,名奥古斯达,是拜伦一生中最珍爱的姐姐。

拜伦天生跛一足,并对此很敏感。他出生后不久,母亲就带他移居在苏格兰的爱勃丁城过着式微而贫困的生活,这对他后日有相当影响,同时他也熟悉了苏格兰的粗犷和乡野的生活。他十岁时,由于叔祖死去,拜伦家族的世袭爵位及产业(纽斯泰德住寺院是其府邸)落到他身上,成为第六世拜伦勋爵,境况立刻好转起来,于是移居伦敦。在1799年

为《拜伦诗选》写的《拜伦小传》第一页手迹。

洛钦伊珈①

去吧，你艳丽的风景，你玫瑰的花园！
　　让富贵的宠儿在你的圈子里徜徉；
还给我巉岩吧，那儿有积雪在安眠，
　　尽管它仍铭记着自由与爱的创伤。

然而，加里敦尼②呵，你的峯峦多壮美：
　　在那皑白的山顶，尽管天高风急，
尽管瀑布湍激没有舒缓的泉水，
　　我却怀念幽暗的洛屈纳珈而叹息。

呵，我幼小的脚步天天在那里游荡，
　　我戴着苏格兰帽子，穿着花格外套，
脑中暝想着一些久已逝去的族长③，
　　而信步漫游在那松林蔽荫的小道；
我流连忘返，直到夕阳落山的霞光
　　为灿烂的北极星的闪烁而替换，

① 洛钦伊珈在苏格兰北部，据说是不列颠最高的山峯。苏格兰土语又称为洛屈纳珈。拜伦幼年居於此地。
② 苏格兰古称。
③ 指苏格兰的一些部落的首领。

一九七六年修订完稿的《拜伦诗选》译稿第一页手迹。

目 次

拜 伦 诗 选

拜伦小传 …………………………………………… 3

第一部分 短 诗

洛钦伊珈 …………………………………………… 9
想从前我们俩分手 ………………………………… 11
雅典的少女 ………………………………………… 13
告别马耳他 ………………………………………… 15
只要再克制一下 …………………………………… 18
无痛而终 …………………………………………… 21
你死了 ……………………………………………… 23
给一位哭泣的贵妇人 ……………………………… 26
《反对破坏机器法案》制订者颂 ………………… 27
温莎的诗艺 ………………………………………… 29
拿破仑颂 …………………………………………… 30
致伯沙撒 …………………………………………… 39
她走在美的光彩中 ………………………………… 41
野羚羊 ……………………………………………… 43
耶弗他的女儿 ……………………………………… 45
我的心灵是阴沉的 ………………………………… 47
我看过你哭 ………………………………………… 48
你的生命完了 ……………………………………… 49

扫罗王最后一战之歌	51
伯沙撒的幻象	52
失眠人的太阳	55
在巴比伦的河边我们坐下来哭泣	56
西拿基立的覆亡	58
乐章（"世间哪有一种欢乐……"）	60
拿破仑的告别	62
译自法文的颂诗	64
乐章（"没有一个美的女儿……"）	69
给奥古斯达的诗章	70
书寄奥古斯达	73
普罗米修斯	80
路德分子之歌	83
好吧，我们不再一起漫游	84
致托玛斯·摩尔	85
莫瑞先生致函波里多里医生	87
致莫瑞先生（"今代的斯垂汉……"）	90
威尼斯颂	92
诗节（"如果爱情能永久……"）	99
警句	103
咏卡斯尔雷	104
约翰·济慈	105
致莫瑞先生（"为了瓦尔格瑞夫……"）	106
写于佛罗伦萨至比萨途中	107
今天我度过了三十六年	108

第二部分 长诗选段

郝兰德公馆（摘自《英国诗人和苏格兰评论家》）	111
孤独（《恰尔德·哈洛尔德游记》第二章，第二五——二六节）	113
希腊（《恰尔德·哈洛尔德游记》第二章，第七三——七七节）	114

亲人的丧失(《恰尔德·哈洛尔德游记》第二章,第九八节) …… 117
别英国(《恰尔德·哈洛尔德游记》第三章,第一——二节) …… 118
自然的慰藉(《恰尔德·哈洛尔德游记》第三章,第一三——
　一五节) …………………………………………………………… 120
我没有爱过这世界(《恰尔德·哈洛尔德游记》第三章,第一一三——
　一一四节) ……………………………………………………… 122
意大利的一个灿烂的黄昏(《恰尔德·哈洛尔德游记》第四章,
　第二七——二九节) …………………………………………… 123
罗马(《恰尔德·哈洛尔德游记》第四章,第七八——八二节) …… 125
荒墟(《恰尔德·哈洛尔德游记》第四章,第一三○——一三一节) …… 128
东方(《阿比杜斯的新娘》第一章,第一节) ……………………… 129
海盗生涯(《海盗》第一章,第一节) ……………………………… 130
寻找英雄人物(《唐璜》第一章,第一——五节) ………………… 132
诗人自讽(《唐璜》第一章,第二一三——二二○节) …………… 136
哀希腊(《唐璜》第三章) ………………………………………… 139
歌剧团(《唐璜》第四章,第八二——八九节) …………………… 146
购买奴隶(《唐璜》第五章,第二六——二九节) ………………… 149
威灵顿(《唐璜》第九章,第一——一○节) ……………………… 151
英国的官场(《唐璜》第十一章,第三五——四一节) …………… 155
拜伦和同时代的人(《唐璜》第十一章,第五三——五六,六一——
　六三节) ………………………………………………………… 158
时光不再(《唐璜》第十一章,第七六——八六节) ……………… 161
资产阶级(《唐璜》第十二章,第三——一○节) ………………… 167
上流社会(《唐璜》第十三章,第七九——八九节) ……………… 170
议员选举(《唐璜》第十六章,第七○——七七节) ……………… 174

第三部分　长　诗

科林斯的围攻 ……………………………………………………… 177
锡雍的囚徒 ………………………………………………………… 217
贝波 ………………………………………………………………… 232

3

审判的幻景 …………………………………………… 270
青铜世纪 …………………………………………… 312

后记 ………………………………………………… 354

济 慈 诗 选

译者序 ……………………………………………… 357

献诗 ………………………………………………… 363
给我的弟弟乔治 …………………………………… 364
给—— ……………………………………………… 365
写于李·汉特先生出监之日 ……………………… 366
"有多少诗人" ……………………………………… 367
给赠我以玫瑰的友人 ……………………………… 368
给 G. A. W. ………………………………………… 369
"哦,孤独" …………………………………………… 370
给我的兄弟们 ……………………………………… 371
"阵阵寒风" ………………………………………… 372
"对于一个久居城市的人" ………………………… 373
初读贾浦曼译荷马有感 …………………………… 374
清晨别友人有感 …………………………………… 375
给海登 ……………………………………………… 376
给海登(第二首) …………………………………… 377
蝈蝈和蟋蟀 ………………………………………… 378
致克苏斯珂 ………………………………………… 379
"快乐的英国" ……………………………………… 380
致查特顿 …………………………………………… 381
给拜伦 ……………………………………………… 382
咏和平 ……………………………………………… 383

"女人！当我看到你"	384
愤于世人的迷信而作	385
"呵,在夏日的黄昏"	386
"漫长的冬季"	387
写在乔叟"花与叶的故事"的末页空白上	388
初见爱尔金壁石有感	389
咏海	390
题李·汉特的诗"理敏尼的故事"	391
再读"李耳王"之前有感	392
"每当我害怕"	393
致尼罗河	394
致斯宾塞	395
给——	396
"但愿一星期能变成一世纪"	397
人的时令	398
致荷马	399
访彭斯墓	400
咏阿丽沙巉岩	401
写于彭斯诞生的村屋	402
咏睡眠	403
咏声名	404
咏声名（第二首）	405
"假如英诗"	406
"白天逝去了"	407
"我求你的仁慈"	408
"灿烂的星"	409
睡与诗	410
夜莺颂	426
希腊古瓮颂	430
幻想	433

颂诗	437
咏"美人鱼"酒店	439
罗宾汉	441
秋颂	444
忧郁颂	446
阿波罗礼赞	448
画眉鸟的话	450
仙灵之歌	451
雏菊之歌	452
狄万的姑娘	453
"在寒夜的十二月里"	454
无情的妖女	456
伊莎贝拉	459
圣亚尼节的前夕	483

拜 伦 诗 选

拜 伦 小 传

乔治·戈登·拜伦(1788—1824)是苏格兰贵族,于一七八八年一月二十三日出生于伦敦。他的祖父约翰·拜伦是海军军官,一生航海,常遇风暴,并曾沉船和漂泊,人称"坏天气杰克"。他父亲亦名约翰,绰号"疯杰克",是个侍卫军官和浪荡子,就在拜伦诞生不久,他为逃避债务而遗弃家庭,跑到法国,两年后在法国死去。他和前妻生了一女,名奥古斯达,是拜伦一生中最珍爱的姐姐。

拜伦天生跛一足,并对此很敏感。他出生后不久,母亲就带他移居在苏格兰的爱勃丁城,过着式微而贫困的生活,这对他日后有相当影响,同时他也熟悉了苏格兰的粗犷和乡野的生活。他十岁时,由于叔祖死去,拜伦家族的世袭爵位及产业(纽斯泰德寺院是其府邸)落到他身上,成为拜伦第六世勋爵,境况立刻好转起来,于是在一七九九年移居伦敦。

一八〇〇年,拜伦被送进贵族中学哈罗公学读书,毕业后进入剑桥大学(1805—1808),学习文学及历史。对这两个贵族学校他都没有好感,他厌弃那里讲授的希腊、罗马等古典课程,对宗教教育尤抱反感。在中学时,他曾带头反对新到任的中学校长。在剑桥时,他是个不正规的学生,很少听课,却广泛阅读了欧洲和英国的文学、哲学和历史著作,同时也从事射击、赌博、饮酒、旅行、打猎、游泳等各种活动。在一八〇八年春夏,他住在伦敦的旅馆里,过着"放荡不羁"的生活。

一八〇三年,拜伦钟情于邻居另一产业的继承人玛丽·查沃斯小姐,但她于一八〇五年嫁给别人,使拜伦长期不能忘情,为此写了一些诗,甚至在一八一六年写作与这段失恋有关的"梦"时,还是泪如泉涌。

一八〇七年三月,拜伦出版了他的抒情诗集《懒散的时刻》,受到恶评。一年后,他写了长诗《英国诗人和苏格兰评论家》作为答复。一八○九年三月,他作为世袭贵族进入了贵族院。在宣誓就任后,议长从座位上站起来,微笑地向他伸出手去表示祝贺,但拜伦躬身作答,只把手指尖放在议长的手中,然后不经意地坐在王座左边的席位上(这经常是反对派的席位),过几分钟即离去。以后人问以故,他答道:"如果我和他热烈地握手,他会以为我是他的党徒了;可是我不愿意参与他们任何一方。"拜伦一生以"我是属于反对派"为座右铭。

拜伦出席议院和发言的次数不多。但有三次为人所铭记:第一次在一八一二年二月,反对惩罚工人破坏机器的法案;第二次在同年四月,赞助有利于爱尔兰民族运动的天主教徒解放法案;第三次在一八一三年六月,同情卡特莱特少校的改革方案。这些发言都鲜明地表示了拜伦的自由主义的进步立场。

从一八○九年到一八一一年,拜伦出国作东方的旅行。据他写信给母亲说,这是为了要"看看人类,而不是只从书本上读到他们",还为了扫除"一个岛民怀着狭隘的偏见守在家门的有害后果"。他由友人郝伯豪斯陪伴,于一八○九年六月离开伦敦,行经葡萄牙、西班牙、马耳他、阿尔巴尼亚、希腊和土耳其,于一八一一年七月回到英国。英国人到东方猎奇的风气,与拜伦的这次东方旅行有很大关系。他除了观察各地风俗,游览古迹名胜和欣赏自然外,也接触到各种人物,包括土耳其驻阿尔巴尼亚的总督阿里巴夏。在旅途中,他开始写作《恰尔德·哈洛尔德游记》和其他诗篇,并在心中酝酿未来的东方故事诗。一八一一年七月他回到伦敦,除了带回"四千行诗"以外,行囊中还有不少大理石古物,骷髅,毒草药,龟等。八月一日,他的母亲未及和他见面,便突然病故。

《恰尔德·哈洛尔德游记》的第一、二章在一八一二年二月问世,轰动了文坛,在四个星期内行销七版,使拜伦立刻成为著名的诗人。他在日记里写道:"我在一个美好的早晨醒来,发现自己成名了。"此后他连续发表东方故事诗《加吾尔》(1813),《阿比杜斯的新娘》(1813),《海盗》(1814),《莱拉》(1814),《科林斯的围攻》(1816),《巴里新娜》(1816),这些诗也都风行一时,使他声誉日增。

一八一五年发表了取自《圣经·旧约全书》题材的一组抒情诗《希伯来乐曲》。

《恰尔德·哈洛尔德游记》的成名,使拜伦一跃而为伦敦社交界的明星。然而这并没有使他和英国的贵族资产阶级社会妥协。他自早年就看到这个社会及其统治阶层的顽固、虚伪、邪恶及偏见,他的诗一直是对这一切的抗议。

从一八一一年返自东方旅行到一八一六年永别英国,拜伦在这五年中生活在不断的感情漩涡中。他的"声誉"也由最高峰跌到最低点。在他到处受欢迎的社交生活中,逢场作戏的爱情俯拾即是,一个年轻的贵族诗人的风流韵事自然更为人津津乐道。

拜伦在一八一三年向一位安娜·密尔班克小姐求婚,初被拒绝,以后被接受,于一八一五年一月和她结了婚。这是拜伦一生中所铸的最大的错误。拜伦夫人是一个见解褊狭的、深为其阶级的伪善所宥的人,完全不能理解拜伦的事业和观点。在婚后一年,她即带着初生一个多月的女儿阿达回到自己家中,拒绝与拜伦同居,从而使流言纷起。

以此为契机,英国统治阶级对它的叛逆者拜伦进行了最疯狂的报复,以图毁灭这个胆敢在政治上与它为敌的诗人。他们突然变得道貌岸然,以各种流言蜚语把拜伦描绘为"魔鬼",把各种不堪设想的"罪恶"加在他身上,而拜伦夫人则对这一切保持沉默,不置可否,只称他"患了精神病"。上流社会的名门世家不再邀请他,人们雇佣暴徒和他捣乱,用石子掷他的窗户。他上街是不安全的,他还被警告不要到戏院去,因为观众会嘘他;也不要到议院去,惟恐受到侮辱。在离开英国时,朋友们还害怕围观他的马车的群众会闹事。诗人事后对此写道:"报纸喋喋不休而卑鄙……我的姓氏——自从我的祖先帮助诺曼底人威廉征服这个王国以来一直是富有骑士风或高贵的——被玷污了。我感到,如果那些低语、私议和传言是真的,我对英国是不适合的。如果不真,英国对我是不适合的。我撤退了;但这还不够。在异国——在瑞士,在阿尔卑斯山的阴影下,在澄碧的湖水边——我还被同样的瘟疫所追逐和吹拂。我翻过山岭,但还是一样;因此我走得更远些,卜居在亚得里亚海的波涛之旁,像一只被围猎的鹿要去到水边一样。"

在这沉重的时日,诗人惟一忠实的友人是他的异母姐姐奥古斯达·李夫人,他献给她几首动人的诗(《给奥古斯达的诗章》,《书寄奥古斯达》)。这时期的痛苦感受,也使他写出像《普罗米修斯》那样的诗,表示向他的压迫者反抗到底的决心。

拜伦在一八一六年四月永远离开英国。一个传记作者说他"被赶出了国土,钱袋和心灵都破了产,他离去了,永不再回;但他离去后,却在若恩河的激流之旁找到新的灵感,在意大利的天空下写出了使他的名字永垂不朽的作品"。

一八一六年,拜伦居住在瑞士,在日内瓦结识了另一个流亡的诗人雪莱,对英国反动统治的憎恨和对诗歌的同好使他们结成了密友。雪莱的妻子玛丽有一个妹妹克莱尔蒙,这时得识拜伦,并与他私生一女,名阿雷格拉(在1822年夭折)。一八一七年至一八二三年拜伦迁居到意大利,先后住在威尼斯、拉文纳、比萨、热那亚。最初两年是在威尼斯度过的,那里的狂欢节把他也卷入这种生活的漩涡。这时拉瓦那一位年轻的贵族夫人特莉莎·吉西欧里和他过从密切,成为拜伦理想的伴侣。她在一八二〇年七月与她六十多岁的丈夫离了婚,便与拜伦生活在一起了。吉西欧里的兄弟彼得罗·甘巴是一个年轻的军官和意大利的秘密爱国组织烧炭党的成员,拜伦通过他加入了这一组织,以自己的住宅为该党提供军火和隐蔽所,以反抗奥地利的统治。拜伦自称,"我要尽量用我凭钱、凭物、凭人所能做到的一切来为他们争取自由而出力。"一八二一年二月该党起义失败,拜伦受到警察的监视,他函告雪莱求助,雪莱劝他和吉西欧里迁居比萨,于是拜伦于同年十一月去到比萨。但由于警察不断迫害,又被迫于次年九月迁往热那亚,在那里度过了卜居意大利的最后十个月。

拜伦在旅居国外期间,陆续写成《恰尔德·哈洛尔德游记》的第三、四章(1816—1817),此外还写了大量的作品。在故事诗方面,有《锡雍的囚徒》(1816),《马赛普》(1819),《岛》(1823);在诗剧方面,有历史悲剧《曼弗瑞德》(1817),《马里诺·法列罗》(1820),《福斯卡里父子》(1821),《撒旦那帕拉》(1821);有奇迹剧《该隐》(1821)和《天和地》(1824),还有诗剧《维诺》(1822),《变形的畸形者》

(1822);在长诗方面,有《塔索的哀叹》(1817),《但丁的预言》(1820),《爱尔兰的化身》(1821),《青铜世纪》(1823);以及《威尼斯颂》(1818)和短诗、翻译诗等。

拜伦还有最重要的一组诗应该单独提出,它们从形式到内容、风格不同于他的其他诗作;这就是《唐璜》(1818—1823)和与它相类似的《贝波》(1817)和《审判的幻景》(1822)。拜伦首先从英国诗人约翰·弗莱尔、更主要是从意大利诗人帕尔其、伯尼和卡斯提的作品得到启发,创制一种使用八行节的叙事诗,半庄半谐,夹叙夹议,有现实主义的内容,又有奇突、轻松而讽刺的笔调。他以这一风格首先写出以市民生活为题材的《贝波》,发见这一写法的成功,便投入他的巨著《唐璜》。《唐璜》第一、二章匿名发表后,立即引起巨大的反响。英国维护资产阶级体面的报刊群起而攻之,指责它对宗教和道德进攻,是"对体面、善良感情和维护社会所必需的行为准则的讥讽","令每个正常的头脑厌恶","粗暴地渎侮了人类最优美的感情","不可能欣赏它而不失去某种程度的自尊","是在拙劣的韵律中关于可耻的淫乱行为的叙述","爱情、荣誉、爱国主义、宗教之被提及,只是为了受呵斥",等等。

但同时,它也受到高度的赞扬。一个署名"约翰牛"的读者在给拜伦的公开信中说:"坚持《唐璜》吧,它是你所写的惟一真挚的东西;在你的那些哈洛尔德已不再成为你所说的'女学生的故事——一小时的奇迹'以后,它将存在许多年。我认为《唐璜》是我所见到的你的最好的作品。它是远远超过一切的最生气勃勃、最率直、最有趣和最有诗意的;每个人都和我有同感,不过他们不敢说出来罢了。"作家瓦尔特·司各特说《唐璜》"像莎士比亚一样地包罗万象,他囊括了人生的每个题目,拨动了神圣的琴上的每一根弦,弹出最细小以至最强烈最震动心灵的调子。"诗人歌德说,"《唐璜》是彻底的天才的作品——愤世到了不顾一切的辛辣程度,温柔到了优美感情的最纤细动人的地步……我们感到英国诗歌拥有了德国人从未取得的东西:一个古典地文雅而喜剧的风格。"诗人雪莱说,《唐璜》"每个字都有不朽的印记……它在某种程度上实现了我久已倡言要写的——一种完全新颖的、有关当代的东西,而且又是极其美的。"

《唐璜》的前五章发表后,由于社会舆论的种种阻力,中辍了一年多,到一八二二年七月才又继续写下去,至一八二三年五月写完了第十六章,那时拜伦已准备献身于希腊的民族解放运动了。

这是诗人一生最后的、也是最光辉的一页。他既憎恨反动的"神圣同盟"对欧洲各民族的压迫,也憎恨土耳其对希腊的统治。一八二一年四月,希腊人民掀起了反抗运动,进展顺利,至一八二二年底开始被承认为独立国家,但以后由于内部的纷争,运动趋于衰落,就在此时拜伦决心参加到这一运动中去。一八二三年七月他开始自意大利动身;一八二四年初,在抵希腊前,他得到歌德的祝贺诗。他在希腊表现了实际政治家的才能,为各派的团结进行努力,并且自己出款维持一支军队。他被任命为征利潘杜远征军总司令,忙于修筑工事、调动船只、整饬军纪等战备工作。一八二四年四月九日,由于遇雨受寒,他一病不起,十日后逝世。他的死使希腊人民深感悲痛,全国志哀二十一天,机关、法院和商店停止活动。他的遗体运回英国后,家属请求葬于威斯敏斯特教堂,但英国的统治阶级再次顽固地坚持其反动立场而予以拒绝。一八二四年七月十六日,他被埋在纽斯泰德寺院附近的教堂墓地中。

拜伦既是贵族,又是革命者,这种矛盾在他的生活、思想和作品中都反映出来。他的作品对欧洲文学发生过巨大的影响;而在英国,在他去世后,对他的评价则日趋低落,这是大英帝国的统治阶级偏见必然导致的结果。今天,对拜伦的研究和评价有了新的起色;在一九七二年出版的剑桥《英国文学简史》上,从对拜伦的如下一段评语中,可见一斑。它说:"只在纯抒情诗上,他次于最优;因此读者不应在诗选中去了解拜伦。仅仅《恰尔德·哈洛尔德游记》、《审判的幻景》和《唐璜》就足以使任何能感应的人相信:拜伦在其最好的作品中不但是一个伟大的诗人,而且是世界上总会需要的一种诗人,以嘲笑其较卑劣的、并鼓舞其较崇高的行动。"

查良铮

第一部分　短　诗

洛钦伊珈①

去吧,你艳丽的风景,你玫瑰的花园!
　　让富贵的宠儿在你的圈子里徜徉;
还给我巉岩吧,那儿有积雪的安眠,
　　尽管它仍铭记着自由与爱的创伤。
然而,加里敦尼②呵,你的峰峦多壮美:
　　在那雪白的山顶,尽管天高风急,
尽管瀑布湍激,没有舒缓的泉水,
　　我却怀念幽暗的洛屈纳珈而叹息。

呵,我幼小的脚步天天在那里游荡,
　　我戴着苏格兰帽子,穿着花格外套,
脑中冥想着一些久已逝去的族长,③
　　而信步漫游在那松林荫蔽的小道;
我流连忘返,直到夕阳落山的霞光
　　为灿烂的北极星的闪烁所替换,
因为古老的故事煽动了我的幻想,
　　呵,是那幽暗的洛屈纳珈山民的流传。

"噫,死者的鬼魂!你们的声音我难道

---

① 洛钦伊珈在苏格兰北部,据说是不列颠最高的山峰。苏格兰土语又称为洛屈纳珈。拜伦幼年居于此地。
② 苏格兰古称。
③ 指苏格兰的一些部落的首领。

没有听见,在滚滚的夜风里升腾?"
那一定是英雄的幽灵欢乐喧嚣,
  驾着长风,奔驰于他的高原的谷中!
在洛屈纳珈附近,每当风云凝聚,
  冬寒就驾着他的冰车前来驻扎:
那里的阴云旋卷着我祖先的形迹,
  他们住在幽暗的洛屈纳珈的风暴下。

"不幸而勇敢的壮士!① 难道没有恶兆
  预示你们的大业已为命运所摈弃?"
呵,尽管你们注定在克劳顿战死了,
  你们的覆亡并没有赢得欢呼的胜利。
但你们在泥土的永眠中仍旧快乐,
  你们和族人在布瑞玛山穴一起安息;
那苏格兰风笛正在幽暗的山中高歌,
  洛屈纳珈山中回荡着你们的事迹。

洛屈纳珈呵,我已离开你年复一年,
  还得再过多少岁月我才能再踏上你!
虽然造化没把绿野和鲜花给你装点,
  你比阿尔比安②的平原更令人珍惜。
英格兰呵,以远方山峦的游子来看,
  你的美景太嫌温驯而小巧玲珑,
噢!我多么向往那雄伟粗犷的悬崖,
  那幽暗的洛屈纳珈的险恶的峥嵘。

---

① 查理·爱德华王子率领苏格兰山民反抗英王统治,一七四六年与坎伯兰大公的一万二千名正规军在克劳顿作战,五千人全军覆没。坎伯兰随即在苏格兰实行恐怖统治,镇压人民,有"屠夫"之称。
② 英格兰或大不列颠的原名。

想从前我们俩分手

想从前我们俩分手,
　　默默无言地流着泪,
预感到多年的隔离,
　　我们忍不住心碎;
你的脸冰凉,发白,
　　你的吻更似冷冰,
呵,那一刻正预兆了
　　我今日的悲痛。

清早凝结着寒露,
　　冷彻了我的额角,
那种感觉仿佛是
　　对我此刻的警告。
你的誓言全破碎了,
　　你的行为如此轻浮:
人家提起你的名字,
　　我听了也感到羞辱。
他们当着我讲到你,
　　一声声有如丧钟;
我的全身一阵颤栗——
　　为什么对你如此情重?
没有人知道我熟识你,
　　呵,熟识得太过了——
我将长久、长久地悔恨,
　　这深外难以为外人道。

11

你我秘密地相会,
　　我又默默地悲伤,
你竟然把我欺骗,
　　你的心终于遗忘。
如果很多年以后,
　　我们又偶然会面,
我将要怎样招呼你?
　　只有含着泪,默默无言。

　　　　　　　　　　(一八〇八年)

雅典的少女[1]

　　你是我的生命,我爱你。

雅典的少女呵,在我们分别前,
把我的心,把我的心交还!
或者,既然它已经和我脱离,
留着它吧,把其余的也拿去!
请听一句我临别前的誓语:
你是我的生命,我爱你。

我要凭那无拘无束的鬈发,
每阵爱琴海的风都追逐着它;
我要凭那墨玉镶边的眼睛,
睫毛直吻着你颊上的嫣红;
我要凭那野鹿似的眼睛誓语:
你是我的生命,我爱你。

还有我久欲一尝的红唇,
还有那轻盈紧束的腰身;
我要凭这些定情的鲜花,
它们胜过一切言语的表达;
我要说,凭爱情的一串悲喜:
你是我的生命,我爱你。

---

[1] 拜伦旅居雅典时,住在一个名叫色欧杜拉·马珂里寡妇的家中,她有三个女儿,长女特瑞莎即诗中的"雅典的少女"。

雅典的少女呵,我们分了手;
想着我吧,当你孤独的时候。
虽然我向着伊斯坦堡飞奔,
雅典却抓住我的心和灵魂:
我能够不爱你吗?不会的!
你是我的生命,我爱你。

（一八一〇年,雅典）

告别马耳他[①]

别了,你拉·瓦雷特[②]的欢乐!
别了,沙漠的风,太阳和炎热!
别了,我很少走进的宫殿!
别了,大厦,——我却曾经冒犯!
别了,你该死的大街,梯样陡!
(的确,有谁往上走着不诅咒!)
别了,你们常常亏本的商人!
别了,你们永远詈骂的贱民!
别了,你那邮包——没有来信!
别了,老是仿效贵人的蠢驴们!
别了,你倒霉的检疫期隔离,
给了我高热,和一肚子气!
别了戏院,它使我们打哈欠!
别了,总督大人[③]的舞蹈班!
别了,彼得,他没有什么不是,
只是不会教上校跳"华尔兹"!
别了,佳人儿,多么优雅,庄重!
别了,红上衣[④],和更红的面孔!
别了,所有跨大步的军人[⑤],

[①] 马耳他岛在地中海,当时为大英帝国的殖民地,是英国统治者引为骄傲的一个地方。拜伦对这地方以及英国海军的胜利都加以嘲讽。
[②] 拉·瓦雷特是马耳他岛的首府,它的街道多为石阶形。
[③] 当时的总督是欧克斯少将。在他的任期内有瘟疫流行。
[④] 指英国士兵。
[⑤] 拜伦在马耳他居住时,曾和一军官口角,几至决斗。

哪一个不是盛气凌人!
我走了——天知道为什么原因,
要到阴霾的天和烟熏的城①,
那里的一切(说一句真心话)
同样乌糟——不过是换个方法。

别了,但不是祝你们去见上帝,②
"顶顶蓝色"的胜利的儿子!③
当亚得里亚海岸的两边,
一边是统领阵亡,舰队不见,
一边是日日宴饮,夜夜欢笑,
呵,你们是战争和女人一箭双雕!
请原谅,我的缪斯太喜欢唠叨,
拿去这诗吧——因为它"不要酬报"。

现在我该提到弗瑞色太太④,
也许你以为我要夸她多才——
如果我竟然不自量力,
不怕浪费这墨水一滴,
夸她一行,两行,倒也容易,
不过,说实话,无须我赞誉;
她一定早有了一种荣光,
那是比我的更好的赞扬;
她有率直的心,举止活泼,

---

① 指英国。
② 法文的"别了"(Adieu)有"在上帝之旁"的意思。拜伦以此开军官的玩笑。
③ 蓝色代表英国海军。"顶顶蓝色"指富于所谓英国海军精神的海军。这一节诗提及一八一一年三月英国海军在亚得里亚海对法意联合舰队的一次胜利。法国舰只烧毁,舰长阵亡。英国船只抵达马耳他时,受到殖民者的热烈欢迎。
④ 弗瑞色太太是马耳他一军官的妻子,在一八〇九年发表过她在马耳他所写的一本诗集,颇得拜伦的赏识。

她习于时尚,却不见雕琢;
她的日子尽是欢快地流着,
也不需要诗歌帮助她过活。

呵,马耳他!你小小的军事暖房!
现在,既然你把我们为难了一场,
我却不想说一些不文雅的话,
或者祝你去到魔鬼的脚下,
我只是倚窗外望,我怀疑:
"这种地方究竟有什么意义?"
以后就退到我孤独的一隅,
拿起一本书,或者胡写一气;
或者,如果不苦,就服一剂药,
(每小时两调羹,根据这纸条)
我不喜欢礼服,正好戴便帽,
这得感谢我的星宿:我发了烧。

(一八一一年五月二十六日)①

---

① 拜伦于一八一一年六月十三日离马耳他返英,结束了他第一次的东方旅行。

只要再克制一下

只要再克制一下,我就会解脱
　　　这割裂我内心的阵阵绞痛;
最后一次对你和爱情长叹过,
　　　我就要再回到忙碌的人生。
我如今随遇而安,善于混日子,
　　　尽管这种种从未使我喜欢;
纵然世上的乐趣都已飞逝,
　　　有什么悲哀能再使我心酸?

给我拿酒来吧,给我摆上筵席,
　　　人本来不适于孤独的生存;
我将作一个无心的浪荡子弟,
　　　随大家欢笑,不要和人共悲恸。
在美好的日子里我不是如此,
　　　我原不会这样,如果不是你
逝去了,把我孤独地留下度日;
　　　你化为虚无——一切也失去了意义。

我的竖琴妄想弹唱得潇洒!
　　　被"忧伤"所勉强作出的笑容
有如覆盖在石墓上的玫瑰花,
　　　不过是对潜伏的悲哀的嘲讽。
虽然我有快活的友伴共饮,
　　　可以暂且驱遣满怀的怨诉;
虽然欢笑点燃了发狂的灵魂,

　　　　这颗心呵——这颗心仍旧孤独!

很多回,在清幽寂寞的晚上,
　　　我有所慰藉地凝视着天空,
因为我猜想,这天庭的银光
　　　正甜蜜地照着你沉思的眼睛;
常常,当新西雅①高踞天阙,
　　　当我驶过爱琴海的波涛,
我会想:"赛莎在望着那明月"——
　　　唉,但它是在她的墓上闪耀!
当我辗转于病痛失眠的床褥,
　　　高热在抽搐我跳动的血管,
"赛莎不可能知道我的痛苦,"
　　　我疲弱地说:"这倒是一种慰安。"
仿佛一个奴隶被折磨了一生,
　　　给他以自由是无益的恩赐,
悲悯的造化白白给我以生命,
　　　因为呵,赛莎已经与世长辞!

我的赛莎的一件定情的馈赠,
　　　当生命和爱情还正在鲜艳!
呵,如今你看来已多么不同!
　　　时光给你染上了怎样的愁颜!
那和你一起许给我的一颗心
　　　沉寂了——唉,但愿我的也沉寂!
虽然它已冷得有如死去的人,
　　　却还感到、还嫌恶周身的寒意。

你酸心的证物!你凄凉的表记!

---

①　新西雅,月亮女神。

尽管令人难过,贴紧我的前胸!
仍旧保存那爱情吧,使它专一,
　　不然就撕裂你所贴紧的心。
时间只能冷却,但移不动爱情,
　　爱情会因为绝望而更神圣;
呵,千万颗活跃的爱心又怎能
　　比得上这对于逝者的钟情?

无痛而终

或迟或早,当时间给我带来
　　使死者镇静的无梦的睡眠,
呵,寂灭! 但愿你怠倦的翅膀
　　在我垂危的床前轻轻地扇!

不要一帮亲友或者继承人
　　或哀哭、或愿望我的死亡,
不要让披头散发的少女
　　感到或装作适当的悲伤。

我只要回到土里,静静的,
　　别让多事的吊丧人挨近我,
我不愿意妨碍人一刻欢颜,
　　友谊原不曾料到泪儿飘落。

然而爱情,在临终那一刻,
　　如果能豁然停止无益的叹息,
对于活着的她和逝去的他
　　或许能发挥最后的魅力。

我的普赛克①! 但愿直到最后
　　还看到你保持恬静的容貌,
即使"痛苦"也将会忘记

---

① 普赛克是希腊神话中被爱神丘比特所爱的少女。此处指所恋的少女。

它过去的挣扎,对你微笑。

但这心愿终于枉然——因为美
　　　会凋谢,一如那垂死的呼吸,
而女人的易于流洒的眼泪
　　　生时欺骗你,死时却令你悲凄。

那么,就让我孤独地死吧,
　　　无所悔恨,没有一声哀号,
许多人都没有被死神贬低,
　　　痛苦很短暂,甚至没有觉到。

"呵,但是死了,去了,"噫!
　　　到大家都必然要去的地方!
复归于我出生以前的虚无,
　　　再也没有生命和生的哀伤!

想一想你不曾痛苦的日子,
　　　算一算你有几小时的欢笑,
你就知道了,无论你曾经怎样,
　　　化作虚无会比活着更好。

你 死 了

"呵,和别人一起怎及得对你的追忆!"

你死了,这么年轻、美丽,
　　没有人比得上你;
你那种娇容、那种绝色,
　　这么快回到土里!
虽然泥土承受了它,
而人们也将不经意地
　　在那上面践踏,
却有一个人绝不忍
对你的坟墓注视一瞬。

我不想知道是在哪里
　　你静静地安眠,
让花草尽情地滋生吧,
　　我只不愿意看见:
够了,够了,只要我知道
我的所爱,我心上的人
　　竟和泥土一样烂掉;
又何必墓碑给我指出
我所爱的原来是虚无。

但我却爱你直到最后,
　　一如你爱我那般;
你对我始终一心一意,

　　　　现在更不会改变。
死亡给爱情贴了封条,
岁月、情敌再不会偷去,
　　　　负心又怎样抹掉;
伤心的是:你不能看见
我没有错处或改变。

生命的良辰是我们的,
　　　　苦时只由我忍受;
欢愉的太阳,险恶的风暴,
　　　　再不会为你所有。
你那无梦之乡的静穆,
我已羡慕得不再哭泣;
　　　　我更无须乎怨诉
你的美色都已毫无踪影,
我至少没见它长期凋零。

那开得最艳的花朵
　　　　必然是最先凋落,
而花瓣,虽然没有手攫取,
　　　　也会随时间萎缩;
然而,假如等花儿片片萎黄,
那比看它今日突然摘去,
　　　　岂不更令人悲伤;
因为人的眼睛怎堪忍受
一个美人儿由美变丑。

我不知道我是否能忍受,
　　　　看你的美逐渐凋残,
随着这般晨曦而来的夜
　　　　一定会更觉得幽暗。

没有云翳的白日过去了,
直到临终你都那么鲜艳,
　　　你熄灭了,而不是枯凋;
你仿佛天上掠过的星星,
在沉落的时候最为光明。

如果我能哭出,像以前,
　　　我应该好好哭一场,
因为在你临危的床边
　　　我不曾有一次探望;
我不曾怜爱地注视你的脸,
或者把你轻轻抱在怀里,
　　　你的头靠着我永眠;
我该悲恸:无论爱情多空,
呵,你我已不再乐于其中。

可是,从你残留下的珍异,
　　　尽管你都由我拾取,
那我也仍得不了许多,
　　　还不如这样把你记忆!
通过幽暗而可怕的永恒,
你那不会磨灭掉的一切
　　　会重回到我的心中;
但你埋葬的爱最使你可亲——
胜过一切,除了它活的时辰。

25

给一位哭泣的贵妇人[①]

哭吧,哭吧,皇家的女儿,
　　为父王的耻辱,邦国的衰落,
呵,但愿你的每一滴眼泪
　　能够洗去一个父亲的过错。

哭吧,——因为是美德在流泪——
　　这对多难的岛国是个吉兆!
将来对你的每一滴眼泪
　　你的人民会报以微笑。

(一八一二年三月)

[①] "哭泣的贵妇人"指威尔士公主夏洛蒂,她在王族中是一个具有进步思想的人,拥护民权党。她的父亲是当时的摄政王,在一八一二年内阁改组时,采取了反动的方针,未使民权党人参加内阁。在摄政王的一次宴会上,当几个权贵表示反对民权党人入阁时,夏洛蒂公主哭了起来。几日后,拜伦写了这首诗,匿名发表在《晨报》上,未引起特别的注意。但两年后,在长诗《海盗》再版之际,拜伦坚持将此诗加进去,"任何后果在所不计"。出版后,整个伦敦哗然,诗人的敌人和反动派都对他展开猛烈的抨击,有的报纸甚至建议对他提出刑事诉讼。

《反对破坏机器法案》制订者颂①

1

哦，E 勋爵②办法高明！R 男爵想得更妙！
　　有了你们这种议会，不列颠一定兴隆；
还有郝克斯倍里、哈罗比帮你们治理，
　　他们的药方是先杀人然后再纠正
那些恶徒；唔，织工们都变得非常刁难，
　　要求什么救济，为了慈善的缘故——
那就将他们成堆绞死在工厂外吧，
　　这样一来，岂不立刻制止了"错误"。

2

坏蛋们走投无路，也许就去抢劫，
　　那些贱种一定没有什么东西吃——
因此，假如谁打碎纱轴就被绞死，
　　那将节省下政府的钱粮和肉食；
制造人总比制造机器容易——
　　长统袜子也比人命更为值钱，

---

① 本诗匿名发表在一八一二年三月二日的《晨报》上，正值英国政府力图镇压工人运动——即路德分子破坏机器运动的时候。由于英国资产阶级学者的阶级偏见，这首战斗性极强的诗一直未被收入《拜伦全集》，直到一八八〇年才见于集中。

② E 勋爵认为诺丁汉的暴动起于一种"错误"。

舍伍德①的一列绞架使景色增光:
　　我们的商业,我们的自由前途无限!

3

近卫兵团,志愿军人,首都警察厅,
　　国法都动员起来,缉捕可怜的织工,
还有二十二团步兵,几十艘军舰,
　　两三名法庭的文官帮助上绞刑;
有些勋爵,确实,愿意把法官唤来
　　听听他们的意见;但是现在不必了,
因为利物浦不甘于这样的让步:
　　所以,如今他们不经法官就被干掉!

4

很多人一定已经感觉惊诧了:
　　在饥荒遍野,穷人呻吟的地方,
为什么人命还不值一双袜子,
　　而捣毁机器竟至折断了骨头?
如果事情是这样发展,我相信,
　　(谁不愿意存着这样一个希望?)
那些蠢材的颈项一定先被打断,
　　假如人家要援救,却把绞绳给送上。

---

① 地名,在诺丁汉郡。

温莎的诗艺①

闻摄政王殿下在温莎王陵墓穴中立于亨利
八世及查理一世的棺木之间有感而作。

查理没有头,旁边是亨利没有心,②
他以破坏神圣的关系而著名;
在中间,站着另一个执王笏的东西,
它能动,治理国政,只少着国王的名义。

亨利对不起妻子,查理对不起人民,
——在他身上却复活了两个暴君:
"死亡"和"公理"白白混合他们的灰烬,
这两个皇家吸血鬼又获得了生命。
唏,坟墓有什么用处!——它又呕出去
他们的血和尘土——揉成一个乔治。

---

① 本诗讽刺当时尚为摄政王的乔治四世,以手抄稿流传。乔治不但是极反动的统治者,而且对自己的父亲、妻子、女儿都极冷酷。他和妻子的恶劣关系成为当时的笑柄。诗中所托的事件为:一八一三年,乔治(即摄政王)在修筑温莎王陵时,发现查理一世(十七世纪)和亨利八世(十六世纪)被葬在同一个墓穴中。摄政王即于四月一日亲临墓穴,监督将查理一世的棺木开启。
② 查理因为暴政为人民所不容,被送上了断头台。亨利也是暴君,因离婚而与教会决裂,自立英国国教。

拿破仑颂①

请拿来汉尼拔的尸灰瓮,
称一称他的尸灰有多重:
难道就只是这些!

——玉外纳

"尼波斯皇帝被元老院、意大利人民,以及高卢的各省所承认;人们极其颂扬他的道德的高尚和军事才能;那些得到他的政府的恩泽的人用预言的口气宣告说:公众福利就要恢复了……由于不光荣的退位,他的生命又延续了几年,处于一种微妙的境况,介于皇帝和流亡者之间,直到——"

——吉本:《罗马帝国的衰亡》

1

完了,但昨天还是一个国君!
　　并且有多少君王协助你争战;
而现在,你成了不屑一提的人,
　　你还活着,却又如此卑贱!
这可就是那高踞万邦的王,
曾把敌人的骸骨铺满大地上?
　　他居然这样苟延残喘?
因为他,曾被错误地叫作"晨星",
呵,没有人、也没有魔鬼跌得这样深。

---

① 本诗写于一八一四年四月拿破仑退位后。

2

你这个毒心汉!为什么要蹂躏
　　那俯首屈膝的你的同种?
由于只看自己,逐渐变为盲目,
　　你使其他的人睁开了眼睛。
你威武有力,你可以挽救人民,
但是你,对于崇奉你的人们,
　　你惟一的馈赠只是坟墓,
只有等你覆没了,人们才看出
原来勃勃的野心比渺小还不如!

3

多谢这一棵——深奥的哲理
　　白白给人们不断的教训,
对于后世的将军,这个事实
　　比哲理的告诫更发人深省。
那符咒一旦在人的头脑中
破碎了,就不会恢复完整,
　　它不会再使人去崇拜
一座军刀统治的玲珑宝塔:
　　外貌是青铜,脚基是泥沙。

4

个人的胜算,虚名的传扬,
　　斗争中的兴奋和狂喜——
震撼大地的胜利的喧嚷,
　　形成了你的生命的呼吸;

那刀剑,那王笏,和那统治:
仿佛人生来只该俯仰权势,
　　一切建立了你的声誉——
一切都完了!阴暗的魔王!
你的回忆该充满怎样的疯狂!

5

那扫荡一切的,自落得悲凄!
　　所向披靡的终于被击倒!
那一向判决别人命运的
　　现在为了自己的命运讨饶!
可是因为东山再起的希望,
或者只因为他害怕死亡,
　　便使他如此逆来顺受了?
死为人君呢——还是生为奴隶——
你大胆的抉择实在不够荣誉。

6

古时候,那劈裂橡树的人①
　　并没有想到树干的反击:
他被夹于他所伐的树身,
　　四面环顾——只有他自己。
你呵,在你威力鼎盛之时,
终于作下了同样愚蠢的事,
　　但你遇到更坏的运气:

---

① 古希腊有勇士米罗,在奥林匹克角斗竞赛中曾六次获奖。传说他曾背负活牛绕场一周,以后于一日内将它吃光。他以手劈树,为树身所夹,不能脱身,终于为狼所食。

他倒下,作了林中野兽的食品,
而你却必须啃噬自己的心!

7

有过一个罗马人①,他曾以
　　罗马的血把心火止熄,
于是扔下了匕首,他敢于
　　在放肆以后,隐退乡里——
呵,曾给人们以这样的重轭,
而又这样被人们轻轻放过,
　　他竟敢于轻蔑地离去!
只有那一刻他算得光荣:
放弃了权,无权而仍受尊重。

8

有过一个西班牙的统治者②
不再为权力的欲望所鼓舞,
他抛开了王冠,舍去帝国,
　　为了一间密室,一串念珠;
在念珠上有严格的计算,
在教义上有微妙的争端,
　　他的晚年不算虚度。
然而,更好是:假如他从未体验
暴君的宝座,迷信者的神龛。

---

① 指公元前一世纪罗马的执政官苏拉。他实行独裁恐怖统治,杀死议员近二百人,武士近三千。公元前七九年退职,返回自己的田庄,过着奢靡的生活。
② 指西班牙王查理五世。他在一五五五年将王冕让与其弟斐迪南,王位让与其子菲利浦,隐居寺院中,过着刻苦的僧人生活。

9

但是你呵——那震慑人的雷电
　　　已从你不情愿的手里夺走——
你辞却了统帅，却未免太晚，
　　　你执迷不悟使你不肯放手。
既然你是一个恶煞凶神，
又怎能不令我们伤心。
　　　看到你的心是这么发抖，
当我们想到上帝美好的世界
曾被如此卑微的东西所蹂躏。

10

而大地曾为他血流成河，
　　　只为他得以保住自己的！
帝王为了感谢他给的王座，
　　　也曾抖索地向他屈膝！
自由呵！我们该多么珍爱你，
当你使你最强大的仇敌
　　　表现如此卑贱的畏惧。
有哪一个暴君能留给后世
一个更光辉而诱人的名字！

11

你邪恶的事业是用血写的，
　　　这样写出来并不枉然——
你的胜利再也谈不上荣誉，
　　　它只深描出每种污点；

如果把你当光荣一样痛惜,
那么,另一个拿破仑就会跃起
　　再来凌辱这个世间——
然而,有谁肯飞凌太阳的高度,
却铺下这样没有星光的夜幕?

12

放在天平上,英雄的尸身
　　和凡人的一样卑贱,渺小;
呵,死亡!对于死去的人
　　你的尺度同样的公道。
然而我以为:活着的伟人
总该能点燃高尚的感情,
　　令人仰望而惊叹其崇高;
却从没有料到,"轻蔑"竟能
对世界的征服者如此戏弄。

13

而她,奥地利的悲哀的花朵,
　　呵,你的帝室的新娘①,
她的心怎样承受这痛苦的一刻?
　　她可还依在你的身旁?
是否她也得屈从,也得分尝
你最近的悔恨,长期的绝望,
　　你黜免王位的杀人狂?
珍爱她吧,如果她还爱你,

---

① 指玛丽·路易丝,拿破仑在一八一〇年和她结婚。一八一四年拿破仑即被迫退位。

她是配得上你的王冠的珠玉。

14

那么,快去到你沉郁的海岛,
　　你可以望着那一片海波;
你可以对着那个国度微笑——
　　因为它没有被你统治过!
或者,你的手既已闲暇,
可以在沙滩上随意描画,
　　使大地也免于你的重轭!
现在,科林斯的那位学究①
已把他的绰号让给你承受。

15

呵,帖木儿!在他的俘虏笼中,②
　　岂非有那么一个俘虏
和你暴躁的囚居一息相通?
　　他也想:"这世界曾属于我!"
除非,像那个巴比伦的人,
失去了王冠就人事不省,
　　生命不能老是扣留着
那如此广阔运行的意志——
这么久被遵奉,又这么没价值!

---

① 古希腊之叙拉古王戴奥尼沙二世(前395—约前343)以暴虐为人民不容,放逐至科林斯,在那里做教师维持生活。
② 帖木儿,十四世纪蒙古的征服者。他曾将奥托曼帝国的统治者巴佳泽战败并俘虏之。"俘虏笼"指巴佳泽的囚居。巴佳泽曾占据东罗马帝国各省并围攻君士坦丁堡,因此他在囚居中可能想到"这世界曾属于我!"

16

或者,像那个天庭的偷火贼①,
　　你是否也经得住震惊?
你能否像他,永不被赦罪,
　　忍受他那岩石和恶鹰?
为上帝所遗弃,为人们所诅咒,
你的最后行径②虽然不最丑,
　　却是魔鬼的一大嘲弄;
他被贬的时候没有丧失荣誉,
如果是凡人,他会骄傲地死去!

17

有过一个日子——有那么一刻,
　　大地是高卢③的,而高卢属于你,
如果那时候,不等享受太多,
　　你就放下这无限的权力,
那一举给你带来的美名
会胜过马伦哥④传扬的英名。
　　而在一次悠久的晚霞里,
它会把你的没落镀上金色,
你的罪愆也只是浮云掠过。

---

① 指希腊神话中的普罗米修斯。参见第 80 页注①。
② 传说拿破仑在到达枫丹白露之晚曾与一女子有私。
③ 高卢,古地名,包括意大利北部、法国、比利时、荷兰、瑞士及德国的一部分。后来,法国人被称为高卢人。
④ 马伦哥在意大利北部。一八〇〇年拿破仑在此击败奥军。

18

但是你一定要粉墨登场,
　　你必须穿上紫红的外衣,
仿佛那件愚蠢的皇裳
　　遮上胸口就能把往事忘记。
呵,那褪色的衣服哪里去了?
还有金星,腰带,盔上的羽毛,
　　那你所喜欢佩带的玩具?
呵,喜爱帝国的虚荣的顽童!
你的玩具是否都无影无踪?

19

望着伟人,我们疲倦的眼睛
　　在哪里可以停下?
哪里才没有罪恶中的光荣
　　和不卑鄙的国家?
是的,有一个,绝后,空前,
能比辛辛内塔斯①之贤,
　　连嫉妒也不敢对他
泄愤,他的名字是华盛顿②,
只有他的美德才使人脸红。

---

① 辛辛内塔斯,公元前五世纪时罗马政治家。他在家犁地时被召去率军杀敌,以拯救罗马;在以十六天完成任务后,仍回到田里从事耕种。他被认为是正直和勤俭的象征。
② 乔治·华盛顿(1732—1799),美国独立战争(1775—1783)中的统帅,后任美国第一任总统。

致 伯 沙 撒[①]

伯沙撒！放弃你的华筵吧,
　　别在情欲炽热的时候灭亡；
看！就当那辉映的墙,铭刻的字
　　还在你的面前燃烧,闪亮,
有许多暴君的加冕和涂油,
　　人民误以为是上天的旨意；
然而你,最弱,最坏的一个——
　　那里岂不写着:你必得死去？

去吧！把你额前的玫瑰丢开——
　　那花儿和白发编不到一起；
青春的花环绕在你头上,
　　比你那王冠还更不适宜,
你已经玷污了每一颗明珠:
　　最好抛开你那廉价的玩具,
被你戴着连奴隶都会轻蔑；
　　和更好的人学习怎样死去！

呵,很早就在天平上称过了:
　　你言语轻微,没一点品德,
你的灵魂在青春凋零以前

[①] 据《圣经·旧约全书·但以理书》第五章,巴比伦最后一个国王伯沙撒宴请一千名大臣,将他父亲尼布甲尼撒从耶路撒冷掠夺来的金银器皿拿来使用。宴会中,墙上忽然现出预言他灭亡的文字。这首诗取材于这个故事。参见第52页注①。

就枯萎了,留给你泥土一撮。
看见你,轻蔑你的人会失笑,
　　而"希望"则会掉开头哭泣——
他伤心何以有你这样的人,
　　不适于统治,生存,或者死去。

(一八一五年二月十二日)

她走在美的光彩中

1

她走在美的光彩中,像夜晚
　　皎洁无云而且繁星满天;
明与暗的最美妙的色泽
　　在她的仪容和秋波里呈现:
耀目的白天只嫌光太强,
　　它比那光亮柔和而幽暗。

2

增加或减少一分明与暗
　　就会损害这难言的美,
美波动在她乌黑的发上,
　　或者散布淡淡的光辉
在那脸庞,恬静的思绪
　　指明它的来处纯洁而珍贵。

3

呵,那额际,那鲜艳的面颊,
　　如此温和,平静,而又脉脉含情,
那迷人的微笑,那容颜的光彩,
　　都在说明一个善良的生命:

她的头脑安于世间的一切,
　她的心充溢着真纯的爱情!

野 羚 羊

1

小小的野羚羊在犹大①山上
  还欢快地跳个不休,
它饮水就随便来到一条
  圣地上的潺潺的溪流,
它轻捷的脚和明亮的眼睛
在野性的喜悦中任意巡行——

2

犹大看过同样轻捷的脚步,
  也闪过更亮的眼睛;
在她那一度欢愉的景色中
  居住过更秀丽的居民。
黎巴嫩的杉木还在摇摆,
但犹大的苗条的少女却不在!

3

那平原上生长的每株棕榈
  都比以色列的人民更幸运;

---

① 犹大,古代巴勒斯坦南半部的名称。《圣经》故事中出卖耶稣的人也叫犹大。

因为,它在那儿扎了根,
　　　就孤立而优美地生存:
它不能离开它出生的地方,
它不肯改换另一种土壤。

4

但我们必得枯萎地游荡,
　　　终于在异地里死去;
我们祖先的骨灰所埋的地方,
　　　不容我们在那里安息:
我们的庙堂没剩下一角石墙,
"嘲笑"坐在撒冷①的王座上。

---

① 撒冷,耶路撒冷的古称。

耶弗他的女儿[①]

1

既然我们的国家,我们的上帝,
噢,父亲!都要你的女儿死亡,
既然你用誓言取得了胜利——
请用刀刺进我袒开的胸膛!

2

于是我的悲恸不再发出声音,
故乡的山峰不再有我的足迹:
哦,是我所爱的手使我丧命!
我不会痛苦于你的那一击!

3

相信吧,我的父亲!相信这句话:
你的孩子的血是纯净的,

[①] 耶弗他是古代以色列的士师。他曾应基列的长老之请,率众抵抗亚扪人的入侵,终于获胜。但在胜利前他向耶和华宣誓,将以回国时遇到的第一个从家门出来的人献上为燔祭。胜利归来时,不料他惟一的女儿拿着鼓跳舞出来迎接他。他撕裂自己的衣服,大叫哀哉,但又认为不能违背誓言。他的女儿请求和女伴在家乡的山中哀悼自己的命运两个月,然后慷慨牺牲了自己。见《圣经·旧约全书·士师记》第十一章。

它和我祈祷的福泽一样无瑕,
它纯净有如我最后的思绪。

4

别管撒冷的少女的悲叹声,
英雄和法官呵,任她们哀求!
我已经为你赢得伟大的战争,
我的父亲和祖国获得了自由!

5

等你赋予的血液已经流完,
等你所爱的这声音沉寂了,
让我留下的记忆使你心欢,
别忘了我死的时候含着笑!

我的心灵是阴沉的

1

我的心灵是阴沉的——噢,快一点
 　　弹起那我还能忍着听的竖琴,
那缠绵的声音撩人心弦,
 　　让你温柔的指头弹给我听。
假如这颗心还把希望藏住,
 　　这乐音会使它痴迷得诉出衷情:
假如这眼睛里还隐蓄着泪珠,
 　　它会流出来,不再把我的头灼痛。

2

但求你的乐声粗犷而真挚,
 　　也不要先弹出你欢乐的音阶,
告诉你,歌手呵,我必须哭泣,
 　　不然,这沉重的心就要爆裂;
因为它曾经为忧伤所哺育,
 　　又在失眠的静寂里痛得久长;
如今它就要受到最痛的一击,
 　　使它立刻碎裂——或者皈依歌唱。

我看过你哭

1

我看过你哭——一滴明亮的泪
　　涌上你蓝色的眼珠;
那时候,我心想,这岂不就是
　　一朵紫罗兰上垂着露;
我看过你笑——蓝宝石的火焰
　　在你之前也不再发闪;
呵,宝石的闪烁怎么比得上
　　你那一瞥的灵活的光线。

2

仿佛是乌云从远方的太阳
　　得到浓厚而柔和的色彩,
就是冉冉的黄昏的暗影
　　也不能将它从天空逐开;
你那微笑给我阴沉的脑中
　　也灌注了纯洁的欢乐;
你的容光留下了光明一闪,
　　恰似太阳在我心里放射。

你的生命完了

1

你的生命完了,你的名声开始;
　　你的祖国的乐曲会记住
她的优秀的儿子的胜利,
　　他的宝剑所经历的杀戮!
他所作的事迹,他赢的战争,
　　还有他怎样把自由恢复!

2

虽然你倒下了,只要我们自由,
　　你就不至于尝到死亡!
从你身上流出的高贵的血
　　没有洒在泥里,为人遗忘:
它正在我们的血管里流,
　　你的精神活在我们的呼吸上!

3

你的名字,对我们攻击的大军,
　　将是一句战斗的口号!
你的覆灭成了合唱的主题,
　　将为少女的歌声所缭绕!

哭泣不能表扬你的光荣：
　　我们用不着为你悲伤，哀悼。

扫罗王最后一战之歌[①]

1

战士和酋长们!如果弓箭和利刃
在我率领主的大军时刺进我的心,
别理会我的尸体吧,尽管我是国王,
要把你们的钢埋进迦特[②]人的胸膛!

2

还有,无论谁拿着我的铁弓和盾,
假如扫罗的士兵不敢正视敌人,
那时就把我的血尸陈在你的脚下,
让这命运是我的,假如他们害怕。

3

和一切人告别了,但不能和你分离,
哦,我心爱的儿子,我王室的后继!
这王冠是灿烂的,王权将广阔无边,
否则,今天就是死,让我们死得庄严!

[①] 扫罗王将以色列各族团结成为一个国家。他是以色列的第一个国王。他最后与非利士人作战,受了箭伤,自杀身死。他的故事详见《圣经·旧约全书·撒母耳记》(上、下)。
[②] 迦特,非利士人的城市。非利士人的首领亚吉被称作迦特王。

伯沙撒的幻象[①]

1

巴比伦王在王座上,
　　节度使挤满了大厅,
一千盏明亮的灯光
　　照耀着盛大的宴饮。
一千盏金质的酒盅
　　在犹大圣名传扬——
耶和华的器皿盛着
　　渎神的邪教徒的酒浆!

2

在那一刻,在大厅中,
　　有一只手伸出,
手指在墙上描画,
　　仿佛是在沙上行书;

[①] 伯沙撒是巴比伦的迦勒底人最末一朝国王,其朝代约当公元前五五五至前五三八年。波斯人及玛代人破城时,被房杀。《圣经·旧约全书·但以理书》记载他在灭亡之前看见神异的幻象。大意是,他正在和一千名大臣设宴饮酒时,忽见有人手的指头显现,写在王宫里粉饰的墙上,与灯台相对。他立刻惊惶变色,找星相术士来认那墙上的字,最后被但以理认出。"所写的文字是弥尼,弥尼,提客勒,乌法珥新。讲解是这样的:弥尼,就是上帝已经数算你国的年日到此完毕。提客勒,就是你被称在天平里显出你的亏欠。乌法珥新,就是你的国分裂,归于玛代人和波斯人。"(见《但以理书》第五章第二十五节)当夜伯沙撒即被杀。

是一个人的指头——
　　　呵,一只孤独的手
像一根魔杖沿着
　　　文字的花纹行走。

3

国王见了,打个寒噤,
　　　命令欢乐别再继续;
他的脸失去了血色,
　　　他的声音在颤栗。
"把有学识的人叫来,
　　　让最聪明的人解释
这破坏皇家欢乐的
　　　是什么恐惧的文字。"

4

迦勒底的卜人虽好,
　　　对于这却没有本事,
那些文字仍可怕地
　　　摆在那儿,不为人知。
巴比伦的老年人
　　　都有智慧而且渊博;
但是现在他们看了——
　　　都不能再成为圣者。

5

国中有一个俘虏,
　　　是一个异域的青年,

他听到国王的指令，
　　他看出那文字的真言。
周围有辉煌的灯台，
　　预言就在灯光之下；
他当夜把它读过了，
　　次日证明一切不假。

6

"伯沙撒墓已经掘好，
　　他的王国已经倾覆；
他被天平称了一称，
　　不过是卑贱的泥土。
他的王袍只是尸衣，
　　他的华盖是石垛，
玛代人就在他门前！
　　波斯人登了他的王座！"

失眠人的太阳

呵,失眠人的太阳!忧郁的星!
有如泪珠,你射来抖颤的光明
只不过显现你逐不开的幽暗,
你多么像欢乐追忆在心坎!
"过去",那往日的明辉也在闪烁,
但它微弱的光却没有一丝热;
"忧伤"尽在瞭望黑夜的一线光明,
它清晰,却遥远;灿烂,但多么寒冷!

在巴比伦的河边我们坐下来哭泣

1

在巴比伦的河边我们坐下来
　　悲痛地哭泣,我们想到那一天
我们的敌人如何在屠杀叫喊中,
　　焚毁了撒冷的高耸的神殿;
而你们,呵,她凄凉的女儿!
　　你们都号哭着四处逃散。

2

当我们忧郁地坐在河边
　　看着脚下的河水自由地奔流,
他们命令我们歌唱;呵,绝不!
　　我们绝不在这事情上低头!
宁可让这只右手永远枯瘦,
　　但我们的圣琴绝不为异族弹奏!

3

我把那竖琴悬挂在柳梢头,
　　噢,撒冷!它的歌声该是自由的;
想到你的光荣丧尽的那一刻,
　　却把你的这遗物留在我手里:

呵,我绝不使它优美的音调
　　和暴虐者的声音混在一起!

西拿基立的覆亡[①]

1

亚述王来了,像突袭羊群的一只狼,
他的大军闪着紫色和金色的光,
他们矛戟的闪烁像是海上的星星,
当加利利[②]的蓝色的波涛在夜里翻腾。

2

在日落的时候,看那大军遍野的旗帜
有如绿色的盛夏时森林的叶子,
呵,有如森林的叶子,当秋风萧萧吹起,
次日一早,那大军已枯萎地横陈一地。

3

因为死神在这狂澜上展开了翅翼,
它飞翔着,对着敌人的脸轻轻吹嘘,
那些垂死人的眼睛于是木然变冷,
他们的心只跳了一下,便永远沉静。

[①] 西拿基立,亚述国王,其朝代为公元前七〇五至前六八一年。他的覆亡故事在《圣经·旧约全书·列王纪》(下)第十九章中有记载。
[②] 巴勒斯坦北部的湖。

4

战马也躺在地上,大大张着鼻孔,
但已没有骄傲的呼吸在里面流动;
由喘息所发的白沫还留在青草上,
冰冷的,像是泼溅在岩石上的波浪。

5

那骑马的壮士也躺着,苍白而曲扭,
他的眉头凝着露珠,铠甲生了锈;
军帐静悄悄的,旗帜没有人理会,
矛枪没有人举起,军号也没有人吹。

6

而亚述的寡妇们在高声哀号,
太阳神宇①中的偶像都已破碎,倾倒;
这异教的武力没有等到交锋,
已在上帝的一瞥下,像雪似的消融。

---

① 亚述人为异教徒,信奉太阳神。

乐　章

哦,泪之泉,你神圣的源流
出于一个多情的灵魂:
谁要能从心里涌出你,
女仙呵,他将四倍的快乐。

——格雷:《诗》

1

世间哪有一种欢乐能和它拿去的相比,
呵,那冥想的晨光已随着感情的枯凋萎靡;
并不只是少年面颊的桃红迅速地褪色,
还未等青春流逝,那心的花朵便已凋落。

2

在快乐触礁的时候,有些灵魂浮越过重创,
接着会被冲到罪恶的沙滩,纵欲的海洋;
他们的航程失去指针,或只是白努力一番,
他们残破的小舟再也驶不到指望的岸沿。

3

于是有如死亡降临,灵魂罩上致命的阴冷,
它无感于别人的悲哀,也不敢做自己的梦,
一层厚冰冻结在我们泪之泉的泉口上,

尽管眼睛还在闪耀，呵，那已是冰霜的寒光。

4

尽管雄辩的唇舌还闪着机智，欢笑在沸腾，
这午夜的春宵再也不能希冀以往的宁静，
就好像常春藤的枝叶覆盖着倾圮的楼阁，
外表看来葱翠而清新，里面却灰暗而残破。

5

哦，但愿我能有从前的感觉，或者复归往昔，
但愿我还能对许多一去不返的情景哭泣；
沙漠中的泉水尽管苦涩，但仍极为甘美，
呵，在生命的荒原上，让我流出那种眼泪。

拿破仑的告别

(译自法文)①

1

别了,这片土地。在这里,我的荣誉的暗影
跃升起来并且以她的名字笼罩着世界——
如今她遗弃了我,但无论如何,我的声名
却填满她最光辉或最龌龊的故事的一页。
我曾经和一个世界争战,我所以被制伏
只因为太迢遥的胜利的流星引诱了我;
我曾经力敌万邦;因此,尽管我如此孤独
还是被畏惧,这百万大军的最后一个俘虏。

2

别了,法兰西!当你的王冠加于我的时刻,
我曾经使你成为世界的明珠和奇迹;
然而你的羸疾使我罢手,终于看你落得
仍如我初见的那般:国光失色,身价扫地。
呵,想一想那些久经战斗的雄心枉然
和风暴搏击,他们也一度胜利在战场;
那时呵,那巨鹰,它的目光已盲无所见,
却还在高傲地飞翔,凝望着胜利的太阳!

---

① 这首诗伪托"译自法文",实系拜伦的创作。

3

别了,法兰西!然而,如果自由再次跃升,
在你的土地上重整旗鼓,那时记着我。
在你幽深的山谷中,紫罗兰仍旧在滋生;
尽管干枯了,你的泪水会使它绽开花朵。
而且,而且我还会挫败百万大军的包围;
也许听见我的声音,你的心又一跃而醒——
尽管锁链缚住了我们,但有些环必能打碎,
那时候呵,转回头来:召唤你拥戴的首领!

(一八一五年七月二十五日)

译自法文的颂诗①

1

我们并不诅咒你,滑铁卢②!
尽管自由底血洒上你,像朝露;
血尽管洒了,却没有白遗弃——
它又从每个充血的躯干升起,
仿佛是从海洋接来的水龙,
以一种越来越有力的汹涌
它腾跃,翱翔,散入空气里,
和拉贝杜瓦耶③的血溶在一起;
它和那睡在光荣的墓中、
被视为"勇中之大勇"的血交融。
一片血红的彩云在空中闪亮,
但它就回到它所来自的地方,
　　等浓密的时候,它会爆裂,
你从未听过的霹雷一响
　　就会以奇迹震撼着世界;
那时呵,耀目的,照满了天,
是我们从未看过的电闪!

---

① 本诗伪托译自法文,以避开英国统治阶级的敌视。有的选本篇名为《滑铁卢颂》。
② 滑铁卢在比利时北部,拿破仑在此最后一役中一败不起。
③ 拉贝杜瓦耶,忠于拿破仑的将军。拿破仑自厄尔巴岛逃出后,他首先带领一团人来归。失败后,被联军处死。

正如古代的圣者和卜人
曾经预言要降茵蔯星,①
天空会降下冰雹和火焰,
河流将变为血海一片。

2

首领覆没了,并非由于你们,
滑铁卢的胜利的将军!
如果那个带兵的公民②
不对他的同胞发号施令
(除非是在他们献身的事业中,
荣誉对自由之子露着笑容),
即使暴君结成伙,谁又能
和那个年轻的首领争胜?
谁能对败绩的法国夸耀,
如果不是暴政将她领导?
如果不是为野心所恿惠,
在君王身上沉没了英雄?
于是他倒了——一切付诸东流,
谁甘心众人做一个人的马牛!

---

① 据《圣经·新约全书·启示录》第八章记载,"第一位天使吹号,就有雹子与火搀着血丢在地上,地的三分之一和树的三分之一被烧了……第二位天使吹号,就有仿佛火烧着的大山扔在海中,海的三分之一变成血。……第三位天使吹号,就有烧着的大星,好像火把一样,从天上落下来,落在江河的三分之一,和众水的泉源上,这星名叫茵蔯。众水的三分之一变为茵蔯。因水变苦,就死了许多人。"茵蔯亦名艾草,是一种苦味的草。
② 指拿破仑。

65

3

还有你,以雪白翎毛扬名的人①!
你的国土拒绝给你墓穴葬身;
你不如仍旧率领法国
和那一群雇佣兵肉搏,
何必为了可鄙的皇家名目,
把自己出卖给死亡和耻辱?
呵,那头衔,你一度用血取得,
如今又落在拿波里的王座。
你怎会想到,当你跨着战马
　　从行列冲出,勇往直前,
　　像一条河流泛出了河岸,
当互击的军刀,劈裂的头甲,
都纷纷在你身边一掠而过——
你怎会料到这最后的结果?
可是你那骄傲的翎毛
被奴隶狡狯的一击击倒?
想当年——仿佛月亮吸着海潮,
它滚过半空,是战士的向导;
在那硝烟制造的夜晚,
望过那片黑压压的争战,
士兵在寻找,抬起眼睛,
看到他头盔的羽毛在上升——
而当那枝羽毛朝前跃起,

---

① 指缪拉。他是拿破仑最亲信的将领,屡次在战场上获胜,最后被封为那不勒斯国王。在战场上,他的头盔有白翎毛一根,常为士兵在战斗中前进的标志。拿破仑在滑铁卢失败后,他曾与联军妥协。但在拿破仑自厄尔巴岛逃出后,他又投入战斗,并被击败,一八一五年十月被处死。据说他的尸身曾被人掘出焚毁。

他的心也向着敌人扑去。
凡是死底阵痛最剧烈的地方,
　　只要哪里,那进军的大旗——
巨鹰的火似的翎毛在飘扬,
　　而下面的残骸最为狼藉,
(如果她得到风云的助长,
　　谁能够拦住她的翅膀,
　　当她的胸膛闪射着胜利?)
只要哪里,敌阵的缺口
　　被打开,敌人从平原逃去;
那里一定是缪拉在战斗!
　　但如今呵,他已不再攻击!

4

踩着熄灭的光荣,侵略者在行进,
"胜利"对着每座夷平的拱门悲恸;
但是呵,让"自由"仍旧欢乐,
让她的歌声充满了情热。
自然,如果她的手里有剑,
我们更会加倍地颂赞。
已经两次了,付过珍贵代价的法国
不会忘记她学来的"处世的一课":
她的安全并不在于哪个
卡倍①或拿破仑的王座!
而是需要平等的权利和法律,
心和手结合在伟大的事业里。
她需要自由,就是上天
从人出生的那一天,

---

① 雨果·卡倍在公元九八七年建立了法兰克王朝,法国朝代的历史自此开始。

连同呼吸赐予他的权利，
虽然"罪恶"要把它从地面抹去；
要伸出一双凶残而败家的手
把国家的财富像沙子一样抛；
让人民的血像水似的流淌，
流进帝国的屠戮的海洋！

5

然而，心灵和理性，
以及人类的声音
定会结合起来，一跃而起，
谁能够抗拒这雄浑之力？
现在，宝剑已不再能制伏人——
人可以死——但死不了灵魂：
即使在这忧烦的世界里
自由也何曾没有后继；
呵，千百万人民都能继承，
使自由的精灵永远跳动——
她的大军一旦再揭竿而起，
那些暴君敢不相信和颤栗？
他们可是对这种恫吓失笑？
血红的泪随着就会来到。

（一八一六年三月）

乐 章

没有一个美的女儿
富于魅力,像你那样;
对于我,你甜蜜的声音
有如音乐飘浮水上:
仿佛那声音扣住了
沉醉的海洋,使它暂停,
波浪在静止和眨眼,
和煦的风也像在做梦。

午夜的月光在编织
海波上明亮的锁链;
海的胸膛轻轻起伏,
恰似一个婴儿安眠:
我的心灵也正是这样
倾身向往,对你聆听;
就像夏季海洋的浪潮
充满了温柔的感情。

(一八一六年三月二十八日)

给奥古斯达的诗章[①]

1

虽然我的多事之秋已经过去,
  我命运的星宿也逐渐暗淡,
你的柔情的心却拒绝承认
  许多人已经看出的缺点;
虽然你的心熟知我的悲哀,
  它却毫不畏缩和我分尝;
呵,我的灵魂所描绘的爱情
  哪里去找?除非是在你心上。

2

当我身边的自然在微笑,
  这是惟一和我应答的笑意,
我并不认为它有什么诡谲,
  因为那一笑使我想起了你;
当狂风向着海洋冲激,搏战,
  一如我曾信任的心之于我,

[①] 这首诗(以及《书寄奥古斯达》)是拜伦离开英国不久,在日内瓦附近的戴奥达蒂写成的。他和妻子密尔班克的充满纠纷的婚姻生活给他的敌人以更多诽谤的口实,处境恶劣到使他不得不离开英国,从此再也没有回去。李夫人奥古斯达是他的异母姐姐,拜伦和她感情最笃,在他最痛苦的日子里给他以同情和安慰。本诗就是诗人在回忆中写出的。

假如那波涛激起了我的感情,
　　那就是,为什么它把你我分隔?

3

虽然我的最后希望——那基石
　　动摇了,纷纷碎落在浪潮里,
虽然我感觉我的灵魂的归宿
　　是痛苦,却绝不做它的奴隶。
许多种痛苦在追逐着我,
　　它们可以压碎我,我不会求情,
可以折磨我,但却不能征服,
　　我想着的是你,而不是那伤痛。

4

你人情练达,却没有欺骗我,
　　你是个女人,却不曾遗弃,
尽管我爱你,你防止使我悲哀,
　　尽管受到诽谤,你却坚定不移;
尽管被信赖,你没有斥退我,
　　尽管分离了,并不是借此摆脱,
尽管注意我,并不要说我坏话,
　　也不是为使世人说谎,你才沉默。

5

我并不责备或唾弃这个世界,
　　也不怪罪世俗对一人的挞伐,
若使我的心灵对它不能赞许,
　　是愚蠢使我不曾早些避开它。

如果这错误使我付出的代价
　　　比我一度预料的多了许多,
我终于发见:无论有怎样的损失,
　　　它不能把你从我的心上剥夺。

6

从我的过去底一片荒墟中,
　　　至少,至少有这些我能记忆,
它告诉了我,我所最爱的
　　　终于是最值得我的珍惜;
在沙漠中,一道泉水涌出来,
　　　在广大的荒原中,一棵树矗立,
还有一只鸟儿在幽寂中鸣啭,
　　　它在对我的心灵诉说着你。

(一八一六年七月二十四日)

书寄奥古斯达

1

我的姐姐！我亲密的姐姐！假如有
比这更亲更纯的名称，它该说给你；
千山万水隔开了我们，但我要求
不是你的泪，而是回答我的情谊。
无论我漂泊何方，你在我的心头
永远是一团珍爱的情愫，一团痛惜。
呵，我这余生还有两件事情留给我——
或飘游世界，或与你共享家庭之乐。

2

如果我有了后者，前者就不值一提，
你会成为我的幸福之避难的港湾；
但是，还有许多别的关系系住你，
我不愿意你因为我而和一切疏淡。
是乖戾的命运笼罩着你的兄弟——
不堪回首，因为它已经无可转圜；
我的遭逢正好和我们祖父的相反：
他是在海上，我却在陆上没一刻安然。

3

如果可以说,他的风暴是被我承当
在另一种自然里,在我所曾经忽略
或者从未料到的危险的岩石上,
我却忍受了人世给我的一份幻灭,
那是由于我的过失,我并不想掩藏,
用一种似是而非的托辞聊以自解;
我已经够巧妙地使自己跌下悬崖,
我为我特有的悲伤做了小心的领航员。

4

既然错处是我的,我该承受它的酬报。
我的一生就是一场斗争,因为我
自从有了生命的那一天,就有了
伤害它的命运或意志,永远和它违拗;
而我有时候感于这种冲突的苦恼,
也曾经想要摇落这肉体的枷锁:
但如今,我却宁愿多活一个时候,
哪怕只为了看看还有什么祸事临头。

5

在我渺小的日子里,我也曾阅历
帝国的兴亡,但是我并没有衰老;
当我把自己的忧患和那一切相比,
它虽曾奔腾像海湾中狂暴的浪涛,
却成了小小水花的泼溅,随即平息:
的确,有一些什么——连我也不明了——

在支持这不知忍耐的灵魂；我们并不
白白地（即使仅仅为它自己）贩来痛苦。

6

也许是反抗的精神在我的心中
造成的结果——也许是冷酷的绝望
由于灾难的经常出现而逐渐滋生，——
也许是清新的空气，更温煦的地方
（因为有人以此解释心情的变动，
我们也无妨把薄薄的甲胄穿上），
不知是什么给了我奇怪的宁静，
它不是安详的命运所伴有的那一种。

7

有时候，我几乎感到在快乐的童年
我所曾感到的：小溪，树木和花草
和往昔一样扑到我的眼底，使我忆念
我所居住的地方，在我青春的头脑
还没有牺牲给书本以前。我的心间
会为这我曾经熟识的自然的面貌
而温馨；甚至有时候，我以为我看见
值得爱的生命——但有谁能像你那般？

8

阿尔卑斯在我面前展开，这片景象
是冥想的丰富的源泉；——对它赞叹，
不过是烦琐的一天中应景的文章；
细加观赏却能引起更珍贵的灵感。

在这里,孤独并不就令人觉得凄凉,
因为有许多心愿的事物我都能看见;
而且,最重要的是,我能望着一片湖
比我们家乡的更秀丽,虽然比较生疏。

9

哦,要是能和你在一起,那多幸福!
但我别为这痴望所愚弄吧,我忘记
我在这里曾经如此夸耀的孤独,
就会因为这仅有的埋怨而泄了气;
也许还有别的怨言,我更不想透露——
我不是爱发牢骚的人,不想谈自己;
但尽管如此,我的哲学还是讲不下去了,
我感到在我的眼睛里涌起了热潮。

10

我在向你提起我们家乡可爱的湖水,
呵,湖旁的那老宅也许不再是我的。
莱芒湖①固然美丽,但不要因此认为
我对更亲密的故土不再向往和追忆:
除非是时光把我的记忆整个摧毁,
否则,它和它都不会从我的眼前褪去;
虽然,你们会和一切我所爱的事物一样,
不是要我永远断念,就是隔离在远方。

---

① 即日内瓦湖。

11

整个世界在我面前展开；我向自然
只要求她同意给予我享受的东西——
那就是在夏日的阳光下躺在湖边，
让我和她的蓝天的寂静融和一起，
让我看到她没有面幕的温和的脸，
热烈地注视她，永远不感到厌腻。
她曾是我早年的友好，现在应该是
我的姐姐——如果我不曾又向你注视。

12

呵，我能抹杀任何感情，除了这一个；
这一个我却不情愿，因为我终于面临
有如我生命开始时所踏进的景色：
它对我是最早的、也是惟一的途径。
如果我知道及早地从人群退缩，
我绝不会濒临像现在这样的处境；
那曾经撕裂我的心的激情原会安息，
我不至于被折磨，你也不至于哭泣。

13

我和骗人的"野心"能有什么因缘？
我不认得"爱情"，和"声誉"最没有关系；
可是它们不请自来，并和我纠缠，
使我得到名声——只能如此而已。
然而这并不是我所抱的最后心愿；
事实上，我一度望到更高贵的目的。

但是一切都完了——我算是另外一个,
我以前的千百万人都这样迷惘地活过。

14

而至于未来,这个世界的未来命运
不能引起我怎样的关切和注意;
我已超过我该有的寿命很多时辰,
我还活着,这样多的事情却已逝去。
我的岁月并没有睡眠,而是让精神
保持不断的警惕,因为我得到的
是一份足以充满一世纪的生命,
虽然,它的四分之一还没有被我走尽。

15

至于那可能来到的、此后的余生
我将满意地接待;对于过去,我也不
毫无感谢之情——因为在无尽挣扎中,
除痛苦外,快乐也有时偷偷袭入;
至于现在,我却不愿意使我的感情
再逐日麻痹下去。尽管形似冷酷,
我不愿隐瞒我仍旧能四方观看,
并且怀着一种深挚的情悃崇拜自然。

16

至于你,我亲爱的姐姐呵,在你心上
我知道有我,——如你占据我的心灵;
无论过去和现在,我们——我和你一样——
一直是两个彼此不能疏远的生命;

无论一起或者分离,都不会变心肠。
从生命的开始直到它逐渐的凋零,
我们相互交缠——任死亡或早、或晚,
这最早的情谊将把我们系到最后一天!

(一八一六年)

普罗米修斯[①]

1

巨人！在你不朽的眼睛看来
　　人寰所受的苦痛
　　　是种种可悲的实情，
并不该为诸神蔑视、不睬；
但你的悲悯得到什么报酬？
是默默的痛楚，凝聚心头；
是面对着岩石，饿鹰和枷锁，
是骄傲的人才感到的痛苦：
还有他不愿透露的心酸，
那郁积胸中的苦情一段，
　　它只能在孤寂时吐露，
而就在吐露时，也得提防万一
天上有谁听见，更不能叹息，
　　除非它没有回音答复。

2

巨人呵！你被注定了要辗转

[①] 在希腊神话中，普罗米修斯是伊阿培塔斯巨人之子。他以泥土造人，而当他看到天神宙斯压迫人类时，即从天上偷火赋予人间，并教人以种种艺术。宙斯除对人间加以报复外，更将普罗米修斯用锁链绑在高加索山的岩石上，每日有巨鹰吃他的肝，每夜那肝又长出来。

在痛苦和你的意志之间，
不能致死，却要历尽磨难；
而那木然无情的上天，
那"命运"的耳聋的王座，
那至高的"憎恨"的原则
（它为了游戏创造出一切，
然后又把造物一一毁灭），
甚至不给你死的幸福；
"永恒"——这最不幸的天赋
是你的：而你却善于忍受
　　司雷的大神逼出了你什么？
除了你给他的一句诅咒：
　　你要报复被系身的折磨。
你能够推知未来的命运，
　　但却不肯说出求得和解；
　　你的沉默成了他的判决，
他的灵魂正枉然地悔恨：
呵，他怎能掩饰那邪恶的惊悸，
他手中的电闪一直在颤栗。

3

你神圣的罪恶是怀有仁心，
　　你要以你的教训
　　　减轻人间的不幸，
并且振奋起人自立的精神；
尽管上天和你蓄意为敌，
但你那抗拒强暴的毅力，
　　你那百折不挠的灵魂——
天上和人间的暴风雨
　　怎能摧毁你的果敢和坚忍！

你给了我们有力的教训：
你是一个标记,一个征象,
标志着人的命运和力量；
和你相同,人也有神的一半,
是浊流来自圣洁的源泉；
人也能够一半儿预见
　　他自己的阴惨的归宿；
　　他那不幸,他的不肯屈服,
和他那生存的孤立无援：
但这一切反而使他振奋,
逆境会唤起顽抗的精神
使他与灾难力敌相持,
坚定的意志,深刻的认识；
即使在痛苦中,他能看到
其中也有它凝聚的酬报；
他骄傲他敢于反抗到底,
呵,他会把死亡变为胜利。

　　　　　　（一八一六年七月,戴奥达蒂）

路德分子之歌[①]

你看那自由的孩子们在海上来去，
他们的自由是用血买来，好便宜，
　　所以，我们呀，兄弟，
或者战死，或者自由地生活，
我们要打倒一切国王，除了路德！

等我们把自己织的布织完，
等我们把织梭换成了利剑，
　　我们就要把布匹
　　向脚下的暴君掷去，
我们要把它染在他流出的血里。

尽管那颜色黑得像他的心地，
因为他的血管早烂成了污泥，
　　可是暴君的血滴
　　对我们就是朝露，
它会润泽路德所种的自由之树！

（一八一六年十二月二十四日）

[①] 路德运动是英国十九世纪初叶的工人运动，工人由于愤恨资本家的残酷剥削，便起而破坏机器，由纺织工人肇其端，路德是这个运动的领导人。

好吧，我们不再一起漫游

好吧，我们不再一起漫游
　　消磨这幽深的夜晚，
尽管这颗心仍旧迷恋，
　　尽管月光还那么灿烂。

因为利剑能够磨破剑鞘，
　　灵魂也把胸膛磨得够受，
这颗心呵，它得停下来呼吸，
　　爱情也得有歇息的时候。

虽然夜晚为爱情而降临，
　　很快的，很快又是白昼，
但是在这月光的世界，
　　我们已不再一起漫游。

（一八一七年二月二十八日）

致托玛斯·摩尔[①]

1

我的小船靠在岸边,
　　那只大船停在海上,
在我行前,托姆·摩尔呵,[②]
　　我祝饮你加倍健康!

2

爱我的,我致以叹息,
　　恨我的,我报以微笑,
无论头上是怎样的天空,
　　我准备承受任何风暴。

3

尽管海洋在身边狂啸,
　　它仍旧会飘浮我前行;
尽管四周全是沙漠,
　　也仍旧有水泉可寻。

[①] 托玛斯·摩尔(1779—1852),爱尔兰诗人,拜伦的好友。本诗是拜伦为最后离开英国而写的,虽然写的时间在一年多以后。
[②] 托姆(Tom)是托玛斯(Thomas)的昵称。

4

即使只剩下最后一滴水,
　　当我在井边干渴、喘息,
在我晕倒以前,我仍要
　　为你的健康饮那一滴。

5

有如现在的这一杯酒,
　　那滴水的祝词也一样:
祝你和我的灵魂安谧,
　　托姆·摩尔呵,祝你健康!

(一八一七年七月)

莫瑞先生致函波里多里医生[①]

亲爱的大夫,我读了您的剧作,
就一方面说,它自有其特色——
它能清洗眼睛,润肠利便,
流的泪水足以把手帕湿遍;
您写的灾祸确能刺激心灵,
加速人的脉搏,撕裂人的神经,
悲哀得叫人肝胆欲摧,
从而提供了歇斯底里的快慰。

我喜欢您的说教和巧机关,
您的情节很利于布景变换。
您的对白是流畅而俏皮,
全剧的穿插费尽了心机;
男角在咆哮,女角只哭喊,
谁都刺杀谁,最后人人死完。
简短说吧,您写的悲剧
正是观众要看,要听的东西;
至于拿它印刷来出版,
这一回我觉得不好来承担,
倒不是我没有看到它的优点,
那确是一眼就能看穿;
而是——说来令人难过:如今

---

① 约翰·莫瑞(1778—1843)是与拜伦友好的出版商,拜伦的许多著作是由他出版的。波里多里是医生兼作家,拜伦自称最讨厌他的作品。

戏剧是药,先生,仅仅是药品!
我因为《曼纽威》而本钱大亏,
希望不是每年都这么倒霉。
索斯贝君的那本《奥瑞斯蒂》
(它已是作者的最得意之笔)
竟在手头上积压了这么久,
我不再希望读者会选购;
广告也作了,但看看那存货,
或者看看我的店伙的脸色:
还是伊凡呀,伊娜呀,等等破烂,
压弯书架,塞满了我的后院。
还有拜伦,有一度销路较好,
最近他用信裹着寄来了
一篇什么——说是戏吧,不像,
和"达恩雷"、"伊凡"、"克哈马"一样。
他的笔从去年就大为减色,
多半威尼斯使他失魂落魄。
总之,先生,里里外外一合算,
我可不敢再次担当风险。
匆匆写此奉告,有错请原谅,
马车过街老是轰轰地响!
我的屋里又挤——吉弗德在此
正和弗莱尔阅读着稿子,
对我们将发表的一些文章
审查名词和缀词是否恰当。

还有季刊——唉,先生,假如您
要是有天才来一篇评论!
一篇对圣·海伦那的讥诮,
或者只在小范围里稍稍
提到那——可还是话归本题吧,

先生，我刚才说到在我舍下——
我的屋子满是骚客和诗人，
类如克莱伯、甘培、弗莱尔们，
还有的既不会唱，也不会俏皮，
不过只要披着文人的外衣，
从哈苏德先生以至狗邓特，
我一概欢迎来到我的寒舍。

今天我请了一些客人吃饭，
他们都凭机灵爬上了文坛；
克莱伯，马尔科姆，汉米尔顿，
将尝一尝我厨房的出品。
他们此刻正在议论着
可怜的斯塔埃尔①最近的沉没。
他们说，她的书超越了时代，
谢谢天，法国的真情得以大白！
这就是我们的时代和訾议；——
可是，先生，再提提您那戏剧，
真对不起，先生，我不好承担，
除非是奥尼尔先把它上演；
我两手沾满了，脑子太忙乱，
累得我半死了，总是头昏眩，
这实情真是有口难言；
因此草率奉书，祝您一切顺绥。
此致敬爱的大夫，
　　　　　约翰·莫瑞。

一八一七年八月

---

① 斯塔埃尔夫人（1766—1817），法国作家，曾被拿破仑放逐，著有《法国革命杂思》，在她去世以后，始于一八一八年发表。

致莫瑞先生

今代的斯垂汉,汤生,林托特,①
你是诗歌的出版家和保护者,
为了你,诗人争攀平都斯②的高坡,
　　　　　　　呵,我的莫瑞。

毛羽未丰的作者们拿着手稿
怀着希望和恐惧来向你求教,
你一切都给印——只有些能卖掉——
　　　　　　　呵,我的莫瑞。

你的书台铺着如此绿的呢布,
最近一期的《季刊》在上面摆出,——
可是你的新杂志怎么踪迹毫无?
　　　　　　　呵,我的莫瑞?

在你最漂亮的书架上炫耀着
一些你视为最神圣的著作——
其中有《精调食谱大全》,还有我,
　　　　　　　呵,我的莫瑞。

游记,旅行,小品,我想还有宣教,

---

① 斯垂汉,汤生,林托特都是英国十七、十八世纪著名出版商,曾出过许多名家的诗。这里拜伦将当时的出版家和书商莫瑞比作他们。
② 平都斯山脉在希腊,此处意指"诗国"。

一切都拿到你这里来"生财有道",
当然你还有《海军人名册》待销,
     呵,我的莫瑞。

上天垂鉴,我还不能结束话题
而不在这里提出"经度测量局",
虽然这张狭纸条已不允许,
     呵,我的莫瑞。

    (一 八一八年三月二十五日,威尼斯)

威尼斯颂①

1

威尼斯呵,威尼斯! 等你的大理石墙
　　坍塌到和海水的平面一样高,
那时世人将对你倾圮的楼阁悲伤,
　　茫茫的海波将回荡高声的哀悼!
假如我,一个北国游子,尚为你哭泣,
你的子孙该如何? 当然绝不是哭,
可是他们只知在昏睡之中梦呓。
若是和他们的祖先比,这是一片污泥,
是由海水退潮淤积的绿湿的沼地;
而那是春潮的泡沫的飞腾冲激,
能使舟子翻船,把他一冲冲上岸:
祖孙的对比就如此:而今像螃蟹般,
他们在颓败的街头爬行和蹲伏。
多么痛心! 多少个世纪竟养育不出
更成熟的收获! 呵,一千三百年来
富强甲天下,只落得眼泪和尘埃;
陌生的来客看到的每一个碑记,
教堂,宫殿,石柱,都像在对他哀泣;

---

① 意大利北部的威尼斯在拿破仑时代曾是共和国,在历史上以海上的商业城市兴盛富强,一八一五年后沦为奥国的属地。

连那石狮子也像是非常驯服,
那敲打得刺耳的野蛮人的鼓
每天以它沉闷的粗糙的声音
在水波上重复着对暴君的呼应;
呵,那轻柔的水声一度多么和谐,
在月光下飘送着结队的游艇的歌,
又没入快乐游客的忙碌的喋喋:
这些人所从事的最大的罪过
不过是心跳得太快,欢乐得太多,
需要年岁来帮助他们把血液平息,
从而把他们拉出奢靡的情欲,
从感官之乐的洪流改弦易辙。
但这仍远胜于那些阴暗的过错,
像在世道衰亡时毒草遍于国土,
那时"恶习"恬不知耻,凶相毕露,
行乐成了疯狂,杀人先露微笑;
"希望"不是别的,只是虚假的延误,
是病人在死前一刻的回光返照;
而昏迷,被"痛苦"产生的最后恶子,
和四肢的麻木,那沉闷的开始
(是一场冰冷而力不能敌的竞争
在人体内开始,使死亡终于获胜),
在血管和脉搏里一点点袭入,
但对太痛楚的泥坯又如此舒服,
他感到好像是他的生息在更新,
自由成了他对锁链的麻木不仁;
于是他谈生活,谈到他的精神
又感到如何翱翔,尽管已疲惫不堪;
谈到他要移地更换新鲜的空气,
却不知他低语时,他正在喘息,

也不知那瘦手已感不到握着什么,
就这样,一层雾障在他身上铺落;
他的脑海旋转又旋转,各种阴影
匆促地闪过,他想抓又抓不住,
最后格咯一声,阻塞了他的喉咙,
一切是冰冷和黑暗——归于泥土,
就是我们出生以前的那一虚无。

2

各国有什么希望!——只要看一看
　　几千年的史册——那日常的景象,
那每一时代的盛衰和往复循环,
　　那永远的"现在",新出现的"既往",
从未教给我们什么,或者很少;
我们所依靠的终于在身下烂掉,
我们白白费力气与空气角斗,
因为是我们的本性把我们击倒了;
每小时内为筵席而屠宰的牲口
也是同等高的生命——而他们却要
被人驱赶着走去,尽管去被杀戮。
世人呵,你们为国王们血流如注,
他们给了你们的子孙什么报酬?
那就是继承你们的奴役和灾难,
一种盲目的契约,给的雇金是皮鞭。
请看! 那火热的犁头岂不在炙手!
你们被它绊着受尽无用的苦难,
还以为这样效忠是铁证如山;
亲吻着那使你们受伤的手,
骄傲于你们踩着火红的铁棍走!

然而祖先给你们留下的东西，
那自由而崇高的一切，受到时间
和历史推荐的，是发自不同的主题，
你们看过、读过，赞美而且慨叹，
接着还是忍辱屈从，流血和流汗！
只有少数英杰，置一切于不顾，
而且更糟，挑起罪恶冒犯官府，
突然把监牢的墙轰然推翻，
并且渴望着啜饮自由的甘泉；
而人群被多少世纪的干旱所苦，
狂叫着，彼此践踏把杯水争夺，
因为一饮能使沉重的枷锁和痛楚
归于遗忘，而他们曾久久地耕着
一片沙漠——假如能滋生黄谷，
那不是他们的，他们的颈项太低垂，
他们麻木的胃只能把痛苦反刍；
是的！只有少数人，尽管有些行为
为他们厌恶，但决不把伟大的斗争
和越出自然律的暂时冲动混淆，
后者像瘟疫，地震，只暂时逞凶，
以后就消逝了，山河依旧妖娆，
只要几个夏季就能把灾害抵消；
城市和世代又兴起，自由而美丽，
因为，暴政呵，鲜花只会被你窒息！

3

光荣和帝国呵！一度高踞这城垛，
　　还有自由——你们神圣的三位一体！①

---

① 这里影射和自由对立的"神圣同盟"三个国家（俄、奥、普），也是三位一体。

当威尼斯成为举世天骄的时刻,
　　最强大的联盟国也只能压抑
而无法消灭她的精神;她的命运
笼罩着一切;欢宴的国君们热爱
他们的女主人,怎样也恨不起来,
尽管屈辱了她;许多人也和国君
感觉相同,因为在世界各个角落,
她一直是航海者的偶像,连她的罪恶
也是轻柔的一种,——本生于爱情,
她不嗜血,也不以战死者自肥,
只是无害的征服所到之处扬威,
十字架得以恢复了,以天主为名
她的神圣的卫教之旗可以不断
在大陆和邪教的新月之间招展;
呵,若是新月下降,隐没,大陆尽可
感谢这被自己加以镣铐的城邦;
听！这铁镣声正在他们耳边震响,
而他们的自由之名之所以取得
正由于他光荣的斗争;但她只能
和他们分尝一种共同的悲痛:
被称为一个敌对征服者的"王国",
然而她知道——这能把谁骗得过?——
而且我们最知道:暴君总会把
一些镀金的名词拿来变戏法。

4

共和国的名称从此成为过去,
　　在呻吟的土地的三部分被抹掉;
威尼斯败亡了,荷兰屈就地接纳

一个王位,并且忍受那件紫袍;①
确实还剩下自由的瑞士人独自
漫行于无束缚的山间,但那也是暂时,
因为暴政近来已变得异常狡黠,
它在适当的时刻就会一脚踏灭
我们的余烬。有一个伟大的国度,
她蓬勃的子孙居于远洋的另一隅,
育于自由的传统,他们的先祖
曾为自由而战,并把它代代传下去——
那是心和手的遗产,以独特自夸,
但她的儿子们却要对暴君的一呼
连连躬身,好像他那无意义的王笏
充满着已破产的幻术的魔法。
另一个伟大的国度,无畏而自由,
还庄严而不屈地高高昂着头,
矗立在大西洋的远方!她教导了
她的以扫弟兄们,看他骄傲的旗,
那阿尔比安②巉岩的水中樊篱,
竟能抗拒那些恶徒的血腥右手,
虽然他们曾把以血挣的权利买走。
但永远更好的是,尽管血流成河,
让每个人流吧,再流吧,那也胜过
让血液在千万条迂缓的血管里
像被锁住的运河那样停滞、淤积;
又像梦游的病人,才走上三步
便跌了一跤,还不如睡在坟墓:
那些被歼的斯巴达人至今还自由,

---

① 一七九七年十月十七日,法国拿破仑与奥地利签订坎波福米奥和约,其中有瓜分威尼斯共和国的条款。一八〇六年,拿破仑任命他的弟弟路易·波拿巴为荷兰国王。
② 见第10页注②。

在德摩比利①的墓穴傲然扬首,
而优于瘫痪在泥沼;不然就飞翔
到海上吧,把一个支流汇进大洋,
把一个精英加入祖先们的灵魂,
给你,美洲呵,添上一个自由人!

---

① 德摩比利隘口(即"温泉关"),在希腊拉米亚附近,是希腊北部和中部交界处的一个通道。公元四八〇年,斯巴达国王列奥尼达率希腊军队在这里阻击波斯帝国国王泽尔士一世率领的侵略军。由于众寡悬殊,并且由于一个希腊叛徒通敌,列奥尼达和三百名斯巴达战士全部战死。

诗　节

1

如果爱情能永久
像河水一样的流，
而时间的努力
也枉费了心机——
那就没有一种乐趣
　　能和这相比；
我们会抱住这锁链
　　像一笔财产。
但是我们的叹息
并不止于奄奄待毙，
而且，是为了飞翔
爱情丰腴着翅膀；
那么，就让我们爱恋
　　爱一季就完，
还得让那一季以春天为限。

2

当情人们告别
感到心儿碎裂，
一切希望都落空，
　　只有死才成；

等他们老上几年
也许又跟她见面，
呵,那心儿大大变冷,
　　以前为她而痛!
假如竟结合一起,
在任何种气候里,
他们会逐渐拔掉
爱底翅膀的羽毛——
爱会永远停留,
但却悲哀地颤抖,
他的羽翼没了,当春天已经溜走。

3

有如政党的首领,
行动是他的生命——
用一纸契约去限制
　　他绝对的统治,
这灭了他的光荣,
当暴君已当不成,
他就轻蔑地离去
　　这一国的领域。
他继续、继续进攻,
他的旗帜在飘扬,
为了使权力加强,
　　他必须移动——
停下只使他乏味,
退却会把他摧毁,
爱情可受不了一个降级的王位。

4

痴心的情人,别等待!
岁月去了就不再来,
以后你就变冷静
  像做了场梦;
该趁着每人在哀怨
  对方的缺点,
又是骂,又是愤怒,
一切都天翻地覆——
只要热情刚刚低减,
  还没有全完,
可不要等着取笑
把热情摧残,毁掉,
  只要一旦低减,
爱底王朝就推翻,
那就友好地分手吧,说声再见。

5

就这样,依恋之情
会把那海誓山盟
恢复给你的记忆,
  带一点欢喜:
你总算没有等到
被人厌倦或憎恨,
你的热情满足了,
  也开始腻人。
你最后一次的拥抱
没留下冷酷的痕迹,

彼此多情的面孔
和过去也无不同,
而这场甜蜜的错误的
　　　明镜——那眼睛
只露着喜悦——虽然是末次,却并不寡情。

6

固然,硬是分开,
须得不只是忍耐,
还有怎样的绝望
　　　在心头滋长!
然而,若是继续维持,
又怎么样?除了拴住
　　　一颗冷却的心,
使它扑打监牢的门?
时光把爱变成腻味,
习惯也可把它摧毁;
爱情,这会飞的娃娃
　　　只跟孩子玩耍——
你所感觉的痛苦,
　　尽管较深,却较短促,
如果不把欢乐拖完,却是中途打住。

　　　　　　　　　(一八一九年十二月一日)

警　句

这个世界是一捆干草，
　　人类是驴子,拖着它走,
每人拖的法子都不同,
　　最蠢笨的就是约翰牛①。

---

① "约翰牛"是英国的绰号。

咏卡斯尔雷[1]

噢！卡斯尔雷！而今你成了爱国志士，
加图[2]为他的国家而死，你也如此；
他宁死而不愿见罗马不自由，
你呢，自抹脖子，而使不列颠得救！

好，终于卡斯尔雷切断了自己的喉咙！
但糟糕的是，这不是他初次下手行凶。

好，终于他杀了自己！谁呀？是他！
就是他很早以前杀了他的国家。

---

① 罗伯特·卡斯尔雷(1769—1822)，英国外交大臣，在国内外执行反动政策，以后自杀而死。这首诗的原题为《警句》(Epigrams)。
② 加图(前95—前46)，指小加图，古罗马政治家，大加图之曾孙。他反对恺撒，在得悉恺撒再胜于塔普斯时，自杀身死。

约翰·济慈[①]

谁杀死了约翰·济慈？
　　"是我，"《季刊》说，
这么野蛮，这么放肆，
　　"这是我的杰作。"

谁射出了这一毒箭？
　　"密尔曼，教士兼诗客"
（杀人竟如此不眨眼），
　　也许是骚塞或巴罗。

　　　　　　　　（一八二一年七月）

[①] 约翰·济慈(1795—1821)，英国诗人。他的作品受到恶意的抨击，这加重了他的肺病，终于不治而逝。

致莫瑞先生

为了瓦尔格瑞夫和《奥弗德》①,
你付的版税比给我的多得多,
这可有失于公平待人的原则,
    我的莫瑞。

因为谚语有云:一只活的狗
比起快死的狮子绝不差一筹;
一个活勋爵当抵得两个尸首②,
    我的莫瑞。

而且,如果当真像人们所说,
诗歌比散文的销路还更广阔,
那么,我的稿费应该比他们的多,
    我的莫瑞。

但现在,这张信纸快写到底,
因此,如你同意,我可不能受欺,
如你不同意,那就见你的鬼去,
    我的莫瑞。

---

① 杰姆士·瓦尔格瑞夫是乔治三世作王子之时的教师,他著的回忆录由莫瑞出版。《奥弗德》指郝瑞斯·华尔波尔所著有关乔治二世最后九年的回忆录。
② 指乔治二世和乔治三世。

写于佛罗伦萨至比萨途中

哦,别跟我谈论什么故事里的伟大的人名,
我们青春的岁月是我们最光辉的时辰;
甜蜜的二十二岁所得的常春藤和桃金娘
胜过你所有的桂冠,无论戴得多么辉煌。

对于满额皱纹,花冠和王冕算得了什么?
那不过是五月的朝露洒上枯死的花朵。
那么,不如把这一切从苍白的头上扔开!
对于只给人以荣誉的花环我又何所挂怀?

呵,美名! 如果我对你的赞扬也感到欣喜,
那并不仅仅是为了你富丽堂皇的词句;
我是想看到亲爱的人儿睁大明亮的眼,
让她知道我这爱她的人也并非等闲。

主要是因此,我才追寻你,并且把你发现,
她的目光是笼罩着你的最美的光线;
如果听到我的灿烂的故事,她闪闪眼睛,
我就知道那是爱,我感到那才是光荣。

(一八二一年十一月六日)

今天我度过了三十六年①

一八二四年一月二十二日,米索朗吉。

是时候了,这颗心该无所惑,
　　既然它已不再感动人心;
可是,尽管我不能为人所爱,
　　我还要寄情于人!

我的日子飘落在黄叶里,
　　爱情的花和果都已消失;
只剩下溃伤,悔恨和悲哀
　　还为我所保持!

那郁积在我内心的火焰
　　像一座火山岛那样孤寂,
没有一只火把过来点燃——
　　呵,一个火葬礼!

希望,恐惧,嫉妒的忧烦,
　　爱情的那崇高的一半
痛苦和力量,我都没有尝过,
　　除了它的锁链。

---

① 这首诗是拜伦参加希腊民族解放战争时,在他三十六岁生日那一天写成的。这以后,他被任命为征讨利潘杜远征军总司令,直到四月十九日去世前为止,没有写过其他诗篇。

呵,但何必在此时,此地,
　　让这种思绪挫我的精神:
荣誉正装饰着英雄的尸架,
　　或者鼓舞着他的心。

看! 刀剑,军旗,辽阔的战场,
　　荣誉和希腊,就在周身沸腾!
那由盾牌抬回的斯巴达人①
　　何曾有过这种驰骋。

醒来!(不,希腊已经觉醒!)
　　醒来,我的灵魂! 想一想
你的心血所来自的湖泊,②
　　还不刺进敌人胸膛!

踏灭那复燃的情欲吧,
　　没出息的成年! 对于你
美人的笑靥或者蹙眉
　　应该失去了吸力。

若使你对青春抱恨,何必活着?
　　使你光荣而死的国土
就在这里——去到战场上,
　　把你的呼吸献出!

寻求一个战士的归宿吧,

---

① 古希腊的斯巴达人以英勇著称。斯巴达的母亲在送儿子出征时,交给他盾牌说,"带回这个盾,不然就躺在它上面回来。"意指战死后由盾牌抬回,这才被认为是光荣的。
② 拜伦认为自己承继的是古希腊文化的光辉传统,故愿将希腊称为自己的祖国,以希腊的敌人为自己的敌人。

109

这样的归宿对你最适宜；
看一看四周,选择一块地方,
然后静静地安息。

第二部分 长诗选段

郝兰德公馆[①]

(摘自《英国诗人和苏格兰评论家》)

大名鼎鼎的郝兰德!别让他晦气,
光提他的一群雇佣,而把他忘记!
郝兰德呵,有亨利·培蒂在他身后,
是猎人和领头,带领那一群猎狗。
该祝福郝兰德公馆摆设的酒宴,
有苏格兰人吃,有批评家豪饮狂欢!
在那好客的屋檐下,但愿天长地久
让穷文人用餐,把债主关在外头。
请看诚实的哈莱姆放下刀叉,
拿起笔,把勋爵大人的作品来夸,
由于对盘中的美餐非常感激,
他宣称:勋爵大人至少能够翻译!
爱丁堡[②]呵!你该高兴看你的养子,
他们为吃而写,又为写而必须吃:
我的贵夫人[③]惟恐葡萄酒非凡易上火,

[①] 郝兰德公馆是十七世纪的建筑,一七六七年被福克斯男爵取得,本诗所指的郝兰德男爵即其孙,他使郝兰德公馆成为政治、文学和艺术的中心,许多作家都是那里的常客。郝兰德自己也写诗,翻译作品。拜伦的《阿比杜斯的新娘》就是献给他的。
[②] 指《爱丁堡评论》。
[③] 郝兰德夫人是一个才女,拜伦说她"据信在《爱丁堡评论》上显示过她无比的机智。不管怎样,我们确知有一些手稿是送给她去改正的。"

使一些漂亮的情思溜到印刷所,
从而让女读者的面颊飞红,害羞,
因此就从每篇评论撤去那奶油;
还把她灵魂的纯洁吹拂到纸上,
改正每个错误,使整体文雅高尚。

孤 独

(《恰尔德·哈洛尔德游记》第二章,
第二五——二六节)

坐在山岩上,对着河水和沼泽冥想,
或者缓缓地寻觅树林荫蔽的景色,
走进那从没有脚步踏过的地方
和人的领域以外的万物共同生活,
或者攀登绝路的、幽独奥秘的峰峦,
和那荒野中、无人圈养的禽兽一起,
独自倚在悬崖上,看瀑布的飞溅——
这不算孤独;这不过是和自然的美丽
展开会谈,这是打开她的富藏浏览。

然而,如果是在人群、喧嚣,和杂沓中,
去听、去看、去感受,一心获取财富,
成了一个疲倦的游民,茫然随世浮沉,
没有人祝福我们,也没有谁可以祝福,①
到处是不可共患难的、荣华的奴仆!
人们尽在阿谀,追随,钻营和求告,
虽然在知觉上和我们也是同族,
如果我们死了,却不会稍敛一下笑:
这才是举目无亲;呵,这个,这才是孤独!

---

① 没有人祝福我们,因为我们若是在忧患中,富贵的人会避开我们;若是我们荣华富贵,那些追随我们的人必然是因为我们的成功而追随,却不是出于对我们的情谊。他们不会祝福我们,我们也不会祝福他们。(E. H. 柯勒律治注)

希 腊

(《恰尔德·哈洛尔德游记》第二章,
第七三——七七节)

美丽的希腊!一度灿烂之凄凉的遗迹!
你消失了,然而不朽;倾圮了,然而伟大!
现在还有谁能唤起你败绩的儿女,
领导他们去打落那久已锢身的锁枷?
也曾有个时候,你的子孙并不萎靡,
他们,绝望的战士等待着意愿的宿命,
守望在德摩比利荒凉如墓穴的海峡里——
呵,还有谁能再燃起那勇敢的精神
从幼若塔斯①河岸跃出,把你从墓中唤醒?

呵,自由底精灵!想当年,在伐里的山巅,
当你和斯来赛布拉斯的队伍处在一起,②
你可曾预见如今,在你的爱梯克平原③,
一串阴郁的日子遮暗了绿野的美丽?
现在,并不是三十个暴君来紧锢锁链,
而是每个野汉都在你的土地上逞凶;
你的子孙并不反抗,只无益地抱怨,

---

① 幼若塔斯河流贯斯巴达,斯巴达的三百勇士于德摩比利隘口抗击波斯入侵大军而壮烈牺牲。见第98页注①。
② 伐里是雅典外围的险要之地。公元前五世纪,雅典将军斯来赛布拉斯由此进军,推翻了统治希腊的三十暴君,恢复了共和政体。
③ 即雅典平原。

114

并且在土耳其人的鞭子下颤抖、战惊,
他们从生到死都被奴役,不敢抗拒于言行。

除了外形,一切都有了怎样的改变!
只要看看那每只眼中还闪耀的火星,
谁不认为他们的胸中重又点燃
你不灭的光辉,呵,失踪的自由的精灵!
但许多人只梦想以待,白白失去良机,
而看着光复祖先河山的时刻临近,
他们一心痴望外来的援助而叹息,
但却不敢单独地抗拒敌人的逞凶,
或者从奴隶的悲惨史册上撕去自己的污名。
世世代代被奴役的人们!你们可明白:
谁要想获得自由,必须自己起来斗争?
谁要想取得胜利,必须把右拳伸出来?
高卢①或者莫斯科能救你们吗?不能!
固然,他们会把欺凌你们的强盗打下去,
可不是为了你们,自由底神坛升起火光。
西罗特②的亡魂呵!快击败你们的强敌!
唉,希腊!你只更换了主人,却未改变情况,
你光辉的一日闪过,耻辱的年代仍旧漫长。

这一个城市③,从加吾尔转手到真主,
加吾尔会再从奥托曼族的治下争夺;
那苏丹的警卫森严的楼阁再也拦不住
暴躁的西方人,还会迎接它以前的来客;

---

① 高卢,法国古称。
② 西罗特是给斯巴达充当奴隶的一族。这里比拟希腊。
③ 指君士坦丁堡。十字军东征时,它常常在敌对的双方(一方是加吾尔即基督徒,另一方是伊斯兰教的土耳其)之间易手。

或者那作乱的瓦哈比族①,既然一度胆敢
从穆罕默德墓前把战利的圣物劫去,
也许从西方沿着一条血路迂回进犯;
呵,惟有自由的脚步来不到这命定的土地,
在无尽苦役的岁月中,只见奴隶一代代承继。

---

① 瓦哈比族约当一七六〇年崛起于阿拉伯中部,在拜伦旅居东方时,声势浩大,攻入麦加等地,直接威胁到土耳其帝国(奥托曼帝国)的存在。

亲人的丧失

(《恰尔德·哈洛尔德游记》第二章,第九八节)

等待老年的最大的伤痛是什么?
是什么把额上的皱纹烙得最深?
那是看着每个亲人从生命册中抹掉,
像我现在这样,在世间茕茕独存。
呵,让我在"惩罚者"之前低低垂下头,
为被分开的心,为已毁的希望默哀;
流逝吧,虚妄的岁月!你尽可不再忧愁,
因为时间已带走了一切我心之所爱,
并且以暮年的灾厄腐蚀了我以往的年代。

别　英　国[①]

(《恰尔德·哈洛尔德游记》第三章,第一——二节)

你的面孔像你的母亲么,我的孩子?
阿达[②]！我的家门和我心上惟一的爱女!
上次见你,你的蓝眼睛在对我笑时,
我们别离了——可不像现在的别离,
那时还存着希望。——
　　　　　　　我突地惊醒一下,
怒涛在我四周起伏;在海空中,风
以加劲的声音嘶吼:我去了,到哪儿
我却不知道;但时机已过,我不能
再望到英国隐退的海岸,使眼睛喜悦或伤痛。

又一次漂泊在海上! 呵,再次漂流!
惊涛骇浪在我的身下紧紧被管住,
有如熟知骑手的骏马。任它狂吼!
无论飘到哪里,但愿它飞得快速!
尽管吃力的桅杆像芦苇似的抖颤,
尽管撕破的帆随着猛烈的风乱飘,
我仍得驶去;因为我像是从山巅

[①] 拜伦在一八〇九年初次出国,游历了东方。再次(也是最末一次)离开英国是在一八一六年,即本诗所记的这一次。这次出国是由于离婚的纠纷及国内环境恶劣,使他不得不走,而且决心不再回来了。

[②] 阿达是拜伦婚后不久所生的女儿,当时尚不及周岁。

投掷到海的泡沫上的一根野草,
它要驶向波浪滔天的地方,驶向剧烈的风暴。

自然的慰藉

(《恰尔德·哈洛尔德游记》第三章,第一三——一五节)

在高山耸立的地方必有他的知音,
在海涛滚滚的地方,那就是他的家乡,
只要有蔚蓝的天空和明媚的风暴,
他就喜欢,他就有精力在那地方游荡;
沙漠,树林,幽深的岩洞,浪花的雾,
对于他都含蕴一种情谊;它们讲着
和他互通的言语,那比他本土的著述
还更平易明白,他就常常抛开卷册
而去打开为阳光映照在湖上的自然的书。

有如一个迦勒底人,他能观望着星象,
直到他看到那上面聚居着像星星
一样灿烂的生命;他会完全遗忘
人类的弱点,世俗,和世俗的纷争:
呵,假如他的精神能永远那么飞升,
他会快乐;但这肉体的泥坯会扑灭
它不朽的火花,嫉妒它所升抵的光明,
仿佛竟要割断这惟一的环节:
是它把我们联到那向我们招手的天庭。

然而在人居的地方,他却成了不宁
而憔悴的怪物,他怠倦,没有言笑,
他沮丧得像一只割断翅膀的野鹰,

只有在漫无涯际的太空才能逍遥；
以后他又会一阵发狂，抑不住感情，
有如被关闭的小鸟要急躁地冲击，
嘴和胸脯不断去撞击那铁丝的牢笼，
终于全身羽毛都染满血，同样地，
他那被阻的灵魂的情热噬咬着他的心胸。

我没有爱过这世界

(《恰尔德·哈洛尔德游记》第三章，
第一一三——一一四节)

我没有爱过这世界，它对我也一样；
我没有阿谀过它腐臭的呼吸，也不曾
忍从地屈膝，膜拜它的各种偶像；
我没有在脸上堆着笑，更没有高声
叫嚷着，崇拜一种回音；纷纭的世人
不能把我看作他们一伙；我站在人群中
却不属于他们；也没有把头脑放进
那并非而又算作他们的思想的尸衣中，
一齐列队行进，因此才被压抑而致温顺。

我没有爱过这世界，它对我也一样——
但是，尽管彼此敌视，让我们方方便便
分手吧；虽然我自己不曾看到，在这世上
我相信或许有不骗人的希望，真实的语言，
也许还有些美德，它们的确怀有仁心，
并不给失败的人安排陷阱；我还这样想：
当人们伤心的时候，有些人真的在伤心，
有那么一两个，几乎就是所表现的那样——
我还认为：善不只是空话，幸福并不只是梦想。

意大利的一个灿烂的黄昏

(《恰尔德·哈洛尔德游记》第四章,第二七——二九节)

　　月亮升起来了,但还不是夜晚,
　　落日和月亮平分天空,霞光之海
　　沿着蓝色的弗留利群峰的高巅
　　往四下迸流,天空没一片云彩,
　　但好像交织着各种不同的色调,
　　融为西方的一条巨大的彩虹——
　　西下的白天就在那里接连了
　　逝去的亘古;而对面,月中的山峰
浮游于蔚蓝的太空——神仙的海岛!

　　只有一颗孤星伴着狄安娜①,统治了
　　这半壁恬静的天空,但在那边
　　日光之海仍旧灿烂,它的波涛
　　仍旧在遥远的瑞申山顶上滚转:
　　日和夜在互相争夺,直到大自然
　　恢复应有的秩序;加暗的布伦泰河
　　轻柔地流着,日和夜已给它深染
　　初开放的玫瑰花的芬芳的紫色,
这色彩顺水而流,就像在镜面上闪烁。

　　河面上充满了从迢遥的天庭

---

① 狄安娜,月之女神。

降临的容光;水波上的各种色泽
从斑斓的落日以至上升的明星
都将它们奇幻的异彩散发、融合:
呵,现在变色了;冉冉的阴影飘过,
把它的帷幕挂上山峦;临别的白天
仿佛是垂死的、不断喘息的海豚,
每一阵剧痛都使它的颜色改变,
最后却最美;终于——完了,一切没入灰色。

罗 马

(《恰尔德·哈洛尔德游记》第四章,第七八——八二节)

哦,罗马!我的祖国!人的灵魂的都城!
凡是心灵的孤儿必然要来投奔你,
你逝去的帝国的凄凉的母亲!于是能
在他狭窄的胸中按下渺小的忧郁。
我们的悲伤和痛苦算得了什么?来吧,
看看这柏树,听听这枭鸣,独自徘徊
在残破的王座和宫宇的阶梯上,呵呀!
你们的烦恼不过是瞬息的悲哀——
脆弱如人的泥坯,一个世界已在你脚下掩埋。

万邦的尼俄伯①!哦,她站在废墟中,
失掉了王冠,没有儿女,默默地悲伤;
她干瘪的手拿着一只空的尸灰甄,
那神圣的灰尘早已随着风儿飘扬;
西庇阿②的墓穴里现在还留下什么?
还有那许多屹立的石墓,也已没有
英雄们在里面居住:呵,古老的台伯河!
你可要在大理石的荒原中奔流?

---

① 据希腊神话,尼俄伯有六子六女,因此自傲而惹怒日神阿波罗和月神阿耳忒弥斯之母拉托娜。日神射杀了尼俄伯的六子,月神射杀了她的六女。尼俄伯被变为岩石;但从岩石滴落的水表示她仍在为儿女悲恸。这里将罗马比作尼俄伯。
② 西庇阿是罗马的英雄,在公元前二〇二年击败罗马的强大敌人汉尼拔。

扬起你黄色的波涛吧,覆盖起她的哀愁。

哥特人,基督徒,时间,战争,洪水和火,
都摧残过这七峰拱卫的城的骄容;
她眼看着她的荣光一星星地隐没,
眼看着野蛮人的君主骑马走上山峰,
而那儿战车曾驰向神殿;庙宇和楼阁
到处倾圮了,没有一处能够幸存;
莽莽的荒墟呵!谁来凭吊这空廊——
把一线月光投上这悠久的遗痕,
说"这儿曾是——"使黑夜显得加倍地深沉?

呵,这加倍的夜,世纪和她的沉没,
以及"愚昧",夜的女儿,一处又一处
围绕着我们;我们寻胜只不断弄错;
海洋有它的航线,星斗有天文图,
"知识"把这一切都摊在她的胸怀;
但罗马却像一片荒漠,我们跌跌绊绊
在芜杂的记忆上行进;有时拍一拍
我们的手,欢呼道:"有了!"但很明显,
那只是海市蜃楼在近处的废墟呈现。

去了,去了!崇高的城!而今你安在?
还有那三百次的胜利!还有那一天
布鲁图①以他的匕首的锋利明快
比征服者的剑更使名声远远流传!
去了,塔利的声音,维吉尔的诗歌
和李维的史图册!但这些将永远

---

① 布鲁图(约前85—前42),古罗马政治家。内战期间追随庞贝反对恺撒。公元前四四年,与卡西乌等刺死独裁者恺撒,以图拯救罗马的共和政体。

使罗马复活,此外一切都已凋落。
唉,悲乎大地!因为我们再也看不见当罗马自由之时她的目光的灿烂!

荒　墟

（《恰尔德·哈洛尔德游记》第四章，第一三〇——一三一节）

哦，时间！你美化了逝去的情景，
你装饰了荒墟，惟有你能医治
和抚慰我们负伤流血的心灵，——
时间！你能纠正我们错误的认识，
你考验真理，爱情——是惟一的哲人，
其余的都是诡辩家，因为只有你
寡于言谈，你的所言虽迟缓、却中肯——
时间呵，复仇的大神！我向你举起
我的手、眼睛和心，我向你请求一件赠礼：

在这片荒墟中，有一座祭坛和庙宇
被你摧毁得最惨，更庄严而凄清，
在你壮丽的祭品中，这是我短短的
岁月的荒墟（这充满悲欢的生命）：
呵，在这一生，如果我竟然洋洋自得，
别理我吧；但如果我淡然迎受
好运，而是对那制伏不了我的邪恶
保持骄傲，那就不要让我的心头
白负上这块铁——难道他们①不该吃苦头？

---

　①　指拜伦的诽谤者。

128

东　方

(《阿比杜斯的新娘》第一章,第一节)

你可知道有一个地方,柏树和桃金娘
是那片土地上所作的事迹的征象?
在那儿,兀鹰的躁怒和海鳖的爱情
一会儿化为悲哀,一会儿促成暴行!
你可知道那生长杉木和藤蔓的地方,
那儿的花朵永远盛开,太阳永远闪亮;
西风的轻盈的翅膀为沉香所压低,
在玫瑰盛开的园中逐渐沉落、偃息;
在那儿,香橼和橄榄是最美的水果,
夜莺终年歌唱,她的歌喉从不沉默;
那儿的土地和天空尽管颜色不同,
但各有各的美丽,它们相互争胜,
而海洋的紫色却那么深,那么浓;
少女有如她们摘下的玫瑰一样温柔,
一切充满了神异,只有人的心如旧。
呵,那是东方,那是太阳居住的地方——
他能否对他子女的行为微笑、赞赏?
呵,有如情人告别的声调一样炽热,
那是他们的心,和他们所要讲的故事。

海 盗 生 涯

(《海盗》第一章,第一节)

在暗蓝色的海上,海水在欢快地泼溅,
我们的心是自由的,我们的思想不受限,
迢遥的,尽风能吹到、海波起沫的地方,
量一量我们的版图,看一看我们的家乡!
这全是我们的帝国,它的权力到处通行——
我们的旗帜就是王笏,谁碰到都得服从。
我们过着粗犷的生涯,在风暴动荡里
从劳作到休息,什么样的日子都有乐趣。
噢,谁能体会出?可不是你,娇养的奴仆!
你的灵魂对着起伏的波浪就会叫苦;
更不是你安乐和荒淫的虚荣的主人!
睡眠不能抚慰你——欢乐也不使你开心。
谁知道那乐趣,除非他的心受过折磨,
而又在广阔的海洋上骄矜地舞蹈过?
那狂喜的感觉——那脉搏畅快的欢跳,
可不只有"无路之路"的游荡者才能知道?
是这个使我们去追寻那迎头的斗争,
是这个把别人看作危险的变为欢情;
凡是懦夫躲避的,我们反而热烈地寻找,
那使衰弱的人晕厥的,我们反而感到——
感到在我们鼓胀的胸中最深的地方
它的希望在苏醒,它的精灵在翱翔。
我们不怕死——假如敌人和我们死在一堆,

只不过,死似乎比安歇更为乏味:
来吧,随它高兴——我们攫取了生中之生——
如果死了——谁管它由于刀剑还是疾病?
让那种爬行的人不断跟"衰老"缠绵,
粘在自己的卧榻上,苦度着一年又一年;
让他摇着麻痹的头,喘着艰难的呼吸,
我们呀,不要病床,宁可是清新的草地。
当他在一喘一喘地跌出他的灵魂,
我们的只痛一下,一下子跳出肉身。
让他的尸首去夸耀它的陋穴和骨灰瓮,
那憎恨他一生的人会给他的墓镶金;
我们的却伴着眼泪,不多、但有真情,
当海波覆盖和收殓我们的死人。
对于我们,甚至宴会也带来深心的痛惜,
在红色的酒杯中旋起我们的记忆;
呵,在危险的日子那简短的墓志铭,
当胜利的伙伴们终于把财物平分,
谁不落泪,当回忆暗淡了每人的前额:
现在,那倒下的勇士该会怎样地欢乐!

寻找英雄人物

(《唐璜》第一章,第一——五节)

说来新鲜,我苦于没有英雄可写,
　　尽管当今之世,英雄是迭出不穷;
年年有,月月有,报刊上连篇累牍,
　　而后才又发现:他算不得真英雄;
因此,对这些我就不人云亦云了,
　　而想把我们的老友唐璜①来传诵——
我们都看过他的戏,他够短寿,
似乎未及天年就被小鬼给带走。

上一代有弗农②,沃尔夫③,豪克④,凯培⑤,

---

① 唐璜是欧洲文学中的一个传奇人物。据传他原是十四世纪西班牙塞维尔城的一个世家子弟。他引诱该城军事统领的女儿唐娜·安娜,被统领撞见;在殴斗中,他杀死了统领。人们在统领的墓上树立了一个石像。当唐璜和他胆小的仆人去看这个石像时,却见石像的头在转动。唐璜以诙谐的口吻约请它去晚宴。石像果然如约而来,捉住了唐璜,并把他带到魔鬼那里去(又一说是寺院僧人杀了他,而伪造上述石像的故事)。关于唐璜还有许多不同的传说,但总的说来,他的名字成了那种邪恶而无信义的诱惑女人者的代称。莫扎特的著名舞剧《唐·吉奥凡尼》,莫里哀的戏剧《石像的筵席》,都以他为主人公。英国戏剧家托玛斯·沙得威尔(1642—1692)将上述故事写成剧作《放荡者》。本节诗中"我们都看过他的戏"即指由此剧改编成的两幕哑剧,它当时在英国上演,颇为轰动。
② 爱德华·弗农(1684—1757),英国海军上将,于一七三九年占领巴拿马的贝略港。
③ 杰姆斯·沃尔夫(1727—1759),英国将领,在加拿大魁北克攻城战中阵亡。
④ 爱德华·豪克(1715—1781),英国海军上将,于一七五九年基布隆海湾(法国西北)一役中击败了法国海军。
⑤ 奥古斯大·凯培(1725—1786),英国海军上将,因使法国舰队逃去而于一七七九年受军事审判,以后又无罪开释。

刽子手坎伯兰①,格朗贝②,等等将军,
不论好坏吧,总算被人谈论一阵,
　　　像今日的威斯莱③,招牌上也标过名。
呵,这群声誉的奴隶,那"母猪的崽仔"④,
　　　都曾昂着阔步,像班柯的帝王之影⑤;
同样,法国有一个拿破仑和杜莫埃⑥,
在《导报》、《醒世报》上都赢得了记载。

　　　法国还有孔多塞⑦,布里索⑧,米拉波⑨,
　　　　拉法夷特⑩,培松⑪,丹东⑫,马拉⑬,巴那夫⑭,

---

① 坎伯兰公爵(1721—1765),英王乔治二世的次子,曾在多次战役中以残酷著称。
② 格朗贝侯爵(1721—1790),"七年战争"后英国在德国驻军的统帅。上述这些英国海陆军将领,都是在英国从事海上和陆地的掠夺战争中一度扬名而结果并不佳的。
③ 阿瑟·威斯莱(1769—1852),即威灵顿公爵,英国将军,在对拿破仑战争中著有战功,滑铁卢一役后受到封赏,一八一五年后任欧洲联军司令并代表英国出席国际会议,是拜伦痛恨的反动政客之一。
④ "母猪的崽仔",见莎士比亚悲剧《麦克白》第四幕第一场第六十五行。在那里,第一个女巫说,"泼进那吃了自己一窠猪崽仔的母猪的血。"这里引用"母猪"似指声誉;并暗示声誉的奴隶们(即"母猪的崽仔"们)是声誉的受害者。
⑤ 班柯的帝王之影,见莎士比亚悲剧《麦克白》第四幕第一场。班柯和麦克白同为苏格兰国王的将军。麦克白谋害国王,篡夺了王位。班柯亦为其所杀。但麦克白对于是否能保持王位仍不能放心,要求荒原上的三个女巫给他呈现未来的影像。这时麦克白的眼前就走过了八个国王的影子,他们都是班柯的后代。后来,果然是班柯的子孙取得王位。
⑥ 查理·杜莫埃(1739—1823),法国资产阶级革命的将领,于一七九二年十一月曾击败奥地利军。
⑦ 孔多塞侯爵(玛里·让·安托万)(1743—1794),在法国革命期间,被选为立法会议的议长(1792),一七九四年被吉隆特党人排斥,因怕上断头台而服毒自杀。
⑧ 让·皮埃·布里索(1754—1793),法国革命主要煽动者之一,一七八九年七月曾掀起练武场暴动。一七九三年十月被处死于断头台上。
⑨ 米拉波伯爵(1749—1791),法国革命初期立宪会的领袖,主张君主立宪政体。
⑩ 拉法夷特侯爵(1757—1834),法国贵族,曾参加美国独立战争。法国革命初期,任国民卫队统帅,抗击奥地利和普鲁士军的入侵。但于一七九二年因不满革命的进展而投靠敌军。
⑪ 吉罗姆·培松(1753—1794),法国革命初期任巴黎市长(1791)。后因革命的进展而失势,为逃避追缉而隐居荒野,为狼所食。
⑫ 乔治·丹东(1759—1794),法国革命期间曾主持革命法庭。一七九四年上断头台。
⑬ 让·保罗·马拉(1744—1793),法国革命期间曾主持一七九二年九月的镇压行动。一七九三年七月十三日被夏劳蒂·考尔台刺死。
⑭ 安托万·皮埃·巴那夫(1761—1793),在法国革命期间,曾任立宪议会议长(1791)。一七九三年十一月上断头台。

133

我们知道,他们都是赫赫有名,
　　此外,还有尚未被遗忘的,例如:
儒贝尔①、奥什②、马尔索③、拉纳④、德赛⑤、莫罗⑥,
　　以及许多军界要角,难以尽述。
他们有一时都非常、非常烜赫,
　　然而,用在我的诗上却不太适合。

纳尔逊⑦一度是大不列颠的战神,
　　可惜为时不久,就改换了风尚;
特拉法尔加已不再为人提起,
　　它已和我们的英雄一起埋葬;
因为陆军的声望一天天隆盛,
　　海军界的人士岂能不受影响,
更何况,我们的王子只为陆军撑腰,
把郝⑧、邓肯⑨、纳尔逊、杰维斯⑩都忘掉。

---

① 巴代雷米·儒贝尔(1769—1799),法国将军,在拿破仑执政期间,率军进攻意大利,颇有战功。一七九九年于诺威一役,与苏瓦洛夫军会战阵亡。
② 拉扎尔·奥什(1768—1797),法国革命中的将领,曾两次被控叛国而受审;以后率军打败奥地利人,并任陆军部长。
③ 弗朗斯瓦·马尔索(1769—1796),法国青年将军,在凡尔登和望德战役中以英勇作战著称。以后在战斗中阵亡。
④ 让·拉纳(1769—1809),法国元帅,拿破仑的名将之一。曾出征意大利、埃及、西班牙等地。一八〇九年在维也纳附近战役中,重伤而死。
⑤ 路易·查理·德赛(1768—1800),拿破仑的将军,在埃及作战获胜,在玛伦哥战役中,重伤而死。
⑥ 让·维克多·莫罗(1763—1813),拿破仑的将军,一八〇〇年在普鲁士作战屡胜。一八一三年在德累士顿之役为炮弹重创致死。
⑦ 霍拉萧·纳尔逊(1758—1805),英国海军上将,一七九九年率领英国舰队镇压了意大利的共和运动。一八〇五年在特拉法尔加海战中击败法国和西班牙的联合舰队,同时在战斗中阵亡。
⑧ 瑞恰德·郝(1726—1799),英国海军上将,在"七年战争"中以守英伦海峡而立功。一七八三至一七八八年任海军大臣。一七九四年战败法国海军。
⑨ 亚当·邓肯(1731—1804),英国海军上将,统率北海海军,曾击败荷兰舰队。
⑩ 约翰·杰维斯(1735—1823),英国海军上将,一七九七年曾挫败西班牙舰队。

英雄人物何止一个阿伽门农①,
　　在他前后,也出过不少俊杰之辈,
虽然英勇像他,却又各有千秋;
　　然而,只因为不曾在诗篇里留辉,
便被世人遗忘了。——我无意针砭,
　　但老实说,当代我实在找不到谁
适用于我的诗(就是这新的诗章),
因此,我说过,我就选中了唐璜。

---

① 阿伽门农,希腊神话中的迈锡尼王。因其弟墨涅拉俄斯之妻海伦被特洛伊王子帕里斯劫走,他发动了特洛伊战争。他战胜归来,却遭到妻子克吕泰墨斯特拉的杀害。

诗 人 自 讽

(《唐璜》第一章,第二一三——二二〇节)

但如今,年方三十我就白了发,
　　(谁知道四十岁左右又该如何?
前几天我还想到要戴上假发——)
　　我的心苍老得更快些;简短说,
我在五月就挥霍了我的夏季,
　　现在已打不起精神与人反驳;
我的生命连本带利都已用完,
哪儿还有那种所向披靡之感?

唉,完了,完了,——我心中再也没有
　　那清新的朝气,像早晨的露珠,
它能使我们从一切可爱的情景
　　酝酿出种种新鲜而优美的情愫,
好似蜜蜂酿出蜜,藏在心房中;
　　但你可认为那甘蜜越来越丰富?
不,它原来不是外来的,而是凭你
有没有给花儿倍增妩媚的能力。

唉,完了,完了——我的心灵呵,
　　你不再是我的一切,我的宇宙!
过去气概万千,而今搁置一边,
　　你已不再是我的祸福的根由;
那幻觉已永远消失:你麻木了,

但这也不坏,因为在你冷却后,
我却获得了许多真知灼见,
虽然天知道它来得多么辛酸。

我谈情的日子完了。无论多迷人:
少女也好,夫人也好,更别提寡妇,
已不能像昔日似地令我痴迷——
总之,我过去的生命已不能重复。
对心灵的契合我不再有所幻想,
红葡萄酒的豪饮也受到了劝阻;
但为了老好先生总得有点癖好,
我想我最好是走上贪财之道。
"雄图"一度是我的偶像,但它已在
"忧伤"和"欢娱"的神坛之前破碎;
这两个神祇给我遗下不少表记,
足够我空闲的时候沉思默对;
而今,像培根①的铜头,我已说完:
"现在,过去,时已不再";青春诚可贵,
但我宝贵的青春已及时用尽:
心灵耗在爱情上,脑子用于押韵。

声名究竟算得了什么?那不过是
保不定在哪儿占有一小角篇幅,
有的人把它比作登一座山峰,
它的顶端同样是弥漫着云雾;
就为了这,人们又说,又写,又宣讲,
英雄豪杰厮杀,诗人"秉着夜烛",

---

① 罗杰·培根(1214—1294),英国哲学家,也精通自然科学,被时人认为是魔法师。传说他制造了一个能说话的铜头,有一夜,在它说过"现在""过去""时已不再"三句话后,即自行粉碎。

好等本人化为灰时,可以夸得上
一个名字,一幅劣照,和更糟的雕像。

人的希望又是什么? 古埃及王
　　基奥普斯①造了第一座金字塔,
为了他的威名和他的木乃伊
　　永垂不朽,这塔造得最为高大,
可是他没有料到,他的墓被盗,
　　棺材里连一点灰都没有留下。
唉,由此可见,无论是你,是我,
何必还要立丰碑把希望寄托?

然而,由于我一向爱穷究哲理,
　　我常自慰说:"呜呼,生如白驹过隙,
此身乃是草芥,任死神随意收割;
　　你的青春总算过得差强人意,
即使照你的心愿能再活一遍,
　　它仍将流逝——所以,先生,该感激
你的星宿,一切情况总算不太坏:
读你的《圣经》吧,照顾好你的钱袋。"

---

① 基奥普斯,约公元前二千九百年的埃及国王,他造了最大的金字塔。据希腊史家希罗多塔斯记载:他使用三十六万民工,用了二十年时间,用六百万吨石头筑起一座金字塔以储藏其尸体,并设以曲折而诡秘的小径,从外观上完全看不出入口处,但尽管如此,后来有人"进入这幽暗的墓穴时,无论在石棺或地道内,都未见有基奥普斯的一根骨头。"(1818年4月《季刊》载)

哀 希 腊

(《唐璜》第三章)

1

希腊群岛呵,美丽的希腊群岛!
　　火热的莎弗①在这里唱过恋歌;
在这里,战争与和平的艺术并兴,
　　狄洛斯②崛起,阿波罗跃出海波!
永恒的夏天还把海岛镀成金,
可是除了太阳,一切已经消沉。

2

开奥的缪斯③,蒂奥的缪斯④,
　　那英雄的竖琴,恋人的琵琶,
原在你的岸上博得了声誉,

---

① 莎弗,公元前七世纪的希腊女诗人。她歌唱爱情的诗以热烈的感情著称。
② 狄洛斯,爱琴海中的一个小岛,有一群小岛环绕其周围。据希腊神话,它是由海神自海中唤出的,由于漂浮不定,宙斯以铁链钉之于海底。传说掌管诗歌与音乐的太阳神阿波罗诞生于此。
③ 据传说,开奥为荷马的诞生地,开奥的缪斯指荷马。"英雄的竖琴"指荷马史诗,因其中歌颂了战争和英雄。
④ 蒂奥的缪斯指公元前六世纪的爱奥尼亚诗人阿那克瑞翁。蒂奥(在小亚细亚)是他的诞生地。"恋人的琵琶"指他的以爱情与美酒为主题的抒情诗。

而今在这发源地反倒喑哑;
呵,那歌声已远远向西流传,
远超过你祖先的"海岛乐园"。

3

起伏的山峦望着马拉松①——
　　马拉松望着茫茫的海波;
我独自在那里冥想一刻钟,
　　梦想希腊仍旧自由而快乐;
因为,当我在波斯墓上站立,
我不能想象自己是个奴隶。

4

一个国王高高坐在石山顶,
　　瞭望着萨拉密②挺立于海外;
千万只船舶在山下靠停,
　　还有多少队伍全由他统率!
他在天亮时把他们数了数,
但日落的时候他们都在何处?

5

呵,他们而今安在?还有你呢,
　　我的祖国?在无声的土地上,

---

① 马拉松,雅典东部平原。公元前四九〇年,希腊在此击败波斯国王大流士的入侵大军。
② 萨拉密,希腊半岛附近的岛屿。公元前四八〇年,波斯国王瑟克西斯(前519?—前465)的强大海军在此处被希腊击败,从此希腊解除了波斯的压迫。当时,瑟克西斯坐在山上俯视这场海战。

英雄的颂歌如今已沉寂——
　　那英雄的心也不再激荡!
难道你一向庄严的竖琴
　　竟至沦落到我的手里弹弄?

6

也好,置身在奴隶民族里,①
　　尽管荣誉都已在沦丧中,
至少,一个爱国志士的忧思,
　　还使我在作歌时感到脸红;
因为,诗人在这儿有什么能为?
为希腊人含羞,对希腊国落泪。

7

我们难道只对好时光悲哭
　　和惭愧?——我们的祖先却流血。
大地呵!把斯巴达人的遗骨②
　　从你的怀抱里送回来一些!
哪怕给我们三百勇士的三个,
让德摩比利的决死战复活!

8

怎么,还是无声?一切都喑哑?
　　不是的!你听那古代的英魂

---

① 希腊在一四五三年至一八二九年期间,沦为土耳其的属地。拜伦为争取希腊的民族独立而最终献身于这一事业。他捐献家产组成一支希腊军队,并亲赴希腊参战,一八二四年以患热病死于米索隆吉(在希腊西部)军中。

② 见第114页注①。

正像远方的瀑布一样喧哗,
　　他们回答:"只要有一个活人
登高一呼,我们就来,就来!"
噫! 倒只是活人不理不睬。

9

算了,算了;试试别的调门:
　　斟满一杯萨摩斯①的美酒!
把战争留给土耳其野人,
　　让开奥的葡萄的血汁倾流!
听呵,每一个酒鬼多么踊跃
响应这一个不荣誉的号召!

10

你们还保有庇瑞克的舞艺②,
　　但庇瑞克的方阵③哪里去了?
这是两课:为什么只记其一,
　　而把高尚而刚强的一课忘掉?
凯德谟斯④给你们造了字体——
难道他是为了传授给奴隶?

---

① 萨摩斯,希腊一岛,靠近土耳其。
② 庇瑞克舞,古希腊流传下来的战舞。
③ 庇瑞克方阵,古希腊的战斗序列。由于伊庇鲁斯(希腊一古国)王皮洛士(前319—前272)而得名。皮洛士以战功著称,曾屡次远征罗马及西西里。
④ 凯德谟斯,神话中的希腊底比斯国王,原为腓尼基王子,据说他从腓尼基带给希腊十六个字母。

11

把萨摩斯的美酒斟满一盅!
　　让我们且抛开这样的话题!
这美酒曾使阿那克瑞翁
　　发为神圣的歌;是的,他屈于
波里克瑞底斯①,一个暴君,
但这暴君至少是我们国人。

12

克索尼萨斯②的一个暴君
　　是自由的最忠勇的朋友:
暴君米太亚得③留名至今!
　　呵,但愿现在我们能够有
一个暴君和他一样精明,
他会团结我们不受人欺凌!

13

把萨摩斯的美酒斟满一盅!
　　在苏里的山岩,巴加④的岸上,

---

① 波里克瑞底斯,公元前六世纪的萨摩斯暴君,以劫掠著称。他曾与波斯对抗。阿那克瑞翁于公元前五一〇年波斯占领蒂奥时,曾移居于萨摩斯,在波里克瑞底斯的治下生活。
② 克索尼萨斯,地名,在达达尼尔海峡北边。
③ 米太亚得(前550—前489),古雅典统帅。公元前四九〇年指挥马拉松战役,大败波斯侵略军。以后成为克索尼萨斯的暴君。
④ 苏里和巴加,都在古希腊地区伊庇鲁斯(今希腊西北部和阿尔巴尼亚南部)内。苏里山中居住有苏里族,自十七世纪至十九世纪一直与土耳其统治者做着顽强的斗争。

住着一族人的勇敢的子孙,
　　不愧是斯巴达的母亲所养;
在那里,也许种子已经播散,
是赫剌克勒斯①血统的真传。

14

自由的事业别依靠西方人,②
　　他们有一个做买卖的国王;
本土的利剑,本土的士兵,
　　是冲锋陷阵的惟一希望;
但土耳其武力,拉丁③的欺骗,
会里应外合把你们的盾打穿。

15

把萨摩斯的美酒斟满一盅!
　　树阴下正舞蹈着我们的姑娘——
我看见她们的黑眼亮晶晶,
　　但是,望着每个鲜艳的姑娘,
我的眼就为火热的泪所迷,
这乳房难道也要哺育奴隶?

---

① 赫剌克勒斯,希腊神话中的大力神,传说他是希腊对特洛伊战争中的英雄。
② 希腊人在武装反抗土耳其压迫时,英国、法国和俄国由于自身利益曾予以口头支持。当时曾有人对起义者提出警告:"我劝你们在听从英国人以前要好好考虑一下,现在英国国王是欧洲所有国王的大老板——他从他的商人那里拿钱来支付他们;因此,如果对商人来说,出卖你们而取得和阿里(指土耳其王。——译者)的妥协是有利的,以便在他的港口获得某些商业权益,那么英国人就会把你们出卖给阿里。"拜伦此处也可能指俄国人,他的《青铜时代》有如下两句:
　　能解放希腊的只有希腊人,而非戴着面具的野蛮人。
③ 拉丁,指西欧。

16

让我攀登苏尼阿①的悬崖,
　　在那里,将只有我和那海浪
可以听见彼此飘送着悄悄话,
　　让我像天鹅一样歌尽而亡;
我不要奴隶的国度属于我——
干脆把那萨摩斯酒杯打破!

---

① 苏尼阿,在雅典东南阿的卡半岛最南端,上面建有保护神雅典娜神庙。

歌 剧 团

(《唐璜》第四章,第八二——八九节)

他把他们倒霉的遭遇简短地
　　　说了说:"我们阴险的戏班班主
在一个海角外对一只双桅船
　　　打出了一个信号;得!我的天主!
我们立刻就被转到那只船上,①
　　　连一个银币的工资都没有付;
但如果土耳其苏丹爱听戏,
我们不会很久就又能抖一气。

"我们的女主角可惜年纪大些,
　　　荒唐日子过久啦,人显得憔悴,
而且卖座一少就伤风;她的调门
　　　倒不错;那男高音的老婆模样美,
可是不中听;上一次巡回演出时,
　　　在波洛尼亚她很惹了一场是非:
她竟从一位罗马老公主的手
把恺撒·西孔那伯爵给夺了走。

"那些跳舞的呢,有一个叫妮妮,
　　　因为职业不止一种,很受欢迎;
还有那爱笑的妞儿彼利哥丽尼,

---

① 指这个戏班的演员被班主全卖为奴隶,转到了贩奴船上,到土耳其出卖。

上一次演唱时她真是很幸运，
至少弄到了足足五百块金币，
　　可是花得太快，至今不名一文；
呵，还有个滑稽女歌手，只要男人
有肉体或灵魂，她管保能称心。

"那些配搭的舞女没什么新鲜，
　　都是成批的货色，偶尔一两位
长得标致些，或许能惹人赏眼，
　　剩下的连在市集演出都不配。
有一个苗条舞女，比梭鱼还直，
　　却带有一种多愁善感的气味，
这本来大有指望，但她不用劲跳，
可真辜负了她那脸子和身腰。

"至于男演员呢，都是庸庸碌碌，
　　那个主角简直是一个破脸盆，
不过他倒有一种用途，我希望
　　苏丹能使用他作后宫的仆人，
那他也许可以得到晋身之阶；
　　他的歌唱我相信绝排不上名；
别看教皇年年培养，很难找到
三个不阴不阳的嗓门比他还糟。

"那男高音的嗓子可惜太造作，
　　至于男低音呀，那畜生只会咆哮；
本来他没有受过歌班的训练，
　　什么音调、节拍、板眼，一概不知道，
不过因为他是女主角的近亲，
　　她偏说他的歌喉又圆润又好，
于是雇了他；可是你若听他唱，

就会以为是什么驴子在吊嗓。

"至于我的才能哩,我不便自吹,
　　你虽然年轻,先生,据我看模样,
你倒有出门人的派头,这表明
　　你对于歌剧一定也不是外行。
你可听说过嘶声干喊?敝人就是,
　　你也许有机会赶上听我演唱;
去年你没有到罗哥去赶集吧?
　　再次我到那里上演时,务请移驾。

"哎,还有男中音我几乎忘了提,
　　他是小白脸,尾巴翘得可太高:
嗓音变化不太多,也不够浑圆,
　　只知动作优美,一点不懂门道;
他还总是怨天尤人哩;老实说,
　　让他去沿街卖唱都不够材料;
他扮演情人倒能把感情抒发:
因为无心可表,他露出他的牙。"

购 买 奴 隶

(《唐璜》第五章,第二六——二九节)

正在这时,走来了一位又老又黑、
　　非男非女、可以称为中性的达官,
他对这群奴隶的年纪、相貌、体力,
　　眯着眼细细打量,好像要发见
谁最适于装进那已备的牢笼,
　　连女人都不曾被恋人如此飞眼,
连赌马的人看马,律师瞄着佣金,
裁缝端详整幅布,狱卒打量犯人,

都没有挑买奴隶的这种眼神;
　　本来,买我们的同类确是很开心:
想想看,他们也有热情,也灵巧,
　　一切都能卖:有的凭着脸儿俊,
有的被好战的君主看中了,有的
　　被职位买去——适其天性或年龄;
大多凭现金交易,要看罪恶大小:
大的报以王冠,小的给他一脚。

那太监仔细地把他们观察一遍,
　　于是转向商人,起初只挑一个
讲价钱,以后又提出要买一对。
　　他们评头论足,样样计较价格,
争吵、赌咒,有如在基督教国家

市集的人们挑剔牛羊和马骡；
这种议价听来很像一场战争，
不知谁最善于驾驭两脚畜生。

争吵到末了，剩下零星的怨声，
　　　于是买主很勉强地摸出钱包；
商人细点着银币，有的掂一掂，
　　　有的摔个响，有的翻转瞧一瞧；
有时金币和铜板错弄在一起，
　　　又得从头细数，等收款都数好，
商人这才找给零钱，签了收据，
并且开始想到该回家吃饭去。

威 灵 顿

(《唐璜》第九章,第一——一〇节)

哦,威灵顿!(或不如说"毁灵顿"①,
　　声誉使这个英名怎样拼都成;
法国对你的大名竟无可奈何,
　　就用这种双关语把它嘲弄,
好使她无论胜败都能够开心,)
　　你得到了不少的年金和歌颂:
像您这种光荣谁若敢反对,
全人类都会起而高呼:"Nay!"②
我觉得在马里奈谋杀案件中,
　　你对金纳德没信义——简直卑鄙!③
还有些类似行为不会给你的
　　威斯敏斯特的灵牌④带来荣誉。

---

① "毁灵顿",法国报刊在滑铁卢一役后,经常把威灵顿别称为 Villainton(有"恶棍"之意),因为这个字音和威灵顿近似。中译为求与原名声音近似,故译为"毁灵顿"。
② 拜伦原注:"疑问:Ney? ——印刷厂学徒提问。"按"Nay"是"否"的意思;和这个字同音的法文"Ney"则是拿破仑手下的元帅米歇尔·内伊(Michel Ney,1769—1815)的姓氏。内伊以骁勇善战著称。后来因响应拿破仑东山再起,被判死刑。这里拜伦假借印刷厂学徒的名义作文字游戏。
③ 一八一八年一月,金纳德爵士告知当局,一告密者(他不愿披露其名)告诉他,现有人阴谋暗杀威灵顿。二月间,在威灵顿返回旅居时,果然有人对他开枪,但谋刺未遂。威灵顿迫令当局向金纳德索要告密者姓名,金纳德在法国当局的保证下提供了告密者马里奈之名,以后马里奈被捕,金纳德认为当局言而无信,此事当时曾引起争论。
④ 英国显要人物逝世后,一般卜葬于威斯敏斯特教堂,或在该处设灵牌。

至于那是什么,自有饶舌的女人
　　　在午茶时传播,这儿不值一提。
但虽然你的残年已快达到零,
大人呵,您却还是个少年英雄。

不列颠负于(也付与)你真够多,
　　　但欧罗巴所负于你的更不少:
你为她的"正统"修理了拐杖,①
　　　正当那支柱看来已风雨飘摇。
你把一切恢复得有多么牢固,
　　　西班牙、法国和荷兰都能感到;
滑铁卢一役使世界对你铭感,
(但愿你的歌手②唱得出色一点。)

你"杰出的刽子手"呵——但别吃惊,
　　　这是莎翁的话,③用得恰如其分:
战争本来就是砍头和割气管,
　　　除非它的事业有正义来批准。
假如你确曾演过仁德的角色,
　　　世人而非世人的主子将会评定;
我倒很想知道,谁能从滑铁卢
得到好处,除了你和你的恩主?

我不会恭维,你已饱尝了阿谀,
　　　据说你很爱听——这倒并不稀奇。
一个毕生从事开炮和冲锋的人
　　　也许终于对轰隆之声有些厌腻;

---

① 威灵顿的战功,拜伦认为是巩固了欧洲的君主专政,是反动的。
② 司各特和华兹华斯等都写过歌颂滑铁卢战场的诗。
③ "杰出的刽子手",引自莎士比亚悲剧《麦克白》第三幕第四场。

既然你爱甜言蜜语多于讽刺,
  人们也就奉上一些颠倒的称誉:
"各族的救星"呀——其实远未得救,
"欧洲的解放者"呀——使她更不自由。①

我的话完了。现在请去用餐吧,
  巴西的王子②正向你献上珍馐;
请别忘记给你那门口的卫兵
  从你丰盛的餐桌拿一块骨头;
他作过战,最近可吃得不很饱——
  据说,好像人民也正饿得发愁。
当然啦,你的俸禄是受之无愧,
但请还给国人你的一点余惠。

我不想评论你,像你这么伟大,
  我的公爵大人!当然无可訾议;
罗马的辛辛内塔斯③虽然崇高,
  和我们现代史可搭不上关系。
不过,尽管你吃马铃薯没有够,
  似乎也无需霸占那么多领地;
呵,以五十万给你置一座田产
未免太贵了!——我可是无意冒犯。

凡伟人都不要荣华富贵为报酬:
  厄帕敏南达④拯救了底比斯以后

---

① "各族的救星"等赞词都引自当时英国议院中的演说。
② 巴西的王子,指葡萄牙的摄政王,后来继承王位,称约翰六世。他在一八〇八年拿破仑军队进入葡萄牙时,逃往巴西。滑铁卢之役后,他送了一个特大的银托盘给威灵顿。
③ 辛辛内塔斯,见第38页注①。拜伦以他的榜样谴责威灵顿收受大笔年金和田产。
④ 厄帕敏南达(前418—前362),希腊将军,对祖国有战功。但他"死时极贫,底比斯人不得不以公款埋葬他;因为他死时家中一无所有,只有一个铁叉。"(普鲁塔克)

就去世了,甚至没有一笔仪仗费;
　　　华盛顿①得到感谢,此外一无所有,
除了给祖国以自由的万丈光辉——
　　　这荣誉才稀见!连庇特②也在夸口:
作为一个亮节高风的国务大臣,
他毁了大不列颠,居然不要酬金。

除拿破仑以外,没有人像你这样
　　　为时势所宠,而又如此糟蹋良机,
你本可使欧洲从暴君的压迫下
　　　解放出来,从而获得普世的感激;
而今呢,你的声名如何?在群氓的
　　　一片喧腾后,要不要缪斯告诉你?
去吧,听它就在你祖国的饥嚎中!
看看全世界,你该诅咒你的战功!

既然这几章都谈到汗马功劳,
　　　我梗直的缪斯无妨对你说出
你在公报下读不到的老实话;
　　　是时候了,该对你们雇佣的一族
(个个靠祖国的血和债而自肥)
　　　把它宣示出来,而且不行贿赂:
你干了大事情,可是胸襟狭小,
因此把擎天伟业——把人类毁了。

---

① 乔治·华盛顿,见第38页注②。在战争期间,他曾谢绝总司令职务的薪金,战后国会给以馈赠,也被他拒绝。
② 威廉·庇特(1759—1806),英国首相,他联合欧洲各国反对革命期间的法国,镇压国内的民主自由运动,维护英国反动势力的利益;这一切都是拜伦所痛恨的,故对他反讥。"不要酬金"指如下一事:庇特个人负债甚多,但他拒绝伦敦商人赠与他的十万镑为他付债,也不受王室的三万镑赠款。

英国的官场

(《唐璜》第十一章,第三五——四一节)

唐璜把俄国政府的每一件国书
　　都交到适当的衙门,适当的官员,
他也被那些以气势治人的人
　　用正确的装腔作势接待了一番;
他们看到他是个光脸的小伙子,
　　就认为(在政务上应该这么盘算)
对付这个小雏儿可是易如反掌,
那就像老鹰去捉捕歌鸟一样。

他们却错了:老年人往往如此;
　　但这以后再提。假如我们不提,
那就是因为我们对于政客们
　　以及他们的口是心非表示鄙夷。
他们凭撒谎吃饭,但又扭扭捏捏,
　　远不如女人可爱:女人已习于
不得不撒谎,却诳骗得很出色,
倒使真实话显得令人信不过。

话又说回来,什么是谎言?那只是
　　真理在化装跳舞。我要质问一声:
史家,英雄,伟人,律师和教士们,
　　谁能拿出事实而不用谎言弥缝?
真正的真理哪怕露一露影子,

　　　　什么编年史,启示录,预言等等,
就都得哑口无言;除非那记载
是在事实发生前些年就写出来。

哦,谎言万岁! 一切说谎的人万岁!
　　　现在,谁再说我的缪斯愤世嫉俗?
她高唱这世界的赞诗,而为那些
　　　不肯追随她歌唱的人感到耻辱。
慨叹没有用;让我们像别人那样
　　　鞠躬吧,恭吻着圣上的手和足
或任何部分;爱尔兰就是好典范:①
虽然,她的国花好像有点凋残。

唐璜在社交界露了面,论衣冠、
　　　论举止,无一不令人赞不绝口,
我不知道哪方面更受到注目;
　　　一颗特大的钻石使人谈论不休:
据人们传言,那是喀萨琳女皇
　　　在一阵迷醉之际(爱情和美酒
都有发酵作用)给他的礼物;
老实说,他可绝不是无功受禄。

论职责,除了国务大臣和秘书
　　　必须对外国使臣们彬彬有礼,
直到他们那举棋不定的国君
　　　终于定局,摆出了皇家的谜底;
可叹一切官员,连小役吏在内——
　　　那出自衙门的污泥,又充斥于

---

① 一八二一年八月英王乔治四世访问爱尔兰时,受到爱尔兰贵族的趋奉和阿谀,虽然爱尔兰人民是在民族压迫的水深火热中。

"腐败"的浊流！——对人都不够凶恶
以致难于食俸禄而无愧于色。

无论文职或武职,平时或战时,
　　他们所以受雇佣,无疑是为了
凌辱人的,这就是他们的工作;
　　如若不信,可问那请求过护照
或其他限制自由的证件的人,
　　(这是一种灾难,也够令人苦恼,)
是否在那些被赋税养肥的人中
看到了最凶恶无礼的——狗杂种?

拜伦和同时代的人

(《唐璜》第十一章,第五三——五六,六一——六三节)

唐璜懂得几国语言,——这当然是
　　意中事,——又搬用得及时而巧妙,
这挽救了他在才女心中的声誉,
　　她们只惋惜他不近吟咏之道。
若是再有这一项,那他的成就,
　　对她们来说,才真是无比高超。
曼尼式小姐和扶利斯基太太
特别希望被西班牙诗歌唱出来。

不过,他应付得很不错,每一类
　　社交的核心都把他看作候补,
而且,像班柯镜中闪现的那样,①
　　无论在大小宴会上他都有福
见到一万个当代作家掠过身,
　　这也就等于各时代的平均数;
还有八十"现存最伟大的诗人",
因为每本无聊杂志都有几名。

呜呼! 那所谓"现存最伟大的诗人"
　　不过两个五年,就要像拳击大王,

---

① 参见第133页注⑤。《麦克白》第四幕第一场中,女巫们让苏格兰王麦克白看见幻象,预告班柯的子孙将为国王。麦克白说:"他拿着一面镜子,我可以从镜子里看见许许多多戴王冠的人。"

必须显显身手,以示其名不虚传,
　　虽说他们的名气只是闭门想象。
连我,虽然我并不知道,也难不愿
　　在群丑之中作一个跳梁的皇上,——
连我,在很长一段时期内,都被人
尊称为诗国中的伟大的拿破仑。

但《唐璜》就是我的莫斯科战役,①
　　《法列罗》和《该隐》成了我的来比锡
和圣让山;而那美妙的蠢材同盟,②
　　既然"大师"已倒,又可以东山再起;
但我虽倒,也要倒得像我的英雄,
　　要就有生杀大权,真正为王治理,
要就去到一个荒岛去当俘囚,
宁可让叛徒骚塞做我的看守。

企图称霸诗坛的死者和活人
　　名单倒很长,但谁也没有赢得
他所求的,——甚至不能明确知道
　　谁将会胜利。而时光悄悄溜过,
连脑子或枯肠都已蔓生野草,
　　至于称霸的机会呢,还是不多!
他们熙熙攘攘,真像那三十帝王,③
把罗马的一段历史弄得很肮脏。

---

① 这一节拜伦把自己比作走向败亡的拿破仑。一八一二年的莫斯科一役,使拿破仑一蹶不振,一八一三年在来比锡又被联军挫败,而圣让山之役则是拿破仑投降前的最后一次战斗,此后他即被囚于厄尔巴荒岛上。拜伦的诗剧《法列罗》不像他的早期作品那样畅销。他的诗剧《该隐》由于歌颂对上帝的反抗,受到保守派猛烈攻击。
② 蠢材同盟,戏比"神圣同盟"(在拿破仑失败后由俄、普、奥三国发起的反动联盟)。
③ 三十帝王,指后期罗马帝国在三世纪中叶的内乱时期,当时军事政变频繁,各地军人自立统治者,形成所谓"三十僭主"的局面。

这是文学界的后期罗马帝国,
　　它的事务都由近卫军来掌握;
呵,可怕的行业!你要是想高攀,
　　就必须不断敷衍士兵的邪火,
像敷衍吸血鬼似的;但若一旦
　　我愿回到国内,而且乐于刻薄,
我要和那些蛮子兵较量一番,
教他们见识一场真正的笔战。

我想我有一两手论辩的花招,
　　足教他们吃不消;不过,又何必
和这些小螺丝钉们斤斤计较?
　　确实,我也没有那么大的火气,
而况我的本性不会厉声厉色,
　　我的缪斯哪怕是骂得最严厉
也是带着微笑的,接着她还会
请一个安退下来,谁也不得罪。

时 光 不 再

（《唐璜》第十一章，第七六——八六节）

"哪儿是那世界？"杨格①活到八十岁，
　　慨叹说："哪儿是那诞生我的世界？"
唉，哪儿是八年前的世界？一转瞬
　　就不见了，像玻璃球似地碎裂！
闪一闪就消失，没等你多看一眼，
　　那绚烂的大世界便悄悄地融解：
国王、王后、要人、演说家、爱国志士
和花花公子，都一起随风而飘逝。

哪儿是伟大的拿破仑？天知道！
　　哪儿是渺小的卡斯尔雷？鬼能说！
呵，哪儿是格拉旦②、古兰③、谢立丹④——
　　那名震法庭或议院的一群论客？
哪儿是岛国人人爱戴的公主⑤？

---

① 爱德华·杨格（1683—1765），英国诗人。引文中的情思，可见于他的作品《夜思》（1745），以及他八十岁时出版的《顺从》（1762）。
② 亨利·格拉旦（1746—1820），为爱尔兰独立而斗争的爱国者，他争取了爱尔兰的议会独立。
③ 约翰·古兰（1750—1817），爱尔兰政治家和著名的演说家，主张爱尔兰独立，反对与英国的联合。拜伦曾向人说："他是我所见到的最奇异的人。在他身上，最灿烂而深邃的幻想结合了一种……韧性和机智——他的心是在他的头中。"
④ 瑞恰德·谢立丹（1751—1816），英国戏剧家和著名演说家，有两次在议会中的演说轰动一时。
⑤ "岛国人人爱戴的公主"，指乔治四世和卡罗琳所生的女儿夏洛蒂公主。她在政治上有自由主义观点，于一八一七年死去。见第 26 页注①。

哪儿是多难的王后①和她的灾祸？
哪儿是殉身的圣徒：五分利公债②？
那些地租呢？怎么一点收不进来！

哪儿是布拉梅③？垮台了！威斯莱④呢？
　　破产了！哪儿是惠伯瑞⑤？罗米力⑥？
哪儿是乔治三世和他的遗嘱⑦？
　　（这倒是一时不易弄清楚的谜）
哪儿是凤凰四世⑧，我们的"皇鸟"？
　　据说是到了苏格兰去听骚尼⑨
拉提琴去了——请听那"搔我，搔你"，
好一出皇上痒、忠臣搔的把戏。

哪儿是甲勋爵？哪儿是乙夫人？
　　还有那些尊敬的小姐和情妇们？

---

① "多难的王后"，指乔治四世要与之离婚的卡罗琳。乔治四世曾控告她和她的前仆役伯加米管家有暧昧关系。卡罗琳死于一八二一年。
② 五分利公债，当时英国政府为了支付对法国的战费而发行过的公债。后来英国政府被迫停止发行这项公债，拜伦戏称之为"殉身的圣徒"。
③ 布莱安·布拉梅(1778—1840)，伦敦著名的花花公子，一八一六年因避债逃至法国。
④ 威廉·威斯莱(1788—1857)，威灵顿公爵阿瑟·威斯莱的侄子，社交明星。他的生活奢侈糜烂，后来败落，一八二二年他的财产宣布拍卖。
⑤ 赛缪尔·惠伯瑞(1758—1815)，英国政治家，辉格党议员，在议会中赞助进步的措施。因精神失常而自杀。
⑥ 赛缪尔·罗米力(1757—1818)，英国法学家和律师，他在妻子死后自杀。经法院确定死因，认为系由于精神失常。在拜伦的离婚诉讼中，他代表拜伦夫人一方，迫使诗人同意分居。
⑦ 乔治三世于一八二〇年死去。乔治四世及其弟约克公爵因争夺遗产而引起社会流言。乔治三世留下两份遗嘱，其中一份未签字，引起纠纷。
⑧ "凤凰四世"，指乔治四世。诗人摩亚有一首诗名《凤与凰，王室之二鸟》，拜伦引用此名讥乔治四世，因他肥胖而爱修饰。
⑨ 骚尼，苏格兰人的绰号。乔治四世在一八二二年访问苏格兰时，受到当地权贵表示忠诚的盛大欢迎。

有的像陈旧的歌剧帽,置之高阁,
　　　结了婚,又离了婚,或者又结了婚
(这就是时髦的三部曲)。哪儿是
　　　都柏林的呼喊①?——和伦敦的质询②?
哪儿是戈伦维尔们③? 照例转了向。
　　　我的朋友民权党呢? 还是在野党④。

哪儿是卡罗琳⑤和弗兰西丝⑥们?
　　　离了婚,或者正走着这一过程。
哦,《晨报》!⑦ 你灿烂的一大串宴饮
　　　和舞会的编年史呵! 惟有你能
告诉我们马车打破窗子,或其他
　　　时髦的怪事,——请说说在那海峡中
现在是什么潮流? 有的死,有的飞,
有的浅搁大陆:只怪时光把人催。

那一度决心迷住慎重的公爵的,
　　　终于和年轻的世家子弟打得火热;
有的阔小姐不慎,上了骗子的钩,
　　　有的少女变为太太,有的未出阁

---

① "都柏林的呼喊",一八二一年乔治四世到爱尔兰时受到上层人士的欢呼。都柏林是爱尔兰的首府。
② "伦敦的质询",指伦敦市民对政府和政客们的不满。
③ 威廉·戈伦维尔(1759—1834)及其兄弟是著名的辉格党(或民权党)的活动家。他曾改变过政治立场,在一八〇七年退出政界。
④ 民权党与托利党是英国当时的两大政党,但民权党受托利党的竞争和排挤,将近三十年没有执政。
⑤ 卡罗琳·兰姆(1785—1828),英国首相梅尔本的妻子,以后离了婚。她写有一些小说,有一时期是拜伦的情人。
⑥ 弗兰西丝·韦伯斯特,是拜伦友人之妻,在一八一三年秋,拜伦曾和她一度钟情。她以后和丈夫离异。
⑦ 《晨报》,英国的保守派报纸,其中上流社会的新闻占有很大篇幅。

而成了母亲,有的则花容凋谢。
  总之,这一串变化真叫人迷惑。
这本来不稀奇,但有一点可怪:
这些普普通通的变化来得太快。

别说七十岁是老年吧;在七年里
  我所看到的人海沧桑,从帝国
以至最卑微的生灵,已远远比
  普通一世纪的变化都多得多。
我知道万事无常;但如今,连变化,
  虽然变不出新花样,都太难测;
看来人间没有一件事能永恒,
  惟一的例外是:民权党当不了政。

我看到雷神般的拿破仑如何
  缩小为沙特恩①。我看过公爵大人
(别管是谁吧)变为愚蠢的政客,②
  比他那副呆相(假如可能)还更蠢。
但现在,我该升旗扬帆,朝新的
  题目行驶了。我见过,而且颇寒心:
看国王先是被嘘,以后又被哄,③
至于哪件事较好,我也不太懂。

我看过乡绅们穷得不名一文,

---

① 沙特恩,罗马神话中的农业之神,以后转化为希腊神话中的克罗诺斯。克罗诺斯是泰坦族巨人之一,他推翻其父而主宰宇宙,据说他吞食自己的儿子,以防他们造反;其妻瑞阿以石头顶替宙斯让他去吃,宙斯因此得救,并推翻克罗诺斯而成为宇宙的主宰。
② 指威灵顿公爵,他在滑铁卢战后成为英国政界的要角。
③ 指乔治四世。他在做王太子时,颇不得人心。登上王位以后,到各地巡视,受到上层人士的欢迎。

我看过琼娜·苏斯考特①；我看过
下议院变成了敛赋税的圈套；②
　　　我看过小丑戴上了王冠治国；
我看过已故王后的一段惨史；
　　　我看过一个会议什么坏事都做；③
我看过有些民族像负荷的驴，
一脚踢开过重的负担——上层阶级。④

我看过小诗人和大块文章家；
　　　和滔滔不绝的（并非永恒的）演说家；
我看过公债券和房地产交锋；
　　　我看过乡绅们号丧得像娃娃；
我看过骑马的奴才践踏人民，⑤
　　　好似踏过了一片无言的平沙；
我看过约翰牛拿麦酒换水酒，⑥
他似乎鄙视自己是一只笨牛。

但时光不再！唐璜，别放过！别放过！
　　　明天就有另一场戏，一样的快活
和短暂，又被同样的怪物吞没。

---

① 琼娜·苏斯考特(1750—1814)，英国一农家女，曾为女佣多年，以后自称有神异知觉，能预知未来。一八〇一年她创立一个教派，招引信徒达十万。她宣称自己将诞生一先知，结果并未应验，而不久以即病死。
② 英国议会屡次通过法案，增收新税，加重人民负担，这暴露了其"民主政治"的虚伪性。
③ 指一八二二年"神圣同盟"国家在意大利维罗那所开的会议，会议决定镇压西班牙革命和各国人民的起义。
④ 指一八二〇年的西班牙资产阶级革命，限制了王权。又指意大利烧炭党在一八二〇至一八二一年领导的反奥地利统治的革命，以及当时墨西哥和南美洲的人民起义。
⑤ 指一八一九年八月十六日的曼彻斯特城惨案。当时英国骑兵冲入集会的群众，挥舞马刀，造成六百余人的伤亡。
⑥ 当时英国酿酒商为了免交麦芽税做水酒而不做麦酒。

"生活是个坏演员,"①莎翁说;那么,
"坏蛋们,演下去吧!"切记不要管
　　你做的什么,只看你是怎么说;
要虚伪,要察言观色,别表露出
你的本人,只学人依样画葫芦。

---

① 引自莎士比亚《麦克白》第五幕第五场。

资产阶级

（《唐璜》第十二章，第三——一〇节）

呵，黄金！为什么说守财奴可怜？
　　　惟有他们的乐趣才从不变味；
黄金辖制一切，像铁锚和缆索
　　　把其他大小的乐趣都锁在一堆。
你们也许只看到一个节俭人的
　　　粗茶淡饭，就暗笑他这个吝啬鬼
何以竟爱财如命；但你们可不懂
一点点干酪渣能生出多美的梦。

爱情令人伤神，酒色更伤身体，
　　　野心剑拔弩张，赌博倾家荡产；
但积财呢，起初慢些，以后加快，
　　　每一次受苦都给添上一点点
（只要耐心等它），它可是远胜过
　　　爱情、美酒、筹码，或要人的空谈。
黄金哪！我还是爱你而不爱纸币，
那一叠银行票子真像一团雾气。

是谁掌握世界的枢纽？谁左右
　　　议会，不管它倾向自由或保皇？
是谁把西班牙赤背的爱国者[①]

[①] 西班牙赤背的爱国者，指一八二〇至一八二三年间西班牙的革命者。

　　　　逼得作乱？使旧欧洲的杂志报章
一致怪叫起来？是谁使新旧世界
　　　　或喜或悲的？谁使政治打着油腔？
是拿破仑的英灵吗？不,这该问
犹太人罗斯察尔德,基督徒贝林①!

这些人和那真正慷慨的拉菲特②
　　　　才是欧洲真正的主人。每笔贷款
不仅是一宗投机生意,而且足能
　　　　安邦定国,或者把王位踢翻。
连共和国都难逃:哥伦比亚股票
　　　　已有些卖给交易所的大老板。
连你的银质的泥土呵,秘鲁③!
都难免受犹太人的折扣之苦。

为什么说守财奴可怜？我还要
　　　　问问这句话:不错,他过得简朴,
但圣徒和犬儒学派④也这么过,
　　　　却得到赞誉;凡苦行的基督徒
也都以同样的原因被列入圣册;
　　　　那为什么偏责备富人的刻苦？
也许您会说:这对他太不必要,
我看他的克己倒更值得称道。

呵,他才是你们的真正的诗人!

---

① 罗斯察尔德、贝林,著名银行家,他们掌有政治和经济势力。
② 杰克·拉菲特(1767—1844),法国银行行长;当巴黎人被迫向联军捐款时,他代他们预先支付了这笔款项。
③ 秘鲁富于银矿,为外国资本所掌握。
④ 犬儒学派,古希腊小苏格拉底派之一,主张人们克己自制,独善其身而无所求,认为这就是美德。这种主张后来被称为犬儒主义。

热情,纯真,眼中闪着灵感的火,
他掂着一堆堆黄金;请想想吧,
　　　仅是黄金梦就曾引诱多少国
远涉重洋！就从那幽黑的矿井,
　　　金锭对他闪着光,钻石发着火,
还有翡翠的柔光给眼睛安慰,
以免守财奴看宝石看得太累。

大洋的两岸全是他的;从锡兰、
　　　印度或遥远的中国开来的船,
无一不为他卸下馨香的产品;
　　　他的葡萄园像朝霞一般红艳;
他的谷子车把道路压得呻吟;
　　　他的地窖可以作国王的宫殿;
但他呢,对感官之欲一概鄙弃,
只克勤克俭——作理智的上帝。

也许他心里自有伟大的计划,
　　　设医院啦,盖教堂啦,或创办学府,
以便死后在一座大楼的檐下
　　　把他的尖削的脸子高高雕出。
也许他想要解放人类,就用那
　　　把人类业已降为牲畜的矿物;
也许他想作全国最大的富翁,
或者狂喜于自己谋算的成功。

上 流 社 会

(《唐璜》第十三章,第七九——八九节)

府邸中贵宾云集,先提女性吧:
　　首先是公爵夫人费兹甫尔克,
怪别扭伯爵夫人,包打听夫人,
　　糊涂夫人,风头健小姐,爱饶舌
小姐,羽纱小姐,麦克·紧身小姐,
　　和犹太夫人,阔银行家的老婆;
此外还有可敬的睡不醒太太,
她看来像白羊,却比黑羊①还坏;

还有许多伯爵夫人,说不出名堂,
　　但有地位,是社会的精华和渣滓;
她们像滤过的水,纯洁而虔敬,
　　个个出类拔萃于芸芸众生之外;
或者像印成钞票的纸,别管那是
　　怎样印的吧,这张通行证就掩盖
其人及其事迹;因为社交场上
虽然敬畏神明,却也宽宏大量。

那就是说,宽大到一定的限度,
　　这限度在哪儿,却最难以标点。
体面是上流社会运转的承轴,

---

① 在英国,一家或一群人中的败类被称为"黑羊"。

谁对谁都应该稍留一些情面。
若是对美狄亚①说:"滚开吧,女巫!"②
未免失礼,那叫伊阿宋多么难堪!
贺拉斯和帕尔其③都这么认为:
又讨人喜欢,又有利,何乐而不为?

我不能确切指出他们的准则,
  那是非标准多少有些像抓彩;
我曾见到一个德行好的女人,
  只因为被合谋排挤就坍了台;
又有一位某某太太智勇双全,
  略施小计就把地位争了回来,
于是又成了高悬天界的天狼星,
带着无损的讪笑跳出了陷阱。

我看见的真难以尽述,——但还是
  谈谈我们享田园之乐的那些人。
被邀的宾客大约有三十三位
  最高级人物——一代风流的婆罗门。
我前面提到的都不是头号人物,
  只不过俯拾了几位凑凑脚韵。
夹在其中的,好像两三点斑污,
还有几位爱尔兰的离乡地主。

---

① 美狄亚,据希腊神话,她是柯尔其斯国的公主和女巫,当伊阿宋率阿葛大船去寻金羊毛路过柯尔其斯国时,美狄亚爱上了他,帮助他取得金羊毛,并克服了她父亲所设的种种障碍,撕碎了她的兄弟,而和伊阿宋登船同返希腊。途经科林斯时,伊阿宋爱上该国公主而抛弃了美狄亚;美狄亚为了报复,不但杀死情敌,也杀死了她和伊阿宋所生的两个孩子,然后乘火龙驾驶的车逃走。关于她的故事,见奥维德的《变形记》。
② "滚开吧,女巫!"引自莎士比亚《麦克白》第二幕第三场。
③ 露意基·帕尔其(1432—1484),意大利诗人,著有诙谐的骑士故事诗《莫干特》,拜伦曾译其一部分。

有位巴乐尔①,那法学界的干将,
　　他只在议院和法庭才大打出手,
的确,要是被邀请到别的地方,
　　他的兴趣倒在于议论而非战斗。
还有年轻的榨韵诗人,刚刚问世,
　　也要作为明星在文坛照耀六周;
还有庇罗勋爵,自由思想的权威,
和约翰·海碗爵士,伟大的酒鬼。

还有蛮横公爵,他是一个——公爵,
　　呵,每一寸都是;还有一打贵族
个个像是查理曼大帝②所封的,
　　论才智和相貌,绝不会被耳目
把他们误认为属于平民一流;
　　还有厚颜六姊妹,呵,六颗明珠!
整个是歌魂和感情,那忧郁的心
不在于修道院,而是向往结婚。

有四位可敬的先生,他们的可敬
　　大多在头衔以内③,而不在那以外;
有一位勇敢的骑士,智多星男爵④,
　　最近被法国和命运飘到这儿来,
他的无害的天才主要是娱人,

---

① 巴乐尔,莎士比亚戏剧《皆大欢喜》中一个生性胆小而又爱吹牛的人物。
② 查理曼大帝(742—814),法兰克王国加洛林王朝国王(768—814),公元八〇〇年由罗马教皇加冕称帝,号为"罗马人的皇帝",法兰克王国遂成为查理曼帝国。
③ 在头衔以内,英国议员、伯爵以下的贵族子弟等称"可敬的某某",因此"可敬"成为他们的头衔。
④ 智多星男爵,可能指法国人蒙通男爵(1768—1843),他是社交明星,谈吐机智,善于赌博,因躲避拿破仑而逃亡到英国两年(1812—1814)。

但俱乐部却发现"笑"也很有害，
因为他逗人的魔力实在太大，
连骰子好像也迷上他的俏皮话。

有一位狄克·多疑，是个玄学家，
　　喜欢哲学，和一餐丰盛的酒肉；
还有三角先生，自命数学大师，
　　和亨利·银杯爵士，赛马的能手。
有一位大言不惭的教理严神父，
　　他不恨罪恶，只是罪人的对头；
有一位姓普兰塔金内特的贵族，
真是无一不精，更善于和人打赌。
有一位杰克·粗话，近卫军的巨人，
　　和火面将军①，战场上功名赫赫，
战术和击剑都精，北美战争中
　　他杀的美国佬不及他吃得多。
有一位恶作剧的法官铁心人，
　　十分会应付他的严肃的职责：
当一个罪人来听候他给判罪，
倒能有法官的玩笑作为安慰。

上流社会好似棋盘，上面也有
　　什么国王，王后，主教，骗子，小卒；
它本来是一场戏，不过那傀儡
　　是自己牵线，全是自愿去充数。
我的缪斯呵，你怎么像只蝴蝶，
　　有翅而无刺，尽在半空中飞舞，
而不着边际？——假如你是只黄蜂，
恐怕就有不少的罪恶要喊痛。

---

① 火面将军，可能指乔治·普瑞沃斯特(1767—1816)，英国驻北美总督。在第二次美洲战争中作战不力，他在应该派兵驰援时反而下令士兵做饭，因而受讥。

议 员 选 举

(《唐璜》第十六章,第七〇——七七节)

亨利勋爵是个出色的竞选人,
　　为了拉票,他像老鼠无孔不钻;
但在本郡里,他却有一个劲敌,
　　一位空头支票伯爵和他竞选,
那伯爵的儿子,可敬的浑水摸鱼
　　是另外一个利益集团的成员,
(那就是说,也是为自己的利益,
只不过在偏度上稍有些差异)。

所以,他在本郡处处用心周旋,
　　有的施以小惠,有的给以情面:
对无论什么人都是有求必应,
　　而且到处应下了一大堆诺言,
这总合起来实在是一个包袱,
　　幸而他倒松心,从不加以盘算;
反正有的兑现,有的说也白说,
总之,诺言的价值到处差不多。

他是自由和自由业主的朋友,
　　但同时,他也唱着官方的赞歌,
他觉得他正好是这两端的折中,
　　既有爱国之志,也被王恩所迫
在政府中无功受禄,"尸位素餐",

（对政敌的指责，他这么自谦说）。
他早认为可以撤销这闲差事，
但若连它都撤销，法律也得要废止！

据他"鲁莽地承认"（这样的辞藻
　　是普通英文吗？——不，只在议会中
你才能听到它）。如今世风日下，
　　标新立异的风气比上一代更盛。
他不愿走党争之途而博得喝彩，
　　只是为了公益才有意忍辱负重；
至于他目前的官职，他只想说：
他得到的疲劳比实惠多得多。
老天知道，还有朋辈也都知道：
　　逍遥的生活一直为他所推崇，
但他怎能在多事之秋舍弃了
　　他的皇上，陷人民于水火之中？
可恨煽动者流正在手执屠刀，
　　要把那些使国王、贵族和民众
联结在一起的纽带——砍断，
呵，诅咒他们制造的社会紊乱！

若是有一天由于国务的需要
　　使他高居要津，他将勉为其难，
直到知难引退或被免职为止，
　　只要使别人受益，他也就心安；
但假如一国而没有重臣的地位，
　　那举国上下更要感到惶惶然，
谁来治理它呢？也许你觉得行，
他却以做英国人而引为荣幸。

他是不求于人的；呵，当然薪俸

不足以维持"独立人格"的官员
比他差得多,正如士兵和妓女
　　若论他们各自范围内的才干,
自然比那不是专管此业的人
　　更能在屠杀和卖淫上炫耀一番。
同样,高官对下属总爱摆气派,
连他的门房对乞丐也不例外。

这一切(除了上一节)都是亨利
　　说过或想过的,我不必再多叙。
因为,谁没有去听过竞选演说?
　　或从"独立的"官方竞选人那里
私下得到过一些小小的音讯?
　　关于这,适可而止吧! 不必再提。
而且餐铃响了,人们都作了祷告,
我也应该去作这饭前的祷告——

第三部分　长　诗

科林斯的围攻[①]

自从耶稣为了救世人而死,
在一千八百一十年的日子,
我们是一伙大胆的儿郎,
驰驱在陆地,扬帆在海上。
呵,我们过得快活而尽兴,
我们涉过河水,我们翻山越岭,
没有一天我们叫马儿稍停;
不管睡在山洞,还是睡在草蓬,
在最硬的床上也有轻盈的梦;
不管是裹着我们粗糙的外套,
卧在舱板上,任船在水上漂,
或是躺在沙滩,把我们的桨
给休憩的头当枕头枕上,
我们次日醒来总是生气勃勃。
我们说话和思想不受束缚,
我们有的是健康,也充满希望,
只知劳作和飘游,不知有悲伤。
我们各有不同的语言和信仰,

[①] 科林斯是连接希腊南北两部陆地的地峡城市。一七一五年,土耳其总督进攻科林斯以图打通去伯罗奔尼撒半岛的途径。猛攻几次后,该城总督米诺蒂请求议和,但在谈判期间,土军营地的军火库突然爆炸,死六、七百人,土耳其军为此再度猛攻科林斯,将全城守军及总督尽屠。本诗将这一历史事件作了某些修改。它写于一八一五年。

有的曾是数念珠的苦修僧,
或在清真寺,或在教堂中;
有的,也许我弄错,什么也不信,
可是,在广大世间尽你去找寻,
也难找到更混杂、更快活的一群。
但如今,有的死了,有的走了,
有的独自飘零在天涯海角,
有的还在山中落草为王,
就在伊皮罗斯①峡谷之上,
呵,有时"自由"仍登高一呼,
用血来把"压迫"的苦难偿付;
有的已去到遥远的国土,
有的在家乡不安地苦度;
可是呵,我们再也、再也不能
重聚在一起,漫游和欢腾!

那日子虽艰苦,飞得多舒畅!
现在却一天天过得凄怆;
我的回忆像燕子掠过莽原,
总把我的神魂带回到以前
行经的大地,飘飘然玄想,
像一只野鸟不断地游荡。
就是这,永远使我发出歌唱,
就是这使我常常,呵,太常常
请求那肯耐心听我的
跟随我去到那迢遥的领域。
陌生人呵,现在你可要跟我
坐在科林斯的最高的山坡?

---

① 伊皮罗斯,希腊地名;该地濒临爱奥尼亚海。

1

多少消逝的年代,多少世纪,
战争的怒火和风暴的呼吸
都扫过科林斯;然而她挺立,
一个坚强堡垒在自由神手里。
尽管旋风怒吼,地震山崩,
她苍白的岩石仍巍然不动。
那是大地的拱石,国土虽陷,
她仍然骄傲地望着那座山,
那座山是两股潮水的界标,
山的两侧拍打着紫色的波涛,
仿佛两股水相遇而愤怒,
却又在她脚下停歇和踣伏。
然而,自从提摩连的流血的兄弟,①
或从波斯暴君溃逃时算起,②
她已看到了不知多少杀戮,
使血流成河,又向地下渗入;
若是那些血能从大地涌出,
赤色的海将以血水的浪波
把她下面平静的地峡淹没。
若是在这里被杀戮的人
他们的白骨能留存至今,
那会堆起另一座金字塔
高高矗立在晴朗的天空下,

---

① 提摩连,公元前四世纪科林斯的贵族,曾推翻西西里岛上诸城的暴君。当他的兄弟提摩芬尼斯想在科林斯称王时,他曾劝阻未果,以后他听任两个友人刺杀了提摩芬尼斯。
② 公元前五世纪,波斯王大流士在马拉松败于希腊。

胜过雅典的卫城,它的塔顶
尽管好似吻着飘飞的云。

2

在暗褐的西斯隆山脊上
有两万支钢矛灼灼闪着光,
在山下,科林斯地峡的平原,
从此岸到彼岸,一望无边
全是支起的帐幕,新月旗
在穆斯林的围攻线上高举;
在大胡子巴夏的目光注视下,
土耳其的黝黑的马队在进发;
远远近近,尽目力所及的地方,
只见包头的士兵聚在海滩上;
有阿拉伯人让骆驼卧下,
有鞑靼人在旋转着他的马,
还有土耳其牧民离开羊群
把军刀系上了他的腰身;
还有轰隆声像万发雷鸣,
连海浪也被震慑得安静。
战壕已挖掘,大炮的呼吸
远远掠过死亡嗖嗖的大地;
城墙随着沉重的炮弹
一齐炸开,碎石在空中飞旋,
而从那城墙后,敌对的一方
在烟雾的天空,尘沙的平原上,
以炮火作出回答,迅急而猛
回答着邪教徒的挑衅。

3

但在城前,在那些要攻陷
它的人中,有一个人最当先,
他在战争的歪门斜道上更精于
奥托曼的子孙的技艺,
他的斗志昂扬,足比得上
任何在战场上胜利的酋长;
一战再战,从驻地到驻地,
他飞驰着他热腾腾的坐骑。
只要哪儿队伍要进攻战壕
使最勇敢的穆斯林也停住脚,
只要敌人的炮台把守严密,
还无法攻破,在那儿矗立,
他就下马来鼓舞士气,
让松懈的士兵猛烈地射击;
最先于队伍,也最精神抖擞,
使斯丹布尔的苏丹能夸口,
他率领人马在战地奔跑,
或指向地道,或挥舞长矛,
或围着砍杀的刀而劈击——
这就是艾尔普——阿德里亚①的叛逆。

4

威尼斯是他的出生的国土,
他的祖先曾是那儿的望族,
但最近,他成了她的亡命徒,

---

① 意大利城名。

却要对他的同胞使用出
他们传授他的武艺；而今
他在剃光的前额扎上头巾。
科林斯经过了多少变化，
终于和希腊同归威尼斯管辖；
而在这儿，在这城墙之下，
他面对着威尼斯和希腊，
变成她们的敌人；他感觉
像年轻的新信徒那么热烈，
在他火热的胸中聚集着
种种痛苦的回忆把他绞割。
对于他，威尼斯已夸不上
一个文明的古城——自由之邦，
在圣马可的大殿，已经有
无名氏们在暗中写下诅咒，
没有人涂去他们针对他
在"狮子口"中留下的责骂，
他及时逃了命，好把一生
未来的岁月虚掷在斗争中，
让他的故土了解，十字架
损失了他要付多大的代价，
他要高举新月旗与它对抗，
直到复了仇，不然就死亡。

5

库姆吉①，他临终的景况

---

① 阿里·库姆吉，土耳其十七世纪的勇将，曾在一次战役中打败威尼斯，占领伯罗奔尼撒半岛。以后与日耳曼人作战，被杀于卡罗维兹平原（在匈牙利）。他在临死时，下令杀死日耳曼被俘的将军和士兵。据说，当有人告诉他，他的对手尤金王子是一个伟大的将军时，他说"我要比他更伟大"。

为尤金的胜利增光,
在卡罗维兹的血染的平原
他最后被杀,也是最勇的一员,
他倒下了,并不为死而惋惜,
只是诅咒基督徒的胜利,——
库姆吉呵,希腊的征服者,
难道他的荣耀已经失色?
威尼斯自古给希腊的自由
又被基督徒交到她的手,
自从他重树穆斯林的统治
一百年的时光已经流去,
如今他引导着土耳其军,
给了艾尔普以先锋的指引,
艾尔普也无愧于这一重任,
一路把城镇都夷为灰尘;
他以杀戮的事迹来证明
在新的信仰中他多么坚定。

6

城墙已危殆,飞速的火力
把不断的子弹朝它投去,
那是毫不停歇的怒火
从大炮直捣向城垛;
轰隆的炮声好似雷鸣
从每座火热的蛇炮①升腾;
这里,那里,崩毁的房舍
被爆炸的炮弹引起了火,
就在这爆发的火山呼吸下

---

① 十六和十七世纪外国一种大炮,炮上有蛇形摇柄。一译长炮。

塌毁了整个的大厦，
火焰的红柱盘旋上升，
残墟的倒塌发出巨声，
或者就迸出无数流星，
人间的星星飞向天庭；
那一天的云层加倍地暗，
太阳被遮得无法射穿，
成卷的浓烟冉冉上升，
形成硫磺色的一片天空。

7

但不仅仅是为了复仇，
叛徒艾尔普耽搁这么久
严厉地来教穆斯林士卒，
怎样突破一点的攻城术；
在那城墙里关着一个少女，
他怀着希望要把她夺取，
尽管她顽固的父亲不同意，
在一阵暴怒下曾对他坚拒，
当艾尔普以基督徒之名
请求少女许配他终身。
那是以前了，心情上快乐，
还没有被责以叛变的罪恶，
在游艇，在大厅，多么畅快，
他在狂欢节中闪着光彩，
还弹着最柔情的催眠曲，
在午夜，弹给意大利的少女，
在阿德里亚的水边何等甜蜜。

8

大多人以为她的心已有所属,
因为它谁也不给,尽管被追逐;
年轻的弗兰茜斯卡仍独身,
没有被教堂的誓约所困;
当亚得里亚海上的船
把兰西奥托载到异教海岸,
她常见的笑容就失去,
少女变得苍白而沉郁;
更常常地到教堂去忏悔,
而少见于欢庆和假面舞会;
即使在那里,她也低垂着眼,
对它征服的心毫不稀罕;
她好像不经心地注视什么,
她也不关心自己的衣着,
她的歌声已不那么欢畅,
她的步履虽轻,却较迟缓
在晨曦照耀的对对舞伴中,
因为通宵的舞还没有尽兴。

9

被政府派来防守这块土地,
(它是夺自穆斯林的手里,
当索别斯基的骄傲已暗淡
在布达的城下,在多瑙河边;
威尼斯的将领就来攻占
从帕特雷到埃维厄的海湾①)

---

① 指自希腊西部至东部的海湾。

米诺蒂在科林斯的高阁里
拥有着共和国总督的权力,
那时和平正以怜悯的微笑
照看她久已遗弃的希腊海岛,
那时不忠的停战还未被突破,
她还没感到异教徒的重轭;
他带着美丽的女儿来到这里,
并非为了自墨涅拉俄斯之妻①
遗弃丈夫和国土以后,来证明
怎样的灾祸发自非法的爱情,
尽管有比她,呵,绝色的远客,
更美的倩影来使国土生色。

10

城墙破了,残垣露着缺口,
只等明晨一线曙光初透,
一场激烈进攻的第一排壮勇
就要埋在那一堆乱石中;
队伍排成行,精选的先锋
由穆斯林和鞑靼人组成,
充满了希望,却误称为"敢死队"②,
他们对于死亡毫无所畏,
只知以偃月刀杀出一条路,
不然就以尸体铺出路途,
好使后继的勇士攀登向前,
把才死的人当一个踏脚板!

---

① 指海伦被帕里斯劫走逃离希腊而至特洛伊,因而引起特洛伊战争,使该城战败被毁(见荷马史诗《伊利亚特》)。
② 英文"敢死队"(Forlorn Hope)一词,有"绝望"之意。

11

正是午夜:凄清的圆月亮
深深照耀在濯濯的山上;
蓝色的海在滚动,蓝色的天
好似空中的海洋在铺展,
有光的小岛点缀其间,
这样荒凉,这样轻盈地灿烂,
谁能看到它们的闪闪发光
而回顾大地不感到凄怆,
而不愿展翅,远远地飞离,
和那永恒的光融合在一起?
两岸边的海水轻轻荡漾,
平静而澄碧,和天空一样,
它的泡沫很少把石子掀动,
而是像小溪般细语淙淙。
以碧波为枕,风在安睡,
旗幡都在旗杆顶下垂,
而当它们在杆上被卷起,
一钩新月就照耀于天际;
山野上一片深沉的寂静,
只偶尔听到岗哨的口令,
或骏马不断的尖声嘶叫
引起山中的回音邈邈。
那野营大军的一大片喃喃声,
像树叶的沙沙在两岸间喧腾,
因为报祷人①在午夜里高喊:
已到了经常祈祷的时间;

---

① 原文为 muezzin,伊斯兰教寺院中报告祷告时间的人。

这声音悠悠升起,带着悲调,
像野地里一个孤魂的哀号,
它是一曲歌,凄楚而甜,
好似轻风流过了琴弦,
发出了悠长而无节奏的谐音,
远胜过世间吟唱的诗人。
对于围城内的人,它好像
预告他们覆亡的一声嚷,
甚至在围攻的士兵听来,
它也预示着可怕的灾害。
那抖颤的一声难以形容,
使心灵刹那间停止了跳动,
然后脉搏反而更快,为那静止
所表示的惊异感到羞耻,
正如你突闻丧钟而惊醒,
尽管那是为别人而敲的一声。

12

艾尔普的帐幕支在海边,
一切静悄悄,祷告已做完;
岗哨派出了,巡查也完毕,
命令都已发下,并遵照办理,
只要再过一个焦虑的夜,
明天就会偿报他一切
复仇和爱情所能给的赠礼,
以慰这长期的耽搁和努力。
没有几刻了,他需要休息,
好为明天许多屠杀的业绩
而养精蓄锐;但在他心中
思绪像汹涌的海在翻腾。

他在大军中是独立孤单,
无感于他们那热狂的高喊——
扬言把新月凌驾十字架上,
若牺牲性命也无所损伤,
因为那就可以在乐园中
被仙女爱抚着,欢度永恒。
他不像热烈的爱国者能感到
在热诚之中严峻而崇高,
充满热血,工作不知疲倦,
因为是在祖国的大地上作战。
呵,他是孤独的———一个叛徒
所作所为都背叛他的故土;
在全队中,他是独自一人,
没有一个心或手可以信任。
他们追随着他,因为他勇敢,
他把夺得的大量掳获都分摊;
他们屈从他,因为他有办法
使众人的意志折服于他,
但对他们,他的基督徒出身
仍然可说是一种恶根,
他们也嫉妒他以穆斯林之名
获得了一个不忠的声名,
因为他,他们最勇敢的统领,
少年时是个不满的拿撒勒人①。
他们怎懂得骄傲会屈服,
当感情受冲击,枯萎而干涸;
他们怎懂得,当柔情的心
变为冷峻,反会燃烧着恨;
也不懂一个专心复仇的人

---

① 伊斯兰教徒蔑称基督徒为"拿撒勒人"。

所感到的变节而致命的热忱。
他统率他们;只要敢于领先,
人可以统率最邪恶的成员:
狮子就如此操纵一只狼狗,
狼狗嗅出猎物,它去下手,
以后由嚎叫着的兽群
去吞食"成功"的那些残羹。

13

他的头发烧,他的脉搏
迅急地跳动,不停地抽缩,
他的身子翻过来,复过去,
只是在祈求,却得不到安息。
若是打了瞌睡,一个响声,
一个惊动,使他醒得心沉重。
头巾紧箍着他火热的头,
盔甲像铅块压住他胸口,
虽然,在这重压下,睡眠常常
经久地落在他的眼睑上;
那时没有卧榻,也没有华盖,
除了大地与天空作为铺盖,
比现在战士的床还粗糙,
比漫天的帐幕还不牢靠。
他不能歇息,他不能留在
帐幕中等着天光发白,
于是走出去,走到沙滩,
只见成千的士卒睡在水边。
是什么使他们安枕?为什么
他比最卑贱者还睡不着?
他们危险更大,也劳苦得多,

却无畏地安睡,梦着掳获。
只有他,当成千的人度着
安睡的夜(也许是最后一个),
却在苦恼的不眠中踯躅,
并羡慕着他看见的一切。

14

他感到,夜晚的沁人清爽
使他的灵魂变得较舒畅。
沉静的夜空无风而冷峭,
他的前额沐浴着空气的香膏。
他身后是营地,在他前面
有许多曲折的小港和海湾,
那是利潘多海湾;在德尔法
山峰的眉头,凝固而不化
是永恒的冰雪,高高闪烁,
尽管万千夏季已灿烂地流过
这海湾,这山峰,和这片国土;
与人不同,它不向时间溶注;
暴君和奴隶都已被冲走,
他们在阳光之下不能持久;
但那白纱呵,最轻盈最弱,
却能在高山峻岭上偃卧,
当楼塔和树木都摧毁掉,
它却在它嶙峋的垛上闪耀;
形状是顶峰,高得像浮云,
纹理上像寿衣在铺陈,
离去的"自由"就把它铺下,
当她逃开了她心爱的家,
又在这儿稍停,因此这地方

她预言的精灵久久发出歌唱。
呵,她的脚步有时还回旋
在枯萎的田野,荒芜的神坛,
并指出每一个光荣的表征
想把太破碎的心灵唤醒。
但她的呼声枉然:只有等待
更好的时日发出怀念的光彩,
它曾照过波斯人的奔逃,
还看见斯巴达人虽死而含笑。

15

艾尔普对那些伟大的时代,
尽管他是叛逃者,不无缅怀;
这一整夜,他一面游荡,
一面对古往今来沉思默想,
他想到光荣的死者在这里
曾为了更崇高的事业而死去,
他感到他能取得的声誉
是多么微弱,多么不值一提:
鼓舞着士气,挥舞着军刀,
一个叛徒充任戴头巾的军曹;
他要率队无法无天地攻城,
最大的成就不过是渎侮神明。
他想到的古人却不是这样,
那些首领的灰就睡在他身旁;
他们在平原上摆出了方阵,
他们没有白白运用这面盾;
他们忠诚地倒下了,但没有死,
好像风在叹息他们的名字,
水波喃喃着他们的英名,

树林被他们的声誉所充盈;
那静静的石柱,苍白而孤立,
和他们神圣的泥土交织一起;
他们的精神笼罩着幽暗的山,
他们的事迹闪耀于水泉;
最细的溪水,最大的河流
融会着他们的声名而不朽。
呵,不管国土上重轭有多少,
她仍是他们的,仍属于荣耀!
对于人间,将永存这句标语:
谁要想做出高贵的业绩,
必指向希腊,而被她批准后,
就转身来践踏暴君的头:
他向她求助,于是冲入战斗,
或者丧失生命,或者赢得自由。

16

艾尔普在海边静静地冥想,
贪恋着深夜的漂浮的清凉。
那海水没有潮汐,没有涨落,
它永远不变地滚动着浪波;
因此,即使最大、最暴怒的海浪
也不会伸入几码远到陆地上;
月亮无可奈何地看着海滚动,
对她的来去,海水无动于衷:
无论平静,起风,在深渊或浅滩,
她对它的流向没有辖制权。
岩石露着底,没有被水浸润过,
它遥望着浪花,不见它朝前扑落;
它下面有一条泡沫的界限,

那是多少世纪以前留下的线，
在它和绿色的土地之间
有一小条平坦的黄色的沙滩。

他沿着沙滩漫步往下走，
直走到离被围的城墙有
一枪射击的距离，但没人发见，
否则他怎能免于一颗子弹？
可是有叛徒藏在基督徒中？
可是他们的手不灵，心已变冷？
这我不知道；但从那城墙上
没有开火，没有子弹嗖地一响，
虽然他是站在城堡下边，
那城门正对着海虎视眈眈；
虽然他听到声响，甚至听得清
城下的卫兵的不满的话音，
卫兵就在石路上来回地走，
嘚嘚的声响是那么有节奏。
他看见一群瘦狗在城下边
正在死人身上举行欢宴，
嗥嗥地吞噬着尸身和大腿，
只顾吃，还来不及对他狂吠！
它们从一个鞑靼头壳剥下肉，
好像你给无花果去皮，新鲜可口；
它们以白牙嚼着更白的头壳，
有时失灵，碎骨不断地从颚下掉，
它们懒懒咀嚼着死人的骨头，
无法离开原地向别处走；
那倒下的人供应一顿夜餐，
正好把它们长时的斋戒打断。
从沙滩上的头巾，艾尔普知道

这首先倒下的在队中最骄骁,
他们戴的披巾是深红和绿色,
每人的头顶有一绺长发披落,
其余的部分则剃光而赤裸。
现在这头壳已都被野狗吞下,
只有头发还缠着它的下巴;
但在沙滩附近,在海湾上,
蹲着一只恶鹰,对敌一只狼,
狼从山间偷偷来寻找死人,
却被一群狗吓得不敢走近;
但它在海湾的沙滩上找到了
被鸟啄的一匹马,也吃了个饱。

17

艾尔普闪开了这厌恶的情景;
在战斗中,他从没有胆战心惊;
但他看着垂死者淹没于血泊,
为死前的干渴和抽搐所折磨,
倒易于忍受,而现在他不忍
看到这些不知痛苦的死人。
在危殆的一刻还有一种骄矜,
不管死亡以什么形态来临;
因为是"声名"指定谁流血死去,
"荣誉"的眼睛望着勇敢的事迹!
但这一切过去后,在战地中
走过累累的尸体,看着蛆虫
和空中的飞禽,林中的动物,
都聚拢来,令人感到一种羞辱;
这一切都把人当做掳获,
在人的衰亡中欢庆作乐。

18

有一个寺院只剩了废墟,
不知何人修建,早已被忘记,
只有两三石柱,野草丛生
在一堆大理石和花岗岩中!
滚吧,时间!对未来的一切
它不会留下比过去的更多些!
滚吧,时间!它只把过去的
留下一点以使未来感叹于
那曾有过的,和那必然的宿命,
我们和子孙反复见到的情景:
呵,那过去事物的断瓦残垣,
表明泥质的人曾筑过石殿!

19

他坐在一棵柱的石基上,
把他的一只手遮在脸庞;
有如一个痛切沉思的人,
他的姿势是朝前蜷着身;
他的头直垂到胸口前,
无精打采,火热而跳颤;
他还不断以手指敲击着
他那如此下垂的前额,
好似你看到你自己的手
在象牙的键上急速弹奏,
直到那有节拍的乐音
被你在弦上如愿地唤醒。
他就坐在那儿,沉郁地

倾听着夜风的叹息。
那可是风流过石头的隙缝
发出如此温柔多情的哀声?
他抬起头向大海凝望,
但海没有起波,和镜子一样;
他看到长长的草叶也不摇摆,
但那柔和的声音哪里传来?
他望一望旗,旗帜都静止,
西斯隆山的叶子也是如此,
他的面颊也没感到微风拂过,
那突然的声音意味着什么?
他向左看,能否相信他的眼睛?
一个女郎坐在那儿,鲜艳而年轻!

20

他一惊而起,比一个持枪之敌
走近他身边更使他惊惧。
"我祖宗的上帝!这是什么?
你是谁呵?为什么来到这
如此接近火力对敌的处所?"
他颤抖的手已拒绝表示
他已不再认为神圣的十字:
那一刻他想要恢复那手势,
却被良心把他的本能夺去。
他注视着;呵,他终于看清
那美丽的脸,那婀娜的身影:
是弗兰茜斯卡在他身旁,
是他想婚配未成的姑娘!

她的面颊上还有着玫瑰色,

只是被更淡的光彩所调和；
她的柔唇的游戏哪里去了？
已看不到那使朱唇多姿的笑。
他们看到的平静的海面，
对照她的眼，已不显得那么蓝。
但那双眼像寒冷的波浪一样静，
她的视线虽明亮，也同样凄清。
她身上裹着薄薄的长衫，
她光灿的前胸没有遮拦，
她把飘垂的黑发用手拨开，
使洁白丰润的臂露了出来；
在她要答复他的话以前，
她把手一度高举朝天，
呵，那只手如此苍白，如此光泽，
你可以看到月光都能透过。

21

"我舍弃安歇来找我的至爱者，
为了使我快乐，使天赐他福泽，
我经过哨兵，城墙和大门，
为了找你，安全通过了敌人。
据说狮子若遇到纯洁少女，
也会被她的荣光逼得逃去；
哪能如此把森林之王驱逐
而保护好人的天庭的主
也给了我恩典，使我得以
不落在围城的邪教徒手里。
我来了——如果我来而无功，
那我们就别再，呵，别再重逢！
你做了一件可怕的事情，

没有把你祖先的信仰追从；
可是，把那头巾掷到地上吧！
你永远是我的，只要画十字架；
快从你的心头拧去那墨滴，
明天我们将结合，永不分离。"

"我们新婚的床在哪儿铺展？
可是在垂死者和死尸中间？
因为明天，我们就要杀烧光
一切基督徒的子孙和庙堂。
我已经宣了誓，除了你和我，
明天这一切都要覆没。
可是你呵，我要带你去个好地方，
在那里和你携手，永忘我们的悲伤。
在那里，你仍将是我的新娘，
只要我把威尼斯的骄狂
再一次夷平，使她可憎的一族
感到这只手不为他们压服，
反而以蛇蝎的鞭子来抽击
被罪恶和嫉妒铸成的我的仇敌。"

她把自己的手放上他的手，
轻轻一触，使骨骸都在颤抖，
她以冷峭注射到他的心中，
把他凝结得无力移动。
尽管那致命的冷握轻得很，
他却不能从它的魅力下脱身。
但从未有这样亲爱的掌握
把如此的恐惧感传给脉搏；
以细长而洁白的手指的触碰，
那夜晚，她已把他的血冷冻。

他的额际已不感到热炽，
他的心噗地停顿，好似岩石，
因为他看到她的面孔和容颜
不像平常那样，已大为改变：
美，但无神——再没有心灵的光
使每一秀色都活跃激荡，
像晴和的日子闪烁的波浪。
她木然的唇像死一般静止，
不带着呼吸，说出一个个字，
她的胸脯膨胀而不见起落，
在她的血管里好似没有脉搏。
她的眼睛虽发光，但眼睑呆滞，
它射出的视线狂乱而发直，
其中没有变化，好像梦游人
在迷乱的梦中透露的眼神；
有如壁画上的人物，在一盏
残烛的飘忽不定的光照下面，
又被冬天的空气轻轻波动，
他们沉郁地凝视，似生又无生，
看得人害怕，仿佛他们就要从那
阴森森的画像的影壁上走下；
在幽暗中，他们可怕地来回走，
当挂毯上阵阵的风在飘流。

"如果为了爱我，你不能舍下
这许多，那就为了爱天庭吧——
我要再说一遍——扯下那只
背叛的额上的头巾吧，发个誓：
不伤害你被损害的祖国的儿女；
不然你就迷途了，从此别想见
（不提大地了）天庭或我的一面。

如果你能这么做,尽管有
一个沉重的命运要你承受,
但那会减轻你一半的罪愆,
天恩的门也许会放你到里面;
若是再拖延一刻,背弃上帝,
那他的诅咒必降临到你,
呵,你再仰望天庭也不成,
天主的爱将永远对你陌生。
你看有块浮云把月亮遮盖,
它在飘走,很快就要飘开,
如果等那一团云气流过,
不再把圆月的光晕遮没,
你的心呵还改变不了,
那么,上帝和人必对你不饶;
你将要注定遭到恶报,
你得到的永劫还要更糟。"

艾尔普朝天上看了一看,
她所说的征象就在中天;
但那深刻而无穷的骄傲感
使他的心膨胀,被撇在一边。
这胸中最初的背叛的激情
压过一切,像急流的奔腾。
他乞求仁慈!呵,他受惊于
一个怯懦少女的狂言乱语!
想想他,被威尼斯害得够苦,
发誓把她忠实的儿子救出!
不,——尽管那片云来得邪恶,
将以雷劈他——就让它爆破!

他热切地望着那片流云,

没有回答一个字音;
他看它飘过,越飘越远,
整个的明月又照耀他的眼。
于是他说,"不管有什么命运,
我不是见异思迁的人,
太晚了!芦苇会遇风低头,抖颤,
然后再直起;树必然寒战;
但我必须是威尼斯造成的
她的仇敌,我恨她的一切,除了你;
但你是安全的;哦,同我逃去!"
他一转身,她已踪迹毫无!
什么都不见了,除了石柱。
她是隐入地下,还是溶进空中?
他未见——他不知——而人已无踪。

22

黑夜过去了,太阳放射光明,
仿佛那是一个快乐的黎明。
清晨脱去她灰色的外衣,
轻轻地,灿烂地露出自己,
而日午将盼到炎热的一天。
听吧,喇叭声和急骤的鼓点,
野蛮的号角发出了悲声,
旌旗拍击着向前迅速挥动。
马在嘶鸣,万众嘈杂的喧嚣
伴以交锋和"来了,来了"的喊叫。
军旗拔出了地面,刀也拔出鞘,
他们整起队伍,只等一声口令。
鞑靼人,土耳其人和游击骑兵,
卷起你们的帐篷,快向前进;

上马呵,踢剌呵,急驰过沙场,
叫城里逃出的人个个落网,
无论老幼,一个基督徒也别放。
而你们的步兵弟兄,如一团火球,
以血染红了他们的突破口。
马都套上缰辔,对绳喷着气,
马颈弯曲着,鬃毛随风扬起,
它们的嘴咬着马嚼子,吐着白沫;
钢矛举了起来,火柴点了火;
大炮瞄准方向,正准备咆哮,
把已摧毁的墙再摧毁一遭;
每个步兵都排进了方阵,
艾尔普赤裸右臂,带头行进,
他的偃月刀的刀锋寒光逼人;
可汗和巴夏都在各自的岗位,
总督自己率领着整个部队。
只等蛇炮发出信号,就进攻,
让科林斯不留下一条性命——
厅堂没有主人,神坛没有牧师,
大厦没有炉火,墙上没有砖石。
让上帝和先知呵——安拉!
都随这一呼喊而直上天涯!
"有突破口让路,有云梯可攀登,
手放在刀把上,你怎能不取胜?"
无畏的总督库姆吉这样说;
回答是,万千个煞神充满欢乐
和怒火,挥舞着军刀和钢矛:
沉寂——一个信号响起——开炮!

203

23

好像狼冲向庄严的水牛,
水牛眼中迸发火焰而怒吼,
以角挑出血,以蹄子乱踢,
它到处践踏,或高高掀起
那挺身当先、只凭着骁勇
朝它冲来的(只落得一命告终):
正是这样,他们冲向城墙,
正是这样,第一批人受到挫伤;
许多以铜锁甲保护的胸膛
像割断的草叶落到泥土上,
一个冷战,子弹把他们射穿,
又穿到地面,他们再也不动弹;
就这样倒下了,又往高里垒,
好似割草人积起来的草堆,
直割到日之将尽,地已夷平;
正是如此,倒下了死去的先锋。

24

有如春潮从山岩峭壁间
猛力地冲激,由于不断泼溅
而攻下许多巨大的石头,
苍白而轰鸣地顺水流走;
有如阿尔卑斯山的雪崩,
冰雪滚滚地落到谷中;
科林斯的子弟们终于
被穆斯林大军的一再攻击
弄得筋疲力竭,奄奄一息,

也同样随着巨流被冲去。
他们团结坚定,他们成群倒下,
邪教徒的大军把他们砍杀,
手联手、脚对脚地积成一堆,
那儿除了死亡,一切都鼎沸:
冲打,砍杀,飞驰和喊叫,
不是胜利欢呼,就是投降求饶,
还夹杂着排炮的轰隆,
使远方的城市为之震动,
不知这震天的战斗的吉凶,
是他们、还是敌人占了上风;
不知在那毁灭的声音中
他们该悲哀还是欢腾;
那声音穿过深山,远而又远,
可怕的回音反复地回旋。
那一天,你可以听见它
在萨拉密或在米格拉,
我们听到耳闻者传言:
它甚至波及比雷埃夫斯①湾。

25

从交锋的剑尖到剑柄,
长剑和短剑都被血染红;
但城堡攻破了,开始掳获,
那是大屠杀以后的节目。
现在,从那被劫掠的家屋
更尖声地响起混杂的哀呼。
请听那急速飞跑的脚步

---

① 比雷埃夫斯,希腊海港,在雅典附近。

蹚着血水,在滑湿的街路。
但有些地方,只要能找到
对敌抗拒的有利的一角,
十几个拼死的人就聚成群
在那里停下来,又转过身——
他们背对背地靠近墙
凶狠地站定,或战到死亡。

那里有个老人,头发已花白,
但他久经战斗,臂力不衰;
他勇敢地对敌独当一面,
那一天,死者在他的脚前
堆成了一个半圆;
但他仍旧毫无损伤地战斗,
虽然已被包围,逐渐退后。
以前战役中留下的伤疤
都掩盖在他光亮的胸甲下,
但他的身上的每一伤口
都是得自以前的战斗;
虽然老了,他的臂力如铁似钢,
我们的青年很少能和他争强。

他独力困住的敌人在增加,
已多过他稀稀的银白的发。
他以军刀从右向左挥击,
许多奥托曼的母亲在哭泣
那未生的儿子,当他的剑
初次使穆斯林的血迸溅,
而他当时还二十岁不满。
那一天,在他一怒下砍倒的人,
他都可以是他们的父亲。

很早以前他就失去了儿子,
他的怒火也使敌人丧子,
这是自从在那海峡中①
他的独生子死于交锋,
他做父亲的铁腕就造成
许多次屠杀的万人冢。
如果阴魂能被屠杀安慰,
巴仇克勒②的在天之灵不会
比米诺蒂的儿子更为高兴,
那儿子是在亚细亚的边境
和我们划分界限时丧了生,
于是埋在那已有成千上万
在几千年中被埋下的海岸。
呵,留下了什么遗迹能指明
他们埋在哪儿?他们如何丧命?
他们墓草上没有石碑,墓中没有骨头,
除了他们是在诗歌中永垂不朽。

26

请听那"安拉"的呼喊!穆斯林
有最勇和最精干的一队来临,
他们的队长光着臂,上下挥动,
打击最急速,绝不留情——
那只手裸到臂膀,直指人向前;
他在战斗中就这样哄传。
有的人炫耀华丽的衣服,

---

① 指达达尼尔海峡,威尼斯和土耳其曾在此进行海战。
② 巴仇克勒,希腊神话中的武士,他被赫克脱所杀,他的朋友大力神阿基里斯为他复仇,杀死了赫克脱。

引诱贪婪的敌人来掳获；
许多人手执华丽的刀柄，
但没有人的钢刀染得更红；
许多人戴着更高的头巾，
艾尔普只以赤裸的白臂而驰名：
哪儿战斗最激烈，它就在哪里！
在海岸上没有一面旗
像他的旗那样奋勇当先，
在穆斯林的战争中，也从没有旗杆
把骑兵敢死队如此引到一半远；
它看来多像流星坠落远天！
无论哪儿出现那威武的臂，
哪怕最勇的健儿和它相遇，
你就会听到怯懦的求饶，
但对复仇的鞑靼白白呼号；
否则就成为静静倒下的英雄，
在死前决不肯发出一丝哀声，
只聚起他最后的微弱的力气
朝近身倒下的敌人挥击，
尽管相互受伤而晕厥，
手指还抓着地面一片血。

27

老头子还在挺直地站立，
艾尔普的进程暂时受到阻力。
"罢手吧，米诺蒂！为了你自己，
也为了你的女儿，快放下武器。"

"绝不，叛徒呵，绝不可能！
尽管你赐我活下去，活到永恒。"

"弗兰茜斯卡！——哦,应许我的新娘！
难道她也必需为了你的骄傲而死亡?"

"她是安全的。""在哪儿？在哪儿?""在天堂,
你那叛徒的灵魂永远够不上——
她远离开你,不会受到亵渎了。"
说完,米诺蒂阴沉地微笑,
他看见艾尔普身形摇摇一低,
好似这些话给了他一击。
"哦,上帝！她几时死的?""昨夜里,
我没有为她的灵魂升天而哭泣。
我纯洁的一族没有人愿意
做穆罕默德或你的奴隶——
来吧!"但这叫阵没有用,
艾尔普已落进死人一群中。
当米诺蒂以尖刻的言语
发泄着他复仇的怒气,
不料这比他的偃月刀锋——
假如时间容它砍杀——还有用;
正当此时,从附近教堂的门口
(这教堂已长时间地被把守,
其中剩了最后几个拼死者
还要把失败的战斗重新燃着)
射出一枪,把艾尔普击倒在地,
子弹穿进这叛徒的头脑里,
眼睛还来不及看到他受伤,
他已旋转着一头栽到地上;
他的目光一闪,好似冒火焰,
他的身子便朝前软瘫,
让永夜渗入他跳动的躯干;

呵,生命飞逝得不留一星星,
除了他的四肢还轻轻颤动;
人们把他仰面翻个身,
胸和额际都沾着血和灰尘;
从他的嘴唇溢出生命的血,
因为内部的血管刚刚爆裂;
然而他的脉搏不再搏击,
他的嘴边也没有临死的抽泣,
没有轻叹,话语,或呼吸急促
来引导他走进死亡之路;
没有等他的思想祷告上天,
他已不待涂油礼而归黄泉;
也不会希冀天恩来赐福——
他至死是一个叛徒。

28

立刻一片呐喊动人心魄:
发自敌人和他的追随者;
前者欢腾,后者充满愤怒,
于是他们再次交手冲突,
刀和刀碰击,长矛狠狠刺入,
劈砍和戳刺,一往一来,
把战斗者投掷到了尘埃。
米诺蒂,这个司令官和总督,
还把他最近剩下的领土,
一街又一街,一尺又一尺,
勇敢地和强敌争执;
他的英勇部队还剩些残余
在手和心上给他以助力。
那个教堂还没有被攻占,

——就是从它发出致命的一弹
几乎为全城的陷落复了仇,
击倒艾尔普,那猛攻它的对头;
他们节节向那里退去,
一路留下了一条血迹,
同时还面对着迫近的敌人,
每一击都给留下伤痕;
首领和他的退却的人员
终于汇合到教堂里面,
那里有高筑的工事为掩蔽,
使他们暂时得到喘息。

29

呵,片刻的喘息!戴头巾的军士
以增援的队伍和汹汹的气势
锐不可当、一鼓作气地向前围,
数目多得使人无法后退;
因为通向教堂的路很狭,
那里的基督徒还不甘失败,
最前列的进攻者即使胆怯,
也无法穿过大柱转身逃去;
他们只有接着干,或者死去。
他们死了;但不等到闭目安息,
复仇者又在他们的身上跃起;
新的一批人,愤怒而迅速
填进不会稀的行列,尽管仍被屠;
就这样,奥托曼士兵一再进击,
使疲惫的基督徒逐渐无力。
现在,他们已攻到了门口,
只是沉重的铁门还在坚守;

从每个洞隙,又准又厉害,
子弹仍旧嗖嗖地射出来;
从每个被摧毁的窗户
阵阵的硫磺雨倾盆而覆,
但大门逐渐摇动而不稳,
铁在屈服,铰链吱纽地呻吟——
它弯身,它倒下——于是一切完了;
沦亡的科林斯不再抵抗了!

30

阴沉地,严峻地,米诺蒂
独自对祭坛的石座站立;
圣母的面容对着他发光,
那是天庭的色泽被涂上,
眼里有光明,视线里有爱,
这画像所以悬在那神台,
是为了把我们的所思固定在
神圣的事物;我们跪下时
就看见她和她怀中的神之子,
对着每次祈祷她都在微笑,
好似把我们的愿心朝天上飘。
她总在微笑,现在还是这样,
尽管"杀戮"已来到她的走廊;
米诺蒂抬起他老年人的眼睛,
划着十字,轻轻地叹了一声,
然后把那里的火炬拿在手中;
他还在站着,伊斯兰教徒
已带着钢与火破门而入。

31

在嵌花石板下的地穴中
是多少世代的死者的坟冢；
石板上刻有他们的姓名，
而今已被血污得辨认不清。
那大理石的花纹波散着
奇异的色彩，还有隆起的石刻
已都被污染，涂抹，磨得精光，
又被断剑和跌落的钢盔覆盖上。
地面上有死者，也有的寒冷地
躺在下面一列列灵棺里；
你可以通过幽暗的铁栏格
借着微光看见他们乌黑地堆着；
但"战争"已进入他们的地穴，
把她硫磺的宝物密密摆列
在尸骨之旁，这地下的坟墓
在围城期间就成了基督徒
主要的弹药库；一根导火线
现在被引进来和它接连，
这是米诺蒂下决心用最后一计
来应付敌人的压倒的兵力。

32

敌人来了，很少有人与他争，
就是有人斗争也已无用。
复仇的胃口既已被挑起，
却没有性命可杀，把它平息：
他们野蛮地劈击着尸首，

又割下那没有生命的头,
从神龛打下神圣的雕塑,
又劫去庙堂上贵重的陈设,
曾被圣徒们赐福的银器
在粗糙的手里夺来夺去。
他们又走向高台上的神坛,
哦,这儿真是辉煌壮观!
在祭坛桌上,还能看见
为祭神而使用的金盏!
它又大又深,是灿烂的财宝,
对着强盗的眼灼灼闪耀;
那天早晨,它盛过神圣的酒,
每个信徒在黎明都喝过一口,
这酒被基督化为自己的血水,
他们在战斗前喝下为灵魂赎罪。
那杯中剩下还有几滴酒;
环绕着神圣的桌案,还摆有
十二盏高高的灯,光彩夺目,
它们是由最纯的金属熔铸,
成为最豪华的、最后的掳获。

33

他们走近来,最前的一个人
几乎要拿到这件掳获品,
这时,老米诺蒂手执火炬
朝着导火线把火引去——
　　　呵,它引着了!
塔尖,地窖,神坛,掳获品,死者,
　　戴头巾的胜利者,基督徒士兵,
凡留下的一切,无论是死是活,

都和颤抖的教堂投掷到青云,
　　　在轰隆一声中毁掉!
城市被震毁——墙壁都倒塌,
　　海水的波浪有一刻在倒卷,
山峰虽未裂,也摇晃了一下,
　　好似地震给了它以抖颤——
　　　由于这巨大的爆炸,
千万奇形怪状的东西飞崩,
化为一团火云流经过天空;
它宣告了拼死战斗的结束,
呵,那海岸已太久地为它所苦;
这下界的一切汇成一团,
像火箭似地冲上青天,
许多高大而善良的人
　　被烧焦了,缩成有巴掌大,
以后像播在平原的灰烬,
　　又朝向地面纷纷落下。
火灰有如阵雨往下降落,
有些落到海湾,承受它的水波
皱起了千万个圆圆的旋涡,
有些落在岸上,但远迢迢
在整个地峡都有灰往下飘。
基督徒或穆斯林,谁是谁?
让他们的母亲来认这一堆!
当他们在摇篮里轻轻地摇,
每个母亲都是满面微笑
看着自己的孩子甜蜜的睡眠,
怎会想得到有这样一天
那柔弱的肢体整个被撕断。
那些家庭主妇再也认不出
她们养育的儿子的面目;

只一刻,那人的形态已没有,
除了散碎的头壳或骨头;
燃烧的椽木到处降落,
石头落在地上,打出了深窝,
一切焦黑,发臭,在那儿冒烟火。
听到了那可怕的一声地崩,
一切活的生灵都消逝无踪:
野禽飞去了,野狗都逃走,
嚎叫地离开了暴露的尸首;
骆驼挣脱了它们的喂养人,
远处的鹿跳出栅栏而飞奔——
较近的马匹直冲向平原,
挣裂开肚带,扯断了缰辔;
沼泽中青蛙合奏的曲调
变得声音浊重,加倍地粗糙;
狼群在洞窟的山中嗥叫,
回音雷鸣般在远近缭绕;
豺狼的狂嗥一个接一个,
从远方凄凉传来,越积越多,
一片嘈杂的声音,尽力哀号,
好似婴儿哭,和被打的狗叫;
巨鹰离开了它岩石上的巢,
朝太阳的方向越飞越远,
因为翼下的云看来如此幽暗;
云雾的烟直袭它吃惊的喙,
使它更高地翱翔和嘶鸣——
科林斯就这样败而又胜!

锡雍的囚徒

咏 锡 雍①

你磅礴的精神之永恒的幽灵!
　　自由呵!你在地牢里才最灿烂!
　　因为在那儿你居于人的心间——
那心呵,它只听命对你的爱情;
当你的信徒们被戴上了枷锁,
　　在暗无天日的地牢里牺牲,
　　他们的祖国因此受人尊敬,
自由的声誉随着每阵风传播。
锡雍!你的监狱成了一隅圣地,
　　你阴郁的地面变成了神坛,
　　因为博尼瓦尔在那里走来走去
印下深痕,仿佛你冰冷的石板
是生草的泥土!别涂去那足迹!
　　因为它在暴政下向上帝求援。

---

① 锡雍古堡在日内瓦湖旁。十六世纪时,瑞士的爱国志士博尼瓦尔为了图谋推翻萨伏依的查理第三大公的统治,并建立共和政体,被囚在这个古堡达六年之久(1530—1536)。当他有四年之久居于地牢的时候,他常常走来走去,以至在地上留下了一条仿佛由斧子刻出的痕迹。

锡雍的囚徒

1

我的头发白了，不是由于年迈，
　　也不是在一夜之间
　　我变得白发斑斑，
像有的人骤感忧惶而变白；
我肢体佝偻了，不是由于劳累，
　　而是由于苦力的歇息生了锈，
那是地牢的囚居把它摧毁；
　　因为我呵，像其他的一些死囚，
注定和明媚的天地绝了缘，
又是铁栏，又是锁，——它成了禁脔。
然而我，是为了父亲的信仰
才在这儿受禁闭，渴求着死亡。
我的父亲在烙刑之下死掉，
因为他不肯放弃他的信条；
也为了同样的缘故，他的全家
都到黑暗里找了地方住下。
我们原来七个，现只剩下一人，
　　六个年轻的，一个是老年，
他们始终如一，从没有变心，
　　面对着迫害狂反而傲岸。
一个被火焚，两个死在战场，
把他们的信念用血盖了印章；
为了敌人不许信奉的上帝，
他们像父亲一样地死去；
另外三个被投进了地牢，
我这残躯是惟一仅存的了。

2

锡雍的地牢又幽深又古,
里面有七根哥特式的石柱,
七根柱子灰白而雄伟,壮观,
在狱中的幽光下显得黯然。
日光在中途就迷失途径,
只落得在厚墙的隙缝
才透出一点便无影无踪;
它爬过湿地面慢慢移动,
好像洼地上的一盏鬼灯。
每根柱子上有一个铁环,
每个铁环里有一条锁链;
那铁器可是毒害人的东西,
我的四肢还有它噬咬的痕迹,
这些表记在我的有生之日
会永远留着,不会消失。
此刻的日光有一些刺眼,
　　我从没有看见太阳如此升起
已多年了,这年数无法计算,
　　因为呵,自从我最后的弟弟
死在我的身旁,我就已停止
记数这一长串沉重的日子。

3

我们每人拴在一根石柱,
我们是三个,可是个个孤独,
谁都一步也不能走动,
谁也看不到别人的面容;
倒是那苍白暗淡的光线
使我们看彼此像生人一般;

就这样相聚,又这样分离,
手被拴着,心却连在一起;
虽然缺乏纯净的空气,阳光,
却仍有些安慰注入胸膛,
因为能听到彼此的话声,
可以讲说旧故事和新憧憬,
或者唱着英雄的壮歌,
兄弟们就这样互相安慰着。
但连这终于也没有味道,
我们的话语变得很枯燥,
好似地牢石头的回声,
听来刺耳,和以往有些不同,
　　　不那么自如、充沛而活泼;
　　　也许是幻觉吧,但对于我
那总不像是我们的话声。

　　　　　4

在这三人中间,我最年长,
我该支持和安慰他们俩;
对于这,我尽了最大的努力,
每个人也都是不遗余力。
小弟弟最受父亲的钟爱,
　　　因为他的前额长得像母亲,
　　　眼睛也碧蓝得像是天庭,
我的心为他特别感到悲哀;
这样的鸟儿关进这样的牢笼,
看来着实令人心疼。
因为他呵,美得好似白昼,
　　　(我曾像幼鹰一般欣赏
美丽的白天,因为那时我自由)
　　　是北极的白昼,不落的太阳

悬在天空,直到夏季过完;
　　呵,那不眠的长明的夏日,
那披以冰雪的太阳之子,
　　他就像它那么纯洁、灿烂,
他天生的性情快活而达观;
他的泪只为他人的不幸而流,
那时会流得像一个小山沟,
除非他能够把忧患解除,
因为他最怕看人间的痛苦。

5

另一个弟弟也是心地光明,
但他生来是为的与人抗衡;
他身体魁梧,有一种性情
使他不畏与举世战争,
并乐于奔赴前列而就义,
而不愿身系囹圄,恹恹待毙。
他的精神已被锁链声摧毁,
我看着他默默地枯萎;
也许,我也将走上同一条路,
可是我仍旧强打精神去鼓舞
我亲爱的家庭的两个遗孤。
他原是深山野林的猎人,
经常把豺狼和麋鹿追寻;
对于他,这地牢形同深渊,
戴着脚镣是最大的灾难。

6

莱芒湖紧挨着锡雍的墙,
　　在墙下百丈深的深渊中,
　　湖水的潜流汇合而奔腾,

从锡雍的雪白的城垛上
一条测深线直垂到湖底,
而滔天的波浪把城围起;
水和墙造成双重的囹圄,
把地牢变成了活人的坟墓。
我们的黑洞就在湖面下,
日夜能听到水波的拍打;
　　它在我们头上哗哗响动,
在冬季,我曾感到水的浪花
　　打进铁栏杆,从怒吼的风
　　正在快乐的天空肆意奔腾;
那时连石墙都在摇晃,
我虽感摇撼也毫不惊慌,
因为面对死亡我又何所愁,
死亡会使我重获得自由。

　　　　7

我说我的兄弟萎靡不振,
我说他的壮志已消磨净尽;
他厌恶地推开他的食物,
并不是由于嫌饭食太粗,
因为我们惯于行猎的干粮,
对于食物好坏并不较量;
从山上的羊挤出的羊奶
　　已换成城沟里舀来的水,
　　我们的面包好像自从人类
把同胞像野兽般关起来,
　　是浸润着千年囚人的泪;
但这些对我们算得了什么?
他的身心并非因此受折磨。
我兄弟的心灵是这样一种,

即使住在宫殿里它也冰冷,
假使不给他以呼吸的自由,
不让他在山野和峻岭漫游。
　　　但何必迟迟说这些?他死了。
我看到,却不能抱住他的头,
　　　也不能把他垂死的手摸到。
我想把我的铁链扯断
或咬断,但怎样使劲都枉然。
他死了,人们解开他的锁链,
又在我们寒冷的洞中
给他挖了一个浅浅的坑;
我央求他们施一些恩典
把他埋在有日光的地点,
这本是一个愚蠢的念头,
但我当时认为:既生而自由,
他那颗心在这样的地牢里
即使死了也不能安息。
当然我的恳求于事无补,
他们冷笑一声,还是埋在原处;
一块平坦而不生草的土地
覆盖着我的亲爱的兄弟,
他留下的铁链放在墓上,
作为杀戮的碑记倒也恰当!

8

可是他,那个宠儿和天骄,
　　　从小像朵花,最受人爱宠,
他的脸酷似母亲的容貌,
　　　他是全家喜欢的小儿童,
最被殉道的父亲所牵挂,
也使我最近放心不下;

为了他,我力求保持生命
以使他的一生少遭受不幸,
并且有朝一日获得自由;
他也一直不倦地保持有
一种天生的,或振奋的精神,——
可是现在,他也一蹶不振,
日复一日地在梗上枯雕。
　　上帝呵,那是多可怕的事情,
　　眼看着以各种状态和心情,
人的灵魂飞离开躯壳!
我看过它在血泊里冲出;
我看过它在海洋的中途
和那凶猛的澎湃互争胜负;
我看过罪恶的凄惨的病床
由于灵魂的畏惧而呓语癫狂;
但那些是恐怖,而这是苦难,
呵,单纯的苦难,确定而迟缓。
他枯萎了,如此平静,柔和,
如此驯良而温柔地衰弱,
没有泪,但又黯然神伤而和蔼,
为他抛下的亲人怀着悲哀。
他的面颊一直烧得通红,
仿佛是对坟墓的嘲弄;
但那色泽逐渐地暗淡,
好似彩虹隐去,一线又一线;
他的眼睛有着晶莹的光,
几乎使地牢为之明亮;
他没有一声怨言,也不闻
对他的早死有一声呻吟,
只谈了一点昔日的好时光,
谈点希望,以引起我的希望,

因为这最后最大的丧亡
已经使我失神和迷惘。
接着,微弱得只剩下一息,
他还要抑制着自己的叹息,
那是越来越缓,越来越少,
我仔细听,但已听不到;
我唤他,因为我急得发疯,
我知道是完了,但我的惊恐
还不甘于这样被规劝;

  我呼叫,好似听到一声回应;
我猛力一纵挣开了锁链,
  我冲向他——却不见他的踪影,
  呵,只是我一人奔走在这黑地洞;
只是我一人活着,只是我呼吸
这地牢内该诅咒的发霉的空气。
在我和那永恒的岸沿间,
这最后、最亲、惟一的一环
这把我和衰亡的家族系住的,
终于割断在这致命之地。
  一个在地上,一个在地下,
两个弟弟都停止了呼吸。

  我拿起了那已静止的手,
哎呀,我的手也同样冰冷,
我已经无力挣扎或走动,
  只是感觉我仍旧在活着——
一种绝望的感觉,当你想到
你所爱的永远不能再有了。
  我不知道为什么
  不让我一死摆脱,
我于尘世无所求,除了信仰,
而那又禁止自私的死亡。

9

这以后,对我发生了什么,
　　　我不太清楚,我从未获悉;
　　　首先我无感于阳光和空气,
以后连黑暗也都不觉得;
我没有思想感情,什么也没有,
站立在岩石间,我也成了石头;
仿佛不生草的岩石围着浓雾,
我想的是什么也完全模糊:
一切是灰色、荒凉、茫茫然,
那不像是夜,也不是白天;
甚至不是我沉重的眼
所最恨的地牢的光线。
只是虚无缥缈充满空间,
只是凝固,而没有固定点;
没有时间、大地和星星,
没有善恶,没有变化,没有止境,
只有寂静和不出气的呼吸,
那是既非生、也非死的一息,
那是瘫痪而停滞的海洋,
悠悠无际,静止而无声响。

10

有一线光明进入我的脑海,
　　　是一只小鸟的歌声,
它停歇一下,又鸣啭起来,
　　　从来没有歌这么好听。
我的耳朵感谢它,我的两眼
随着这惊喜也目游一遍;
它们那时还不能看到

我已和苦难结成知交;
不过当时我的知觉已醒转——
　　已完全恢复了原来的轨道;
我看见地牢的墙和地面
　　像以前一样把我围绕;
我看见阳光朦朦胧胧
像以前一样爬进穴中,
只是在它爬过的隙缝里,
一只温驯可爱的鸟在栖息,
　　比在树上还更驯良;
那翅膀青翠的美丽的鸟
唱着饱含千言万语的歌调,
　　好像是在为我而唱!
我以前从没见过这样的小鸟,
呵,同样的鸟我也不会再看到;
它好像和我一样在寻求伴侣,
但却不像我这样悲凄。
它是为了爱惜我而来,
正当没有人再和我相爱。
它在地牢边给我以鼓舞,
把思想和感情又给我恢复。
我不知道它近来是否自由,
也许是刚出笼,又往这牢里投。
但可爱的鸟呵!我深知囹圄,
可不愿你再受这拘禁的苦!
也许它是个乐园的来客,
披着羽毛的装束来访问我;
因为呵,愿上天对我宽恕!
就在我想哭又哭不出
而反倒微笑的一刻,我以为
也许是弟弟的魂来和我相会。

但那时,它终于飞去了,
我才明白它是一只凡鸟;
因为我弟弟绝不会这样飞出,
再次把我抛给加倍的孤独——
孤独得像寿衣中的尸身,
孤独得像飘零的浮云,
呵,孑然的浮云在烈日当空,
那是一丝对大气的怒容,
当天庭到处是一片晴朗,
碧空万里,大地也正欢畅,
它的出现是如此不恰当!

11

这时我的命运有了点改变,
我的看守人渐渐对我见怜;
他们本来看惯了悲惨的景象,
不知是什么使他们软了心肠,
但事实如此:我挣断的锁链
由它断裂着,也没有再给接连;
我可以自由地在我的牢里
从这边到那边踱来踱去,
横着走,竖着走,怎样都可以,
每个角落都踏上我的足迹;
我又围绕各根柱子打转,
然后又回到我开始的地点;
这样走时,我只是躲避
我弟弟们埋下的那块平地,
每当我想,若是万一不慎
我的脚步亵渎了他们的坟,
我的呼吸会立刻急促而气喘,
我碎了的心也忐忑不安。

12

我在墙上作了一个蹬脚窝,
倒不是想从那儿逃脱,
因为我已经把爱我的人
一个又一个都送进了坟;
从此对于我,这整个大地
不过是一个广大的监狱;
我没有父母、亲属和儿女,
在苦难之中没有一个伴侣;
想到这些,我倒也高兴,
因为念及他们会使我发疯。
我只是怀着好奇要登上
那被栏杆钉住的铁窗,
想再一次望望远方的高山,
让迷恋的眼睛感到慰安。

13

我看见群山了,和从前一样,
不像我这样改变了形状;
我看见山峦上千年的雪峰
　　和下面的湖,又广阔又长;
那奔泻的若恩河碧波万顷,
　　我听见急流的水冲击和跳荡,
越过河床的石头和断树丛;
我看到远方白石墙的城,
和更白的船帆悠悠远行;
我还看见河心一个小岛,
好像是对我迎面而笑;
只有这一个小岛,葱茏青翠,
和我的地牢大小相配;

但在那里有三棵高大的树,
　　柔和的山风在它上空吹拂,
　　而在岛的四周荡漾着碧波;
新鲜的花儿在岛上遍布,
散发着芬芳,色彩耀目。
在古堡的墙下有鱼群游过,
一个个都好像非常自得;
一只鹰隼乘着急风飞翔,
　　我想它从没有如此疾速
像朝我飞驰时的那样,
　　于是泪水又在我眼里涌出;
唉,我感到苦恼,——我倒情愿
我不曾脱下那拿去的锁链。
等我再爬下那个窗台,
地牢的幽暗好似一个重载
压在我心上;又像新掘的坟
盖上了我们想搭救的人——
可是我的视线太受压抑,
似乎它需要这样一种休息。

14

可能过了许多岁月,许多天,
　　我没有计算,也不曾记载,
我已不再希望抬起双眼,
　　把愁苦的尘埃从眼前移开;
最后来了人把我释放,
　　我不问原因,不问到哪里,
　　无论戴着镣铐或是除去,
对我左右终归是一样;
因为呵,我已学会了喜爱绝望。
因此,当他们最后走来了,

把我的全身锁链都拿掉,
这沉重的石墙,对我来说,
倒成了隐居之地——完全属于我!
我几乎感觉他们是走来
硬把我和第二个家分开;
呵,我和蜘蛛已结成友谊,
　　　已惯于观望它们邪恶的营生,
我看着耗子在月光下游戏,
　　　为什么不能和它们一样高兴?
我们都是一室内的住户,
而我又是各族类的君主
掌握着生杀大权,——但说也奇怪!
我们倒处得彼此合得来;
我的锁链和我也成了朋友,
长期的交往把我们变成故旧;
甚至在我获得自由的时候,
我还轻叹一声离开牢门口。

贝　波[①]

——威尼斯的故事——

1

我们都知道吧(至少应该知道)，
　一切天主教国家都兴忏悔日[②]，
而早在那节期的前几个星期，
　信徒都欢乐个够再准备斋戒，
好等到虔信时有的是可忏悔；
　不论贵族或平民，也不分行业，
人人都在吃喝、玩乐、歌唱、舞蹈，
还有其他花样，只要你想得到。

2

一旦夜幕遮蔽天空，(越黑越好!)
　就开始了那不受丈夫们欢迎
而却为情人渴盼之至的时辰；
　那时，"假正经"把镣铐远远一扔，

---

① 《贝波》写于一八一七年十月，威尼斯。次年五月发表，立即风行一时。它为拜伦开辟了一个新途径，成为《唐璜》这一政治和社会讽刺长诗的前奏。
② 天主教在圣灰星期三(四句节的第一天)和复活节之间规定有四句吃斋和忏悔的日期，这四句(主要在三月份)称为四句斋期。在斋期到来以前，人们可以尽情宴乐。进入斋期后，只可以吃鱼，不能吃肉，而且禁止娱乐，以利忏悔。忏悔日(Shrove Tuesday)在圣灰星期三的前一天。

232

"放荡"轻踮着脚尖,任着性飘游,
　　跟一群狂蜂浪蝶嬉笑和调情:
吉他,歌曲,抖颤的乐声和叫喊,
到处是打情骂俏,咿呀呀乱弹。

3

还有种种奇装异服,各国面具,
　　古如希腊罗马,远如美国印度,
小丑和花脸表演着全身技艺,
　　土耳其和犹太装也辉煌耀目;
什么服饰都行,只要你想得到,
　　除了一样:别假扮教士的装束;
在这些国家,可别和教门玩笑,
自由思想家呵,请记好这一条!

4

宁可扎一身荆棘吧,千万不要
　　穿一件短衲或袈裟,或者披起
有一针一线影射僧侣的什物,
　　尽管你发誓,你只是逢场作戏;
他们会把你拉上地狱的煤火,
　　教你的骨头在沸腾的水泡里
煮个不停,而且绝不念一句经
(除非你加倍给钱)使锅炉稍冷。

5

但除此而外,你可以任凭喜好
　　打扮得或庄或谐,由紧身上衣

到贵胄的斗篷,凡在蒙默思街①
或破烂市买到的都可以穿起;
在意大利,甚至连这种脏地方
说来都音调悠扬,名字怪美丽。
在英国,除了"修道院花园"菜场,
还没有任何堪称"拱廊"②的地方。

6

这一个佳节名为"嘉年华"③节,
顾名思义,就是"要和肉食告别",
这个名字倒是名实相符,请看:
到四旬斋期就要吃鱼来斋戒。
然而为什么人们要如此狂欢
来迎四旬斋,这倒颇令人费解,
我想也许像友人在临别以前
要痛饮一杯,然后再登车扬鞭。

7

于是,他们告别了荤腥的肉食:
猪排,牛排,火腿和五香的焖肉;
足有四十天得吃那乌糟的鱼,
因为燉鱼缺不得作料和酱油,
而本地却没有,这当然要引起
"呸!""该死!"和一些太难听的诅咒。

---

① 伦敦的蒙默思街是卖旧衣的地方。
② "拱廊"在意大利文中为 Piazza(音"庇阿扎"),"修道院花园"即被别称为"庇阿扎"。
③ "嘉年华"(Carnival),即四旬节前三天(或前一周)的狂欢节。原意是禁肉食的意思。

凡是英国去的人至少从小起
　　就习惯于蘸着酱油来吃鲑鱼；

8

所以，凡是要去那里尝鱼味的，
　　在您出发以前，我至诚地建议：
您赶快差遣厨师、太太或好友
　　到河沿大街商店去买一大批
辣酱油、番茄酱、胡椒粉和酸醋，
　　（假如您先走了，那就托人转递，
但务需妥实可靠，以免遭损失，）
不然，天哪！四旬斋会把您饿死！

9

那就是说，假如您信奉罗马教，
　　而且既在罗马，您要学罗马人，
如谚语所云；——尽管没有人强迫
　　外国佬吃斋。但假如您是女人，
或新教徒，或贵体违和而宁愿
　　吃五香焖肉来造孽，那就随您
吃肉和见鬼吧：请别怪我无礼，
因为罚得最轻，也得打下地狱。

10

自古以来，度狂欢节最出色的
　　是威尼斯城，无论就舞蹈、歌唱、
舞会、情人小夜曲、假面剧、哑剧、
　　奇迹剧，和种种取乐的新花样

（恕我无暇尽述），威尼斯一向是
　　鳌头独占，哪一个城市不赞赏？
就在我写作这篇故事的刻下，
那个海上城就极为灿烂奢华。

11

而且威尼斯女人呵，多么俊俏！
　　黑眸子，弯弯的眉毛，满脸爱娇：
仿佛是古希腊的女神的雕塑，
　　现代人怎样仿制也模仿不好；
她们像提香①画的一群维纳斯
　　（原作在佛罗伦萨，您可去瞧瞧），
特别是当她们倚着凉台外望，
好似在乔尔乔涅②的画中一样。

12

那幅画可算得真与美的结晶，
　　您要想看，它就在曼夫林尼宫，
那里杰作虽然很多，但我认为
　　乔尔乔涅的那一幅才最生动
也许您和我有同好，所以这里
　　我才不惜凑韵律来把它歌颂。
它画的是他自己、儿子和夫人，③
呵，怎样的佳人！真似爱的化身！

---

① 提香(1490—1576)，意大利画家。
② 乔尔乔涅(1477—1510)，意大利画家，是提香的老师。
③ 这里的描述不甚精确。乔尔乔涅未曾结婚。

13

她画得和真人一样高,一样活,
　　而且体现着不是理想的爱情,
不,也不是理想的美,那好名词,
　　而是极真实,就像魅人的原型;
你只想把她买来、求来或偷来,
　　(这说来不体面,其实也不可能。)
那脸儿使你痛苦地想起了谁:
你一度见过,但再也无缘相会。

14

她像是我们在年轻时注目的
　　许多美人之一,只是一掠而过;
呵,那转眼飘逝的倩影!那雅致、
　　那温柔、那青春和鲜艳的姿色,
我们在多少不相识者的身上
　　只饱餐一眼,便任其倏忽隐没:
谁知道她住在哪儿?去向何方?
好似一颗星,永远消失在天上。

15

我说威尼斯女人像乔治奥尼
　　所画的画,她们今日丰采依然:
特别是当她们伫立在凉台上,
　　(因为有时,美人最好从远处看,)
真好似哥尔多尼①的女主人公

---

① 哥尔多尼(1707—1793),意大利喜剧作家。

从窗帘偷窥,或是凭倚着栏杆;
老实说,她们大多是极其俊俏,
而更糟的是,还很爱弄姿招摇。

16

因为注视会招来媚眼,而媚眼
　　惹出叹息,叹息则又引起渴望,
接着是言语搭讪,以后是书简
　　教传信天使飞来飞去地奔忙;
以后呢,天知道当一对年轻人
　　被爱情拴住时会有什么勾当!
密约啦,私通啦,接着一场私奔,
誓盟毁了,心碎了,脑袋也不稳。

17

我们知道,莎翁的苔丝德蒙娜①
　　虽然极美,却难免人飞短流长,
直到如今,从威尼斯到维罗那,
　　一般窈窕淑女恐怕还是这样;
不过从那时起,再也没有丈夫
　　会仅仅由于疑心家室太开放,
就愤怒得把年轻的妻子掐死,
只因娇妻有了一个"侍卫骑士"②!

---

① 莎士比亚悲剧《奥赛罗》以威尼斯为背景,写一名门少女苔丝德蒙娜私嫁与黑人将军奥赛罗。奥赛罗疑心她不贞而将她掐死。
② "侍卫骑士"指有夫之妇的男友或情人。

18

如今,丈夫的嫉妒(假如有的话)
　已不似从前,而是变得更文雅,
他不再像奥赛罗,那个黑煞神,
　活活把女人在鹅毛褥上扼杀,
如今达观的人可不兴这一套!
　美满姻缘对他早已味如嚼蜡,
谁肯为那糟妻伤脑筋!他正好
另娶一个,或与他人构筑新巢。

19

您多半看过游艇吧?假如没有,
　我想在这里精确地描述一下。
那是一种有顶的狭长形的船,
　船身紧凑而轻捷,船首刻着花;
由两个船夫划着,这黑色轻舟
　就在水波上神秘地往返游泛。
初看来,好像船上搁一只棺木,
您在里面做什么谁也看不出。

20

这种船在长水道里划来划去,
　不分日夜,时快时慢,随处寄身,
有时在理阿图桥身下疾驶过,
　有时聚在戏院附近,招揽游人;
它们像一群黑乌鸦在等待你,
　但不祥的事和它们绝无缘分:

239

因为有时,那里面真叫人快活,
好似送丧已毕归途中的马车。

21

但言归正传吧!这故事发生在
　　大约三十年、也许四十年以前;
狂欢节正处在高潮,因此到处
　　都有服装和各种闹剧的表演。
有一位女郎要外出看看热闹,
　　她的真名我不知道,早已失传,
所以只好胡诌一个,叫她劳拉,
谁教这名字自动溜到我笔下!

22

她既不老,也不少,更没有达到
　　被某些人统称为"一定的年龄",
其实那种年龄最不一定,因为
　　我从没听见谁把那岁数说清;
甚至苦苦恳求,用贿赂或眼泪
　　也难以教人偷偷写出或低声
说出那一定的年龄到底多少——
当然,如此追问就是无理取闹!

23

劳拉尚在青春盛年,她倒没有
　　辜负年华,时光对她也够优待,
因此,只要打扮起来,去到哪里,
　　她都会显得特别娇媚而可爱。

一个漂亮的女人到处受欢迎,
　何况劳拉的眉头从不皱起来;
确实,对人的注视她总是微笑,
好像以她的黑眼睛表示答报。

24

她是结了婚的,这一点颇方便,
　因为在基督教国家,依照惯例,
已婚女人的失足总可以包涵,
　但若是小姐一旦作出蠢事体,
(除非她在尚无不便的时期内
　及时举行了婚礼,使流言平息,)
那我可不知道她将怎样掩盖,
当然永不被人发见的是例外。

25

她的丈夫经常在海船上航行,
　有时在亚得里亚海,有时更远,
当他转回家时,碰上检疫隔离,
　又得在港口船上禁闭四十天;
这时他的妻子往往登上高楼,
　因为从顶楼能窥见那只大船。
他是跑阿勒颇①做生意的商贾,
他简称为贝波,原名叫久塞普。

26

他是一个结实而爽快的家伙,

---

① 阿勒颇,叙利亚城名。

由于行旅在外,皮肤晒成棕色,
像是在制革厂里染过了似的;
　虽然如此,却通情达理而温和,
在海上很难找到这么好的人;
　而她呢,虽说她举止不够严格,
被认为是德行端正的女人,
　甚至引诱她,几乎也是白费劲。

27

但他们夫妻已有几年不见了,
　有人说是沉了船,也有人认为
他必是生意亏了本,负了债务,
　因此内心歉疚,感到有家难归;
有几个人敢打赌,赌多少都行:
　一方说他会来,一方说他不会,
因为人都爱用赌注支持己见,
　直到输光了才变得明智达观。

28

据说他们最后的告别很凄惨,
　分离本来常常如此,并不稀奇;
没想到他们的预感倒灵验了,
　这一别彼此就再也没有相聚!
(这是一种半诗意的病态感觉,
　我知道几个人就有这种心理;)
据说在他走前,她跪在岸边哭,
　好似阿莉阿德尼①告别了丈夫。

---

① 希腊神话:阿莉阿德尼是克里特岛上的公主,帮助海神之子西修斯杀死牛面人身怪,并和他私逃。但在中途被他遗弃于一岛上。

29

劳拉等待了很久,也稍微哭过,
　　并且想要服丧,看来这倒应该;
她对每日三餐简直毫无胃口,
　　夜晚独自就寝也感到不自在,
一听到风吹百叶窗发出响声,
　　就像有强盗或精灵要撞进来,
因此她认为该找个副牌丈夫,
主要是有个伴儿好把她保护。

30

女人挑选伴儿有一条怪道理:
　　只要你反对,她就看谁都中意;
因此,在目前,趁贝波远航海外,
　　还无法回来安慰他忠实的妻,
她就选了一个所谓花花公子,
　　(对这种人,女人都又骂又欢喜,)
据说这位伯爵富裕而又高尚,
对于玩乐,哪一样他都不外行。

31

而且他是伯爵,而且他懂音乐,
　　舞蹈,提琴,法文,和托斯甘的话①,
这后一项并不容易,您要知道,
　　有几个意大利人能正确说它?

---

① 指意大利托斯卡纳地区的语言,是意大利标准的文学语言。

他还是个剧评家,歌剧界里的
　一切内幕的花絮都瞒不过他;
在威尼斯,无论戏剧,演奏,歌唱,
只要他喊声"无味!"就没人欣赏。

32

他喝声"好!"能决定一切,艺术院
　为此舒一口气,默默怀着崇敬;
提琴师见他扭开头就会发抖,
　生怕有些调子被他听出毛病;
要是他厌恶地重重地"呸"一口,
　那会震动红极一时的女歌星!
女高音、男低音,连配角都希望
伯爵哪一天在桥下葬身水乡。

33

他很赞赏即兴诗人;不,他自己
　就擅长诗文,有时还即席作歌,
他还能弹唱,讲故事也有才能,
　能够卖画,跳起舞来更不逊色
(这本是意大利人的专长,虽然
　若比起法国人还须退避三舍);
总之,他是有着十足的骑士风,
他的跟班总认为他是个英雄。

34

他既风流倜傥,也很忠心耿耿,
　因此女人对他没有任何抱怨,

虽然她们有时不免吵吵闹闹，
　　他从不使那娇弱的心灵悲叹；
他的心像蜡一般向对方熔化，
　　可喜在定形后又有岩石之坚，
他还是那老古板式的好恋人，
对方越三心二意，他越是忠贞。

35

这一切怎不教一个女人痴迷？
　　尽管她是心性坚定，明如圣贤！
更何况贝波的回家已无指望，
　　在法理上，他等于离开了人间，
因为他既不通音信，也不表示
　　丝毫的关心，空叫她等了几年；
真的，假如你不表示你是活着，
那你就是死了，或者死有应得。

36

而且，在阿尔卑斯①以南，每个女人
　　（天知道，这是多么罪恶的风气！）
似乎都可以有二夫而不为过，
　　我真不知道这恶习由谁兴起；
但每位太太跟一位"侍卫骑士"，
　　的确是司空见惯，谁也不在意。
我们至少可以说（话不必太损）：
这是腐蚀初婚的第二次结婚。

---

① 阿尔卑斯山脉在意大利北部，与法国、瑞士和奥地利交界处。

37

人们早先称之为"太太的姘头",
　但如今,这头衔已嫌粗俗不雅,
西班牙人较诗意,美称为"情友",
　因为近来他们也盛行这做法;
唉,这风气由波河直传到特茹河①,
　也许竟要渡海把我们也同化;
天哪! 愿古老的英国幸免于难,
否则,离婚法和赔款该怎么办?

38

对于独身的女性我一向尊敬,
　不过我总觉得,若论密切谈心
或日常的交际,未字人的小姐
　总不及已婚的女郎那么可亲;
我这么说绝不是想另眼看待。
　无论英国、法国或任何一国人:
凡太太都见过世面,而且随便,
她们举止自然,自然讨人喜欢。

39

当然啦,小姐都花一般的娇艳,
　但是初初问世,总羞涩而忸怩;
她步步受惊,叫你也胆战心惊,
　还不断痴笑,脸红,冒失和赌气;

---

① 波河在意大利北部,特茹河流经西班牙和葡萄牙。

眼睛总不离妈妈,生怕你或她
　或无论谁的一举一动有恶意。
她的谈吐尚不脱婴儿的语汇,
连身上也有面包、奶油的气味。

40

然而"侍卫骑士"却是社交界上
　广为采用的名称,这一辞表示
有一类额外的奴隶:他总守在
　夫人身旁,像是她的一种装饰;
她的一言一语他都惟命是从,
　从而可见,那绝不是等闲差使:
马车,仆人,游艇,都得他去呼唤,
手套呵,披肩呵,连扇子他都管。

41

唉,意大利的坏事说也说不完,
　不过,它也是一个迷人的地方,
我爱它每一天都有阳光照耀,
　它的藤蔓并不是蜿蜒在墙上,
而是沿树搭起,好似悬灯结彩,
　又像在流行的闹剧的第一场
临末的背景,那时要歌舞一通,
在类似法国南方的葡萄园中。

42

我爱在秋天的黄昏骑马郊游,
　而且不必叫随从把我的外套

扎在他的腰间以备不时之需,
　　因为意大利的晴天最是可靠;
我也清楚,当那喷香的葡萄车
　　一辆辆压过蜿蜒的绿荫小道
而拦住我的去路时,若在英国
那必然是臭粪,灰尘,运货卡车。

43

我还爱吃意大利味的酱果鸟,
　　爱看海上的落日,而且能肯定
它明晨必然升起,不是在雾里
　　像一个醉鬼的泪涔涔的眼睛,
而是普照在无云的天宇那样美丽,
　　你用不着借助于蜡烛的光明,
像在霉臭的伦敦的凌晨那样,
当那烟雾缭绕的大锅在喧响。

44

我爱听意大利语,呵,那轻柔的
　　拉丁语变种,像女人的吻一样
令人融化,听来像在缎上滑过,
　　每个音调都诉说温馨的南方;
一串清脆的声音如流水潺潺,
　　绝没有一个粗糙浊重的音响,
不像英语总是咕噜在喉咙里,
你得用力连嘶带啐,喷它出去。

45

我也爱那里的女人,(谁能免俗?)

既爱那面颊棕红的农家少妇——
她那大黑眼睛只要对你闪闪,
　　就有千万情意在无言中流露;
也爱贵夫人,她那额际较深沉,
　　但也开朗,她的顾盼明快不俗:
她的心在唇上,灵魂在眸子中,
柔和像那气候,明媚像那晴空!

46

意大利的美人呵,乐园的夏娃!
　　岂非就是你给拉斐尔①以灵感?
从而使我们能看到他的名画,
　　足可与天堂媲美,令人间赞羡!
他岂非就在你的怀抱中死去!
　　用怎样的文字,充满诗的火焰,
才能表现出你的今昔的丰采,
像卡诺瓦②的雕塑那样雕出来?

47

"英国!尽管缺陷多,我仍旧爱你;"
　　我没忘记我在加来③这样讲过;
我爱发表意见,并且不厌其详;
　　我爱政府(可不是目前这一个);
我爱言论自由,下笔不必顾忌;
　　我爱人身保障法(如果能获得);

---

① 拉斐尔(1483—1520),意大利画家。
② 安托尼奥·卡诺瓦(1757—1822),意大利雕刻家,古典艺术复兴派的领袖。
③ 加来,法国东北部海港,与英国多佛尔隔海相望。

我爱议院里展开的一场争辩,
尤其是,如果它并不来得过晚。

48

我爱付捐税,假如项目不太多;
　我爱一炉煤火,假如煤不太贵;
和任何人一样,我最爱吃牛排,
　再加一瓶啤酒我也并不反对;
我爱非阴雨的天气,那就是说,
　每年只有两个月合我的口味;
我高呼天佑摄政、教会和国王!
请看一切和一切我都很赞赏。

49

我们的常备军,穷人税,改革法,
　海员的解散,我的和国家的债,
我们小小的暴动(这足以表示
　我们是自由人)和天气的阴霾,
我们冷感的女人,破产的名单,
　有的可以原谅,有的我已忘怀;
我还很景仰我们最近的光荣,
但我私愿那不是托利党之功。

50

但还是提提劳拉吧。我已发现
　离题闲扯是行文的最大弊端;
越扯越远,使我感到很不对头,
　恐怕读者也已经有些不耐烦——

是的,亲爱的读者,您烦得有理,
　　作者的闲白和您有什么相干!
您要知道的是这故事的命意:
对诗人来说,这倒真是个难题。

51

唉,但愿我能轻而易举地写出
　　让人读来流畅的东西!但愿我
能攀登帕纳塞斯①之巅,乞求缪斯
　　口授我以脍炙人口的诗杰作,
那我将刊行一篇希腊或亚述,
　　或叙利亚的故事诗以飨读者,
若再掺以西方流行的感伤病,
它当然就是最佳的东方样品。

52

但我只是个说不上名堂的人,
　　一个新近旅行的破落纨袴子弟,
从辞典找到什么,我就用什么
　　来把我这支离的凑韵诗串起,
若是连这也没有,差些也无妨——
　　全顾不得还有批评家来挑剔;
我倒很想栽到地面来写散文,
但诗歌更时髦——那么只好歌吟。

---

① 希腊的一座山名。山有两峰,其中之一在希腊神话中奉献给阿波罗和缪斯。

53

伯爵和劳拉为生活作了安排,
　这安排倒相当有效,共有六年
他们维持着亲密无间的关系;
　当然啦,小小的争吵总不可免,
那些嫉妒的赌气不影响大局。
　在露水姻缘中,从贵人达官
以至一般贱民,恐怕没一个人
能摆脱这类撅嘴的小小纠纷。

54

然而就大体说,这一对有情人
　在非法的爱情中已尽得其乐;
男的钟情,女的貌美,而彼此间
　又没有值得打碎的紧严束缚;
世界对他们很宽容,只有善人
　希望"魔鬼快把他们投入劫火!"——
但魔鬼却没有:他常常要等待,
好教老罪人勾上年轻的一代。

55

但他们还年轻:呵,若没有青春
　爱情还算得什么? 若没有爱情,
青春有什么意思? 青春给了它
　欢欣、甜蜜、蓬勃而真挚的心灵;
但随着年代,爱情越变越古怪,
　只有它不因经验教训而改进:

也许就因此,一些年老的夫妇
反而比年轻人更出奇地嫉妒。

56

正是狂欢节,一如三十六节前
　　我已交待过的那样。因此,劳拉
就照例打扮起来,正如您也会,
　　假如您准备今天晚上去参加
波伊姆夫人盛大的化装舞会,
　　或是化装去,或是只作鉴赏家。
不同的是,这儿是长时间表演,
他们一连六周都需要彩涂脸。

57

劳拉打扮起来时,一如我所说,
　　她的模样真俊俏得无以复加,
好像新开旅馆门上的安琪儿,
　　或像刚出版的杂志的卷首画,
那儿炫示着上一个月的时装,
　　五彩印色,还盖在一张薄纸下,
因为惟恐内封面的字一压上,
或许染污那美貌女郎的衣裳。

58

他们去到瑞多托。在那个场所
　　人们跳舞,吃大菜,然后又舞蹈,
它也许应该称为化装跳舞厅,
　　但名称对我的诗倒无关紧要;

它很像我们(小型的)狐厅花园①,
　只不过它不会被风雨所干扰,
而且人很"杂",(这一词的用意是:
　凡闲杂人等不值得您的注视;)

59

因为一群"杂"人,就是指除了您
　和您的知交,以及五六十朋友,
可以彼此寒暄而不必皱眉外,
　其余的都是粗俗的泛泛者流,
只知到各种场合去滥竽充数,
　全不怕在上流人的眼前出丑,——
而这几百上流人呢,就是"世界",
至于何以这样叫,连我也不解。

60

我讲的是英国的情形,至少在
　花花公子的王朝曾经是这样,
现在也许不同了,也许另一批
　被模仿的模仿者又继起称王;
但这些时尚领袖又多么快地
　一蹶不振了,唉! 世事真是虚妄;
这世界是多么容易由于战争,
爱情,或甚至寒冷而无影无踪!

---

① 狐厅花园,伦敦著名的游乐场所。

254

61

可叹拿破仑敌不过北方雷神,
　他的大军竟被冰雪之斧击碎!
呵,冷天气居然难住了法国人,
　有如法语语法叫英国人受罪;
他尽可抱怨兵家的胜负无常,
　而至于命运女神,——我不便多嘴,
因为谁敢得罪她?一想到未来,
我相信一切还要由她来主宰。

62

古往今来的事无一不由她管,
　爱情、结婚和彩票也由她决定;
我还不能说受到她什么德泽,
　但我也决不敢小看她的恩情。
我们还没有结账,我总想看看
　她将怎样纠正她过去的偏心。
至于目前,我不想向女神哀求,
除非她给我值得感谢的报酬。

63

离了题,再回来吧!真见它的鬼!
　可怪这故事老是从笔下溜开;
每当我整顿好了诗节要开讲,
　故事才动一步,却又出了障碍!
这种八行格呵,既用了也无法
　再加以改动,只好力求其合拍;

不过等我敷衍完了这篇诗作,
再试笔时,我定要换一换诗格。

64

他们去到瑞多托,(我忽然想起
　我明天也要到那里去兜一圈,
因为我有些郁闷,想散一散心,
　至少能受到一些欢乐的感染,
去猜猜在每个面幕下隐藏着
　什么样的面孔;只要稍稍心宽,
我想我能找点什么快活快活,
哪怕只有半小时把忧郁摆脱。)

65

现在劳拉穿过了云集的士女,
　眼里喜气充盈,嘴角笑得温柔,
才和这个耳语,又和那个招呼,
　有时向人请安,有时和人点头;
刚一谈到天气闷热,她的情人
　就端来一杯柠檬——她呷了一口;
于是开始目巡四方,品头论足,
可叹她的友好们都如此粗俗!

66

一个披着假发,一个脂粉太浓,
　又一个脸白得恐怕就要晕倒,
第四个——唉,哪儿买的那糟头巾?
　第五个真粗俗、邋遢、土头土脑,

第六个的丝裙染了一块污渍,
　　第七个穿那点薄纱也不害臊!
第八个呢——"得了,我不想再多看!"
惟恐像班柯的国王①来上一串。

67

这时,正当她对别人一一打量,
　　别人也朝她身上投来了视线;
她听到男人窃窃地交口赞赏,
　　于是决定站一会,等人们看完。
女人则撇撇嘴,只是感到奇怪:
　　像她那种年纪居然有人称羡——
当然啦男人如今都已经坏透,
倒是无耻的贱货合他们胃口。

68

而至于我,现在我所不解的是
　　为什么任性的女人——但我不想
在这里谈论有伤国体的事情,
　　只是我不解何以事情是这样;
假如我能穿上法官袍服的话,
　　我就要大张旗鼓地向人宣讲
这一条,让韦伯弗斯和罗米力②
在演说时都能引用我的教义。

---

① 见第 133 页注⑤及第 158 页注①。班柯的国王即指女巫显示给麦克白的一连串未来的国王,他们都是班柯的子孙。
② 韦伯弗斯(1759—1833),英国议员,以主张废除贩卖黑人制度而著称。罗米力是英国律师,以卫道者自居,在拜伦离婚案中迫害过拜伦。见第 162 页注⑥。

69

正当劳拉一面看人,一面被看,
　有说有笑,她也不知说些什么,
她的女友看到她的装腔作势
　和受捧的样子,不禁满怀妒火;
而花花公子不断地朝她面前
　走过去一躬,找话题和她闲扯;
这时,有一个人对她特别注意,
两眼总盯着她,盯得有些出奇。

70

这是一个棕黑色的土耳其人,
　劳拉看到了他,起初感到愉快,
因为土耳其人都推崇多妻制,
　虽然他们对待妻子可是很坏;
据说,可叹女人还不及一条狗,
　他们把她像牛马一样买回来:
数目不少,可是都要严加禁闭,
法定四个妻子,娶妾就更随意。

71

她们带着面幕,天天有人看守,
　她们很难看见亲属中的男人,
因此,她们不能像北国的妇女
　把每一天的时间都过得开心;
禁闭久了也使人脸色不好看;
　土耳其人既然不讲究多谈心,

她们就只得无所事事地度日,
洗澡啦,偷情啦,缝纫或喂孩子。

72

她们不能读书,所以不务批评,
　　不会写字,所以也不麻烦缪斯;
她们从未写过警句或俏皮话,
　　没有剧本、评论、传道文、罗曼司;
学识会破坏后庭的一统天下,
　　但幸而这些美人不是"蓝袜子"①;
没有包泽比②和她们胡扯诗歌,
指出一首新作的迷人的段落。

73

没有那种端庄的老派的韵客——
　　他一生都为沽名钓誉而写作,
只偶尔尝到一点甜头,这反而
　　使他更忙碌地想成为名歌者;
但始终不过是鹤立鸡群,庄严
　　不脱庸俗,又豪迈得合乎规格,
是回音的回音,他首创了一派
女才子和神童——总之,是个蠢材!

74

还自诩为圣明人,嘴上老挂着

---

① "蓝袜子"是英国人对女学究的戏称。
② 包泽比影射当时英国的一个拙劣诗人索斯比。

那可怕的赞许"好,好!"(其实未必)
像飞虫嗡嗜着扑向新的情热——
　　那你从未见过的最蓝的才女;
他挑剔得你开心,夸得你难受,
　　他紧敛着不舒服的小小声誉;
翻译也搞,但不懂原文一句话;
还拼凑二流剧本,比下流更差。

75

你看他那讨厌相,满身作家气,
　　他以涂墨水的稿纸当作制服,
你简直不知道该把他怎么办,
　　他是那么急迫,机灵,风雅,嫉妒,
只有用风箱鼓吹他;那最劣的
　　搔首弄姿的人无论怎么庸俗,
也比这拼凑的破纸片好得多,
呵,这午夜的蜡烛永不熄的火!

76

这种人总有几个,此外也还有
　　通达世情的诗人,例如司各特,
罗杰斯,摩尔,以及较好的作家,
　　除了耍笔杆,也还能想到其他;
至于那些"伟大母亲"的孩子们,
　　那挂名的君子,那候补的智者,
我由他们去享受"午茶已齐备"、
文学夫人,和天天舒适的聚会。

77

可怜的土耳其妇女和这种种
　有益而可爱的人从没有交往,
只要遇上一个,她们会很惊奇,
　好像在穆斯林寺院听见钟响;
我想很值得派一个教士作家
　(虽然好计划也往往引起祸殃)
领取年金向土耳其女人传播
我们基督教语言的词类、变格。

78

没有化学书把她的气体分解,
　没有玄学的讲授给她灌迷汤,
没有巡回图书馆给她搜集着
　宗教小说,道德故事,和对时尚
所发的批评,像我们所看到的,
　也没有展览年年要她一张像;
她们从不在顶楼上仰望星星,
也不奉行(谢谢天)数学这本经。

79

为什么我要为这个谢谢天呢?
　勿庸多问,我当然有我的道理,
若是说出也许不太令人高兴,
　我要为此(后)一生而予以隐秘;
我担心我的气质有点爱讽刺,
　不过,我想人越年长越倾向于

用笑声来代替谴责,虽然这笑
使我们笑过后对世事更难饶。

80

哦,欢乐与天真! 水与乳的交融!
　　那幸福的往日里幸福的饮料!
在这罪恶和杀戮的可悲时代,
　　可憎的人类已不用这种饮料
来解渴了;但不管怎样,水与乳
　　还是我所爱的,我要衷心祝祷
和歌颂那萨杜恩①的糖果朝代,
且饮一杯白兰地祝愿你重来!

81

劳拉的土耳其人还是盯着她,
　　这盯法倒更像基督徒的引诱,
它似乎在说:"夫人,我给您恩惠,
　　当我看着您时,请您也不要走!"
假如盯梢能成功,这次准成了,
　　不过劳拉可不是如此就上钩;
她经历了不知多少攻心的火,
这异乡人的媚眼算得了什么?

82

现在晨光仿佛将要冲破夜幕,
　　在这时际,我要提出一个劝告:

---

① 萨杜恩是神话传说中的罗马帝王,他的朝代温煦而和平,被称为黄金时代。

女士呵,不管你们是正在跳舞,
　　还是在别种活动中玩得热闹,
在太阳初升以前,请你们赶紧
　　做好准备从舞场或大厅走掉,
因为油灯和烛光若一旦变暗,
朝霞会使你的脸色变得难看。

83

我当年也经历过欢宴和舞会,
　　并为了某种傻原因耽搁不走,
于是我(我希望这不算是罪过)
　　看看哪位女士的鲜艳最耐久;
唉,虽然我见过几千窈窕淑女
　　娇爱而迷人,甚至至今还风流,
但只有一个能舞到出现早霞,
尽管星光失色,她却鲜艳如花。

84

我不想说这位晨曦女神是谁,
　　虽然说也无妨,因为她之于我
毫无关系,除了是我们爱看的
　　一个美人,上帝所独创的杰作;
我怕写出名姓来会惹起是非,
　　但假如您非要知道这位绝色,
那就到巴黎或伦敦的舞会上
请看谁有最光艳凌人的脸庞。

85

劳拉懂得在座中七小时以后
　她再和曙光碰面就不很妥帖,
因此,她认为应该快行屈膝礼,
　和这三千人的舞会立即告别;
伯爵拿着披肩服侍在她身侧,
　他们正在离开屋子,走下台阶——
您瞧!那该死的画舫哪里去了?
它没有在它该停的地方抛锚。

86

他们就像我们的马车夫一样
　难以找到,因为人们拥挤,推,拉,
还发着一连串不停的咒骂声,
　那叫骂足以叫人喊掉了下巴。
在我国,有警察老爷维持秩序,
　这里是不远就有岗哨在执法;
但尽管如此,还是叫骂得很凶,
那恶心的字眼不便冒犯尊听。

87

伯爵和劳拉终于找到了小船,
　他们在安静的河上划向归途,
一路谈着刚才的舞会的花絮,
　还谈着舞伴们和他们的装束
以及社交丑闻;劳拉坐在她的
　情人的身边,对败德满脸厌恶,

而正当小船滑近他们的府门,
呀!他们又看到了那土耳其人。

88

"先生,"伯爵紧蹙眉头严肃地说,
　"您未经约请移驾到我的家门,
使我感到有必要请问您一下:
　是为了什么?也许是看错了人?
我希望如此。而且不客气地说,
　为了您着想,希望您这样承认。
您听懂了吧?不然您就会懂得。"
但那人答道,"先生,我没有看错。

89

"这夫人是我妻子!"异常的惊愕
　立刻浮上夫人多变化的脸色;
可是,当英国女人遇事晕倒时,
　意大利妇女并不立即这么做;
她们只是叫两声她们的圣徒,
　接着就复元,或复元得差不多,
可以省得泼水,服盐和鹿角精,
或剪紧身褡,像您见到的情形。

90

她说——说什么?唉,没什么可说的,
　但伯爵被刚听到的压下气焰,
和蔼地请陌生人到家里去坐;
　"这种事我们顶好拿到屋里谈,"

他说,"我们别争吵,更不用高声,
　　免得当众把彼此都弄得难堪。
因为那惟一的好处就是叫人
感到好奇,对这件事百般探问。"

91

他们进了屋子,又端来了咖啡,
　　在土耳其和基督教国,这饮料
倒都通行,虽然煮法不太相同;
　　劳拉这时已平复,或至少感到
不难开口了:"贝波!你在土耳其
　　怎么称呼?你的胡子这么长了!
天哪!你怎么这么久在外飘荡?
你难道不觉得这非常不恰当?

92

"你可当真,当真成了土耳其人?
　　你有没有和别的女人们成家?
他们用手指当叉子可是真的?
　　呵,这披肩确实太美了,你把它
给我行吗?据说你们不吃猪肉。
　　这许多年来你是以什么方法——
哎呀,天!你的脸色怎么这么黄,
我可从未见过!你的肝怎么样?

93

"贝波!你那大胡子多么不顺眼,
　　只要你还活一天,快把它剃去,

你为什么要留它?哦,我倒忘了——
　　你说这里的气温是否比较低?
我改样没有?你穿这奇装异服
　　可别走出屋子,人家若看见你
这种样子,准会把这故事传开。
　　你头发多短!天哪,它已经灰白!"

94

贝波怎样答的这一连串问题
　　我无法知道。他曾遇难飘流到
特洛伊曾屹立和湮没的地方①,
　　当了一名奴隶,而苦役的酬报
就是面包和鞭子,直到有一天
　　在附近的海湾来了一群海盗,
他就入了伙,一天天发财致富,
　　而且当上了声名狼藉的叛徒。

95

但是他阔起来,随着财富增加
　　他也更迫切地想再回到老家,
他认为他这样做是义不容辞,
　　绝不能总在外过着海盗生涯;
有时候他像鲁滨孙②,感到孤独,
　　因此,他便雇了只来自西班牙
而要开往科孚③去的三桅商船,

---

① 指小亚细亚北部。
② 英国小说《鲁滨孙飘流记》中的主人公,他曾独自在孤岛上生活。
③ 科孚,希腊之一岛屿。

267

满载着烟草,由一打水手掌管。

96

他带着巨资(天知道怎么来的!)
　　冒生命和四肢的危险登上船,
却安然通过,虽然做得够鲁莽,
　　据他说,这是天保佑他的平安——
至于我呢,我不想说什么,惟恐
　　咱们有分歧;——好吧,这船扬着帆
一路平稳地走过指定的航程,
除了在邦角①之外,有三天无风。

97

他们到达岛上,他换了一批货,
　　连自己带跳蚤钻到另一船底,
他乔装成真正的土耳其商人,
　　贩运各种货,那名称我已忘记。
碰不巧会有人一枪把他干掉,
　　倒是这种伪装使他混了过去;
他就这样来到威尼斯,想恢复
他的妻子、基督教、教名和房屋。

98

既接收了妻子,也重受了洗礼
　　(不用说,他要给教堂一笔赠款);
他于是脱下那掩饰他的伪装,

---

① 邦角,突尼斯北方海角,即阿达尔角。

并借用伯爵的内衣穿了一天。
他的朋友因为久别反而更亲,
　因为他有的是钱使他们欢宴;
在筵席上,他的故事成了笑料,
可是我相信,那大半都是捏造。

99

不管少时怎么受苦,可是老年
　却有财富和谈资给了他补偿,
虽然劳拉有时候会叫他生气,
　我听说他和伯爵却一直来往。
我的笔已经写到一页的底端,
　算了,就让这故事停在这节上。
我本来希望它能够早些结束,
可是故事一讲开就难于打住。

审判的幻景①

1

圣彼得②闲坐在天堂的大门口,
　他的钥匙生了锈,锁也难拧开,
最近一时很少有人来麻烦他;
　倒不是这地方人满,不再接待,
而是自从八八年高卢世纪③后,
　小鬼都更齐心协力地一起拽,
就像海上水手似的,这一奋斗
就把大多数灵魂拉到另一头。

2

天使们在歌唱,却唱得不合辙
　而且嘶哑,因为没有别的可做,
除了给太阳和月亮上上发条,

---

① 一八二一年,英国桂冠诗人罗勃特·骚塞为英王乔治三世之死(死于一八二〇年)写了一篇六步格诗《审判的幻景》,描写在幻景中看到乔治三世从坟墓中起来,从大臣波西瓦尔的阴灵听取英国近况的汇报,然后走到天堂门口。魔鬼和威尔克斯走来责备他,但以理亏被斥退,乔治终于接到华盛顿的证书而进入天堂。在该诗前言中,骚塞激烈地攻击拜伦,说他的作品是"恐怖和讥嘲、淫秽和渎神的可憎的大杂烩"。拜伦以同一名称写的这篇诗,是对骚塞的戏仿和答复。在本诗中,拜伦对骚塞写的许多反动而乏味的诗文,特别对他早年附和资产阶级革命思想、以后背叛、终至死心塌地为反动派效劳的行为作了辛辣的讽刺和鞭挞。(见第八五——一〇五节)
② 圣彼得是耶稣的使徒,公元六六年被尼禄王钉于十字架上。
③ 指法国革命后的年代。

或者截住星星不要跑出了辙,
因为总有一两个年轻的星星
  或野马似的扫帚星,越轨撞着
别的星体,它只顽皮地一卷尾,
像鲸鱼卷小船,就把星体击碎。

3

护卫天使都回到天上去安歇,
  因为被佑的生灵已不可救药;
世间的事务使上天无所作为,
  只有记录天使忙得不可开交;
他看到罪恶和灾难迅速增加,
  为了一一记录,他两翅的羽毛
都当笔用而拔光了,就这样赶,
还是不能把人间灾祸都写完。

4

近些年来,他的业务有增无已,
  使他必须(当然,并非出于本愿,
就像御前的大臣也都是如此)
  想一些主意来应付这种局面:
既然需要他批语的越来越多,
  因此在他感到心力交瘁以前,
只好求助于同僚:有一打圣徒
和六位天使都成了他的文书。

5

这个文书局不算小,至少对于

271

天堂是如此,但人人还很忙碌:
有许多征服的战车天天奔驰,
　有许多王国毁了又重新修补,
每一天都必须杀掉六七千人,
　直到来了最大的屠杀:滑铁卢①,
他们充满神的厌恶把笔一掷,
因为尘土和血已飞溅了满纸。

6

这只是顺便一提:我这里不想
　记录连天使都不愿写的事迹,
这一次,因为群魔乱舞得过分,
　连魔王都厌倦了自己的把戏;
虽然他把每一柄剑都磨光了,
　恶事过多也消减了他的兴趣。
(这撒旦惟一的善行值得一书:
他把双方的将领都召回地府。)

7

让我们略过几年空洞的和平,
　它使人间没添丁,地狱仍旧满,
而天堂无人问津,——不过这和平
　延长了暴君年限,添上新名单;
他们总有一天完蛋的,但目前
　却都是头角峥嵘,就像圣约翰
所预言的野兽,但我们这野兽
是犄角特别发达,而不是那头。

---

① 滑铁卢,比利时地名。一八一五年拿破仑最终战败于此地。

8

在自由的第二次曙光①的初年
　乔治三世②死了;他算不得暴君,
却保护暴君,终至丧尽了理智,
　使他昧于内心和外界的光明;
你难以找到比他更好的园丁,
　或比他更坏的国王祸国殃民!
他死了——留下的臣属却仍像他,
其中半数是疯子,半数已全瞎。

9

他死了! 他的死没引起多大波动,
　他的葬礼却形成了盛大的行列:
羽毛,金箔,铜饰,一切都不缺少,
　除了眼泪——当然这也拼凑了一些,
因为它也可以按照其价值买到;
　至于哀歌呢,照例还是有人写——
也是买来的;此外还有火把,袍服,
旗帜,纹章,和古哥特遗留的风俗。

10

　这一切构成丧礼的闹剧。在那些

---

① 在一八二〇年,欧洲南部民族革命的烈火重又爆发。
② 乔治三世(1738—1820),英国国王。他在位六十年,晚年神经错乱,最后九年由其子(后来的乔治四世)摄政。他执行的反动政策包括:(1)压迫北美洲的殖民地以至引起美国独立战争;(2)与法国革命及拿破仑作战多年;(3)反对爱尔兰的天主教解放法案。

挤来演出或观望的蠢人中,有谁
想到那个死人?热闹的仪仗成了
　　注意的中心,只有黑色制造伤悲。
那里没有一丝思想渗到尸衣下;
　　当你看到华丽的棺材埋入土内,
你会感到那仿佛是地狱的嘲笑:
八十年的腐朽竟以黄金为封套。

11

把他的身体掺和到尘土里吧!
　　这天生的混合物如顺其自然,
本来会更快地进入分解过程,
　　复归于原来的泥土、空气、火焰;
可是不自然的香膏却损坏了
　　他生就的形体,它原像千百万
未涂膏的泥身一样卑贱、朴实,
而那一切香膏只延长了腐蚀。

12

他死了,地面和他结算了一切;
　　他被埋葬了;除了殡礼的账单
或一块墓铭,也许竟还有遗嘱①,
　　他和这个世界已经毫无牵连。
但关于遗嘱,谁敢问他的儿子?
　　儿子倒完全继承了他的特点,
除了夫德:即对一个恶毒丑妇,

---

① 见第162页注⑦。又,据说乔治三世的真正遗嘱已被销毁。

充当难得的忠贞不贰的丈夫①。

13

"天佑吾王!"上帝多半很慷慨
　　才保佑这样的人;但假如他要,
那当然欢迎,因为我并不认为
　　被神诅咒是比被神保佑更好;
我也不知是否惟有我一个人
　　怀着这渺小的希望:就是为了
减轻未来的灾厄,应稍稍节制
那永劫之地狱的火热的法制。

14

我知道这并不孚人望,我知道
　　这是渎神的;我知道我必遭报,
假如我希望其他人都不如此。
　　我深知教理:我知道最好的教条
充塞在我们脑中,充塞得四溢,
　　我知道除国教外,一切的宗教
都是冒牌,而其他那四百教派
都做了一场非常赔本的买卖。

15

上帝可怜我们!上帝可怜我吧!
　　天知道,我像在魔鬼掌中那样惨,
要想置我于死地可易如反掌,

---

① 据说乔治四世毕生忠于他的妻子。

有如把刚上钩的鱼拉到岸沿,
或者把羊交给屠户去作食物;
　　并不是我适于做盘中的美餐,
当然,几乎每个生而必死的人
总有一天成为小鱼被人所吞。

16

圣彼得闲坐在天堂的大门口,
　　正对着钥匙打瞌睡:忽然间,听!
爆发一阵他久未听到的吵嚷,
　　仿佛是水流急涌,风火在奔腾,
总之是极大的吼叫,若非圣徒,
　　在别人一定会吃惊得叫出声;
而他呢,始而跳起,接着眨眨眼,
说道:"我想又有星星飞出界限!"

17

然而在他能够恢复平静以前,
　　一个天使以右翼搁着他的眼睛,
圣彼得打了个哈欠,揉揉鼻子;
　　"看门的圣徒呵,"天使说,"快醒醒!"
他搁着一只大翅膀,光辉闪闪,
　　就像染上五光十色的孔雀屏;
圣徒回答道:"呀,出了什么事体?
这喧哗可是卢西弗①来到这里?"

---

① 据神话,魔鬼撒旦在被逐出天堂以前,名为卢西弗。

18

"不是的,"天使说,"乔治三世死啦。"
　"谁是乔治三世?"圣徒莫名其妙:
"什么乔治? 什么三世?"天使回答:
　"就是英国国王呀!""那他遇不到
国王们来挤他;但他有没有头?
　因为上次来的就发生了争吵,
他本来没资格到天堂来受宠,
　要不是他把头朝我们脸上扔。

19

"他是个法国国王①,如果我没记错;
　他的头在世上保不住一顶王冠,
倒胆敢在我的面前自称殉道者,
　要求给他像我一样圣徒的头衔;
哼,假如我有把剑——我过去可割过
　人们的耳朵,我会把他一刀两断;
可惜我只有钥匙,没有剑在手,
　我只好从他的手里打下他的头。

20

"接着他干号了一顿没头的叫喊,
　所有的圣徒都跑出来把他领进;
于是他排坐在圣保罗下首,唉唉,
　那个暴发户保罗! 他们俩倒亲近!

---

① 指法国革命后被杀的法王路易十六。

是圣巴索洛缪的皮给保罗披上,①
　赎了他世上的罪,使他进了天庭。
那张皮虽然赢得殉道徒的名声,
可还不及这呆拙的头来得兴隆。

21

"然而要是它仍旧留在脖颈上,
　那它到此的遭遇就会不同了:
圣徒们只要看到人的头落下,
　一种共感会给他们产生奇效;
因此,这非常愚蠢的头也就被
　天庭焊接到颈上,这倒也很好,
反正世间所做的明智的行为
这儿似乎照例要推翻了才对。"

22

天使答道:"彼得!别撅嘴嘟囔了:
　这新来的国王可是头身俱全,
他从不知道人们在搞些什么,
　他不过当着傀儡——由幕后牵线;
他当然该像别人一样受审判,
　但这类闲事呀,可用不着咱管;
咱们各有自己的戏,那就是说:
听上面盼咐,怎么盼咐怎么做。"

---

① 圣保罗和圣巴索洛缪都是基督教的圣徒。前者被砍头,后者被剥皮而死。

23

当他们正谈着时,天使的行列
　像飓风急驰而来,把碧霄划破,
有如天鹅划破了银色的河流
　(例如恒河、尼罗河或泰晤士河),
在他们中间有一个瞎老头子,
　他的灵魂也非常瞎,非常衰弱;
这天使的同路者就在大门口
停下来,披着尸衣落坐在云头。

24

一个容貌迥异的精灵追踪在
　这光辉的一群后,他搧着翅膀,
仿佛荒凉海岸上的一片暗云
　笼罩在那船骸累积的沙滩上,
他的前额仿佛风暴席卷的海,
　激烈而难测的情思在他脸膛
深刻着永恒的愤怒,他的视线
投到哪里,哪里便充满了幽暗。

25

当他走近时,他注视着这大门,
　无论他,无论罪恶,都无法进入,
他的目光充满了非凡的憎恨,
　使圣彼得但愿能被大门护住,
于是匆忙地摸索那一串钥匙,
　急得汗水溢出了使徒的皮肤:

当然他的汗水只不过是神液，
或是诸如此类的精神的灵液。

26

天使们缩成一团,好像一群鸟
　看到鹰隼的飞来,他们感觉到
每根羽毛尖都颤抖,紧紧围着
　他们保护的可怜老头,像环绕
猎户座的腰带;而他呢,正不知
　要到哪里去,虽说他这些保镖
对皇上的魂很照顾(从经典上
我们知道:天使们都是保皇党)。

27

正当情况如此吃紧,天庭的门
　突然大敞开,它那铰链的闪耀
投出了仿佛五色斑斓的火焰
　弥漫于太空,连地球这一小角
也沾到光彩,形成新的北极光
　在北极的上空展开霞光万道:
在那被冰封的梅尔维尔海峡,
培利船长①的水手正看到了它。

28

　就从这打开的门,飞出来一个

---

① 爱德华·培利船长于一八一九年至一八二〇年为了发现西北航线而航行到北极附近。梅尔维尔海峡在加拿大极北部。

美丽而威严的光明之灿烂体,
它散发荣光,像在推翻世界的
　　战斗中得胜而飘扬的一面旗,
我这寒碜的比喻必然会带有
　　尘世的烙印,因为我们这泥坯
有碍于大觉大悟,但也有例外:
比如苏斯考特①,或呓语的骚塞。

29

这是麦克天使长。大家都知道
　　天使和天使长有怎样的容貌,
因为没一个酸文人不曾写过
　　由魔王以至天使首脑的素描,
还有祭坛上的雕刻啦,绘画啦,
　　虽然我不敢说它们颇表达了
我们内心的不朽之神的概念,
但还是让外行去夸说其优点。

30

米迦勒②飞出来,满是光荣和至善,
　　因为他是那光荣与至善之主
所手创的杰作;他出门便站定,
　　面对他的是小天使和老圣徒。
(我说"小天使",指他们看来年轻,
　　请别因此误以为他们的岁数
比圣彼得要小,那我可很抱歉;

---

① 即琼娜·苏斯考特,见第 165 页注①。
② 即天使长,见《圣经·旧约全书·但以理书》第十二章第一节。

我只是说,他们模样看来较甜。)

31

众天使和圣徒对着天使长的
　尊严神驾深深一躬,他代表着
上帝,是天使神祇的最高一级,
　但这从未在他的神心引起过
自傲之感;除了服侍造物主外,
　他从没有被别的思想侵扰过,
无论多崇高、辉煌,也不许侵入,
他只知道上帝是天庭的总督。

32

他面对着那阴郁沉默的精灵——
　无论善与恶,他们是知此知彼;
由于权力所在,谁也不能忘怀
　他昨日的朋友和未来的仇敌,
各自眼中都含着高傲的悔恨,
　仿佛并非意志、而是出于天意
他们得把永恒变为战斗之年,
并且把天界变为他们的前线。

33

但这里都是他们的中立地带;
　据《约伯记》①,撒旦一年中有三回
能够访问天庭,而"上帝之子"们

---

① 《约伯记》是《圣经》中的一书。

和泥坯之子一样,必须来作陪;
我们还可以从同一书中证明:
  每当善恶之神在这时候相会,
他们是多么彬彬有礼地会谈——
但若引经据典未免浪费时间。

34

而且这也不是一篇神学论著,
  用不着希伯来文或阿拉伯文
来证明《约伯记》是隐喻或事实,
  我写的不过是真实的记叙文,
因此只需从全貌记下某某事,
  而对那稍有可疑的略过不问。
本诗的每个细节都确有其事,
和任何其他幻梦一样地翔实。

35

在天庭的门前,善恶神是处于
  中立地区,有如东方的阴阳门
是死底伟大事业的争执场所,
  不知该往哪一界去派遣灵魂;
因此,米迦勒和他的对手是带着
  和颜悦色相会见,虽然没接吻,
但黑暗大人和光明大人依然
交换着非常雍容庄重的视线。

36

天使长鞠躬如也,不像现代的

283

花花公子,而带着东方的文雅,
以一只光灿的手抚贴在胸前
　　(据说好人的心就生在那底下)。
他仿佛在接待同辈,不太谦卑,
　　但和蔼,而撒旦对旧友的迎迓
却稍带傲慢,就像卡斯提贵族①
　　没落的子弟遇上新的暴发户。

37

他只把他魔鬼的头点了一点,
　　然后昂首而立,申明他的权利
或冤屈,指出国王乔治为什么
　　不能或不应赦免永劫的地狱,
因为有许多国王论心和头脑
　　比他好得多,历史上也曾提及,
都未能在这件事上得到胜诉,
　　一直是"以善意为地狱铺了路"。

38

米迦勒道:"你要这死后升天的人
　　做什么?他生前犯下什么罪愆
使你有权来要他?说吧!说得对,
　　就由你处置;假如在有生之年
他无论做人或做国王都不曾
　　尽到责任,而是大大有失检点,
那就指明吧,当然他归你所属;
　　假如不是这样,让他走他的路。"

---

① 卡斯提是西班牙的一门望族。

39

"米迦勒!"地狱之王回答:"即使在
　你所侍奉的天主门前,我也得
索要我的属民;我要让你看到
　不仅他的泥身是我的崇拜者,
他的灵魂也是;尽管对于你们
　他很可贵,难得他不迷于酒色,
然而,请看看吧:自从登上王座,
他统治万民只是为了侍奉我。

40

"请看我们的,或者我的地球吧,
　它一度更多是你们的,然而我
并不傲于征服这可怜的星体,
　你的天主无须嫉妒我的掳获;
万千灿烂的世界都拥戴着他,
　至于人间那些脆弱的下贱货
他大可以忘怀:我想很少有人
值得下地狱,除了他们的国君。

41

"这些国君不过是一种免役税,
　我要他们只为表示我的主权,
即使我想施手段,你们很清楚,
　那不必要了,他们已坏到极点,
连魔鬼都没有更多的事好作,
　只有听其自然;而他们的疯癫

和邪恶是天性生成,上天无法
予以改正,我也无法再给加码。

42

"看看人间吧,我说过了还要说:
　　当这个又瞎又疯的糟老昏虫
还在年少翩翩初登上王座时,
　　那世界和他都有不同的面容;
大半个陆地和全世界的海洋
　　都尊他为王;遍历过巨浪狂风,
他的海岛驶于时间的深渊上,
因为粗犷的美德以它为故乡。

43

"他年青时执王笏,放下时已老。
　　请看看他接管和遗下的版图
是什么情况吧,再看看编年史:
　　他怎样把船舵交给一个家奴,
怎样在心里对黄金有了渴望,
　　呵,这乞丐的恶癖,它只能征服
最卑鄙的心。至于其他的事迹,
请展望一下北美洲和法兰西。

44

"确实,他自始至终是一个工具,
　　(使用人已在我处,)但作为工具
让他投入劫火吧!自人类知道
　　有帝王统治以来的多少个世纪——

从罪恶和杀戮的血腥名册上,
　从培养恺撒的学校,尽你列举
最坏的学生吧,可有一个朝代
比乔治的更血腥,更充满杀害?

45

"他永远和自由及自由人作战,
　无论是国家,个人,外敌或臣民,
只要他们高呼'自由!'就会发现
　乔治三世是他们的头号敌人。
谁的历史能像他的一生那样
　为国家和个人的悲哀所浸润?
我承认他节欲,私生活表现出
中性的美德,是大多君主所无;

46

"我知道他是一个忠实的丈夫,
　一个体面的父亲,平庸的贵族。
这一切值得嘉奖,特别在王座;
　譬如戒酒,在修士做来就不如
在艾庇西阿①的餐桌上更难得。
　我知道他有一切善良的天赋;
这对他很好,但对于千百万人:
他被暴政利用,就当另作别论。

---

① 艾庇西阿,罗马帝国时期著名的美餐者。

47

"新世界甩开了他;旧世界还在
　　他和臣僚策谋的虐政下呻吟;
他已把一切恶习留给继承者
　　在王位上,却不能保证使他们
有他的恻隐,他那乖顺的美德;
　　呵,昏睡的懒汉,记性坏的暴君,
在王位上苏醒吧!应该再传授
那被忘却的一课,让他们颤抖!

48

"五百万土人①坚持尊奉你们的
　　宗教信仰,他们只要求那自古
就属他们所有的财富的一项——
　　信教的自由——即不仅信奉天主,
也信奉你,米迦勒;还有你,圣彼得!
　　试问你们能不憎恨这种恶徒:
他反对天主教徒参加到一个
基督教国家的各方面的生活?

49

"不错!他允许他们对上帝祈祷,
　　可是作为祈祷的后果,他不许
规定他们可以和那些不信奉
　　圣徒的人们处于平等的境地。"

---

① 指爱尔兰的天主教徒,他们受到信奉英国国教的乔治三世的迫害。

288

听到这里,圣彼得怒火冒三丈,
　　叫道:"你快把这个死囚徒带去:
要是天堂对这个归尔夫①打开,
那我就白当守卫,遭劫也活该!

50

"我宁可和色勃拉斯②交换职位,
　　(他那里并不是闲差使)也不能
看着这个王家疯子在天庭的
　　碧野里到处闲荡,你可以肯定!"
"圣徒呵!"撒旦答道:"你该为你的
　　信徒所受的苦对他狠狠报应;
假如你已决定了要交换位置,
我将劝色勃拉斯到天上一试。"

51

米迦勒插嘴道:"好圣徒!魔鬼!请别
　　这么匆促吧;你们都有欠斟酌。
圣彼得呵,你一向是温文尔雅,
　　撒旦!你也别责怪他说得冒火——
简直近于凡夫俗子,唉,连圣徒
　　开起会议来也难免信口开河。
你还有话讲吗?""没有了。""如果您
不嫌我冒昧,请唤来您的证人。"

---

① 英国王室出自归尔夫家族。
② 据罗马神话,色勃拉斯是有三个头的狗,看守在地狱门口。

52

于是撒旦转身挥动他的黑手,
　那手以它的电力能够把云层
远远搅动,远到难想见的地方,
　尽管有时他是在人间的上空;
地狱的雷能把大千世界中的
　一切陆地和海洋都深深震动;
阴间的电池点起排炮,密尔顿①
曾说这是撒旦最崇高的发明。

53

这是给那些游魂的一个信号;
　他们虽陷入永劫,却得到特许
可以越界随意地游荡,不受到
　过去、现在或未来的世界所宥,
地狱的花名册上没有给他们
　分派固定的拘留所,他们可以
随兴之所至或出于某种事由
到处游玩——当然同样受着诅咒。

54

他们对此很自负,这也有道理:
　因为这等于骑士资格,或腰间
别着金钥匙;或者像后楼梯的

---

① 约翰·密尔顿(1608—1674),英国诗人。他的长诗《失乐园》描写撒旦对上帝的反抗。

开私门,或类似的契合的天缘。
我这些比喻都是取自尘世的,
　　因为我本是凡人。但愿阴曹间
勿为我这鄙陋的比喻而开罪,
游魂的公事当然比那要高贵。

55

伟大的信号从天堂传到地狱——
　　这是千万倍于太阳(根据推算)
和地球之间的距离,因为我们
　　已能精确地算出每一条光线
须走多久才能驱散伦敦的雾;
　　就透过这雾层,风信鸡每一年
大约有三次能模糊地镀上金,
假如那一年夏季不是太严峻,——

56

我说我能算出来——那是半分钟;
　　我知道太阳的光线在启程前
需要较多的工夫来打点一切;
　　而且它的电报并不如此庄严。
假如要和撒旦的信差相竞赛,
　　它肯定不如后者先到达地点。
太阳每道光若需要经年累月
才到达目的,魔鬼则无需半日。

57

在太空的边际出现一个斑点

有半个金币大,(在爱琴海上空
　　在狂风来临前,我曾看到类似
　　它的东西,)这斑点越来越扩充,
并且变了形状,它像空中的船
　　随风改着方向,掌舵在半空中,
或被掌舵着(这一词句的文法
使我犹疑,因此本节不够畅达,——

58

但随它去吧。)继而变成一层云,
　　黑压压的一层,——对了,一群见证!
但多么蜂拥的一群!没有土地
　　曾见如此密麻麻飞来的蝗虫!
他们遮天蔽日而来,像野鹅般
　　发出了响亮的、各种调子的叫声,
(如果一支大军能拿鹅来比喻)
倒很体现了"地狱鼎沸"这词句。

59

这里有约翰牛①的粗豪的咒骂,
　　还诅咒他瞎了眼,和以往一样;
那里有爱尔兰土腔"凭耶稣说!"
　　还有苏格兰温和的"尊意怎样?"
法国鬼另有骂法,但我不愿学
　　马车夫那样翻译过来,在这场
争闹中,可听到约纳孙②的话声:

---

① 见第 103 页注①。
② 约纳孙,华盛顿在美国独立战争中的朋友和顾问。"约纳孙"后来成了美国的绰号。

"我想我们的总统要进行战争。"

60

此外还有从西班牙、荷兰、丹麦
 聚来的鬼,总之集鬼魂之大成,
从塔希提岛到索尔兹伯里平原①,
 不管什么地方,什么行业、年龄,
都来声讨好国王了,就像纸牌
 梅花对黑桃那样地愤愤不平:
都是奉了御传票之召来尽力
使国王能像你我一样下地狱。

61

米迦勒初见到这群鬼时,禁不住
 脸色苍白,以后像意大利黄昏
变为各种颜色——像孔雀的尾巴,
 或者像古寺中的哥特式圆顶
照进了落日的余晖,或像鳟鱼,
 或像遥远的夜空有电闪频仍,
或像彩虹,或像三十团的士兵
大检阅,红、绿和蓝色交织如锦。

62

接着他对撒旦说:"怎么,好朋友——
 确实我把你看作我的老知交,
我们两派使我们不得不敌对,

---

① 塔希提岛在太平洋,索尔兹伯里平原在英国。

可是咱们从没有个人的争吵，
咱们不和是在政治上；我相信，
不管下界发生什么，你必知道
我对你极为尊敬，这就使得我
很不愿意看到你把事情弄错——

63

"唉，我亲爱的卢西弗，别乱来吧：
我向你要求证人，可绝不是说
要你把人间和地狱通通找来，
那不多余吗？因为只要有两个
诚实利落的证词就够了，咱们
何必把时间浪费在呆呆听着
原告和被告？要是听双方都讲，
咱们的永恒会变得更加漫长。"

64

撒旦答道："这事对我个人来说
本来无所谓，像他这样的灵魂
我可以轻而易举找来五十个
比他好得多，也不必这么劳神；
我不过是考虑到程序的问题
才为这死陛下的事和你争论：
你们怎么处理他都成；天知道：
下界我掌管的国王已够多了！"

65

魔王如此说。（多产的诗匠骚塞

说他是多面人。)"那我们就可以
从列席我们会议的千百万中
　　叫出一两个魂作证吧,其余的
就用不着了,"米迦勒说,"但谁有幸
　　首先发言?能发言的人有的是,
谁呢?"撒旦答道:"证人倒是不少,
但你叫杰克·威尔克斯①就行了。"

66

一个快活、斜眼而怪样的鬼魂
　　立刻从人群里走出,他的衣衫
是一种早已忘却的式样,因为
　　阴间的人对他们阳世的打扮
总是长期保留;因此,不管对、错,
　　阴间有各种的服装蔚为大观:
由夏娃的无花果叶直到晚近
和那树叶差不多大小的短裙。

67

这魂灵环顾一下周围的人群,
　　叫道:"天地各部界的诸位友好,
站在这云端我们很容易感冒,
　　所以快谈正事吧:这一次号召
为的什么?假如这些穿尸衣的
　　是世袭地主,为了选举来吵闹,

---

① 杰克·威尔克斯(1727—1797),英国资产阶级政治家,他在报上攻击英王乔治三世及大臣,因而被逐出议院,一度流亡。以后他又被选入议院。漫画家曾把他画成一个斜视的人。

好,我就是一个不变节的代表,
圣彼得呵,你能不能投我一票?"

68

"先生,你错会了,"米迦勒说,"这类事
　　已是前生的陈迹;我们在天庭
所做的要庄严得多:这个会议
　　所以召集起来,是要审判国君。"
"那么,那些有翅膀的绅士必是
　　天使了,"威尔克斯说,"那个躲进
他们身子下的人像乔治三世,
不过老得多——天哪,他可是瞎子?"

69

"他正是你看到的那样,"天使说,
　　"他的归宿要取决于他的事迹。
假如你有冤要申诉,坟墓允许
　　即使最卑贱的乞丐也能抬起
他的头反对至尊。""但有一些人
　　等不到至尊者被装进棺材里
就已如此了,"威尔克斯说,"而我
在天日下就对他们无所不说。"

70

"那么,你在天日之上重复一遍
　　对他的控诉吧,"天使长说。"既然
旧怨已成为过去,"鬼魂回答道,
　　"我何必翻老账? 真的,我绝不干。

而且,我终于打得他一败涂地,
　　不管他那什么贵族院、下议院;
在天上我可不想把旧事重提,
　　他那行为对于国王也不稀奇。

71

"虽然那是愚蠢而邪恶,竟压迫
　　一个不名一文的可怜穷光蛋;
但我认为他的罪责远远小于
　　伯特和葛拉夫顿①的,我不愿见
他为了他们的暴行在此挨罚,
　　那两人不早已入地狱,到今天
还在那儿吗? 至于我,我已经宽恕,
我赞成他受天堂的'人身保护'。"

72

"威尔克斯呵,"魔鬼说,"我了解你,
　　在你死前你已变为半个廷臣,
现在你似乎觉得在恰隆②的船
　　把你载来后,把半个变为全身
是挺不错的;你忘了他的统治
　　已结束了,无论发生什么事情,
他再也当不了君主:你白费力,
因为他顶大不过是你的邻居。

---

① 约翰·伯特(1713—1792),英王乔治三世的宠臣,曾任首相。奥古斯达·葛拉夫顿(1735—1811),英国政治家,主张对北美实行镇压政策,曾受到朱尼阿斯的指责。
② 据神话,恰隆是冥河上的船夫,他把灵魂接引到地狱。

73

"不过,我知道该怎么估计,当我
　　看到你在烤肉叉旁打趣、低语,
那儿值班的贝利艾尔①正使用
　　福克斯②的油脂给他的小徒弟
威廉·庇特③周身涂抹以便火烤;
　　我说,我知道该怎么对你估计:
这家伙到地狱来还作恶多端,
我得'钳制'他——这也是他的法案。

74

"传朱尼阿斯④!"一个幽灵从鬼群
　　走了出来,听到他的名字被唤
大家立刻涌上前,争先恐后得
　　谁也不再安适地漫行在云端,
而是互相冲撞、拥挤、个个被阻,
　　手脚和膝盖被挤得无法动转,
好像气体被闭压在膀胱里了,
或者像人的疝气疼,那就更糟。

---

① 贝利艾尔,指魔鬼。
② 查理·福克斯(1749—1806),英国政治家,他和威廉·庇特是敌对的,但都是效忠英王的大臣。
③ 威廉·庇特,英国首相。见第 154 页注②。
④ 自一七六九到一七七一年,以朱尼阿斯为笔名的一些信在英国报刊上发表,对乔治三世及当政要人加以抨击,并表同情于威尔克斯争取民权的事件。这些评议朝政、笔锋刚劲的信曾引起社会重视,并于一七七二年合成一集出版,但其作者为谁,始终未能确定。

75

那幽灵走出,瘦而高,一头白发,
  好像他在世时就是一个幽灵,
他行动矫健而敏捷,精神充沛,
  但看不出出身和教养的特征;
他一会儿缩小,一会儿又变大,
  忽而忧郁,忽而有粗野的豪兴;
但请细看他的面容吧,每一刻
都在变化——变成什么却很难说。

76

鬼魂们越是对他注视,越难以
  辨认出他具有的是谁的面容;
连魔鬼也不知道该怎样猜测,
  那面容像是梦:忽而西,忽而东;
人群里有几个发誓:他们深知
  他是谁,有一个竟庄严地宣称:
他是他的父亲;跟着有人肯定
他是他母亲的堂姐的亲弟兄。

77

另有人说,他是一个公爵、骑士,
  一个牧师或律师,一个演说家,
一个印度来的财主,男助产士;
  但奇怪的是,他的面容能变化
和他们的决定一样快,他尽管
  暴露在众目睽睽下,反而增加

人们的困惑,就像一个万花筒,
他是如此难以捉摸,飘忽不定。

78

只要你一旦说他是某某无疑,
　好,他的脸变了样,成了别的人;
而且不等这变形完全确定了,
　它又在改样,我想连他的母亲
(假如他有母亲的话)也不能够
　认出她的子嗣,他变得无法认:
对这书信集的"铁面人"①的猜测
竟由一种乐趣变为一种苦活。

79

因为他有时看来像色勃拉斯——
　"三位绅士一体"(如马拉普洛普
夫人②英明指出的);可你又觉得
　他连一位都不是;忽而他发出
耀目的光辉,忽而浓厚的蒸气
　把他隐蔽起来,好像伦敦的雾;
似勃克,又似吐克,人们任意猜,
说是菲利普·弗兰西斯也合拍。

---

① 法王路易十四曾将一个神秘人物囚禁四十年之久,在转换监狱时,使他戴着黑面罩,以免外人认出。因此这个囚人有"铁面人"之称。
② 马拉普洛普夫人是谢立丹喜剧《情敌》中的一个角色,她以错用文辞著称。

80

我有一个假设,是我独出心裁,
　直到如今我从不敢把它透露,
生怕对皇座周围的人有妨碍,
　比如伤害了国务大臣或贵族,
甚至把什么污点给他们吹来;
　那就是——善良的读者,请别转述:
那就是,我们传闻的朱尼阿斯
实在是并无其人,只是空名字。

81

我看不出为什么信简不能够
　不用手写,因为我们天天看见
它们没有用头写;还有书,您瞧,
　也可以不经头而把文字填满;
真的,直到我们能确切指出来
　某某人是那些书的作者以前,
他会像尼日尔河口那样折磨
世人去推测有无河口或作者。

82

"你是谁?是怎么回事?"天使长问。
　"关于这,你可以看我的书名页,"
那个幽灵的巨大的影子答道:
　"既然我已保密了半世,现在也
没有必要透露它。"米迦勒继续问:

"你怎能骂乔治·瑞克斯①,或作些
更多的指责?"朱尼阿斯回答他:
"你顶好先叫他答复我的信札。"

83

"我的控诉已成文字流传世间,
　　将比他那墓志铭的铜更长久。"
米迦勒问:"你不后悔生前太夸张?
　　如你的话果真,他必要受诅咒,
若是不真,上天可同样惩罚你。
　　由于你的情绪的阴沉,你是否
太讥刺了?""情绪吗!"那幽灵回答:
"我爱我的国家,我当然要恨他!"

84

"我既已写出的,我绝不再收回:
　　让那后果由他或是我来承担!"
这个老隐名氏如此说,而就在
　　他说时,他已化为空中的青烟。
接着撒旦对米迦勒说,"别忘了把
　　华盛顿、吐克②和富兰克林③召唤。"
不过这时候,传来了一片喊声:
"让开,让开!"虽然鬼魂谁也不动。

---

① 此名影射乔治三世。
② 约翰·霍恩·吐克(1736—1812),英国政治家,曾声援威尔克斯的争取民权行动。
③ 本杰明·富兰克林(1706—1790),美国独立运动的领袖之一。

85

终于从人群夹缝里,连推带挤,
　　又加以司警卫的天使的协助,
恶魔阿斯摩狄亚走进人围中,
　　看来他这旅程使他受了些苦。
当他把重负放下时,米迦勒叫道:
　　"这是什么?哎呀,不是鬼?是活物!"
"我知道,"恶魔说,"他变鬼很容易,
只要你肯把事情交给我处理。

86

"这倒霉的叛徒!竟被他压折了
　　我的左翅,他太重了!你会以为
他是把他的作品套上脖子啦。
　　说真的,当我在斯基道山①边飞
(那里和往常一样,还阴雨连绵),
　　我看见下面一支烛光颤巍巍,
我飞下来,原来这家伙在诽谤——
不但污蔑《圣经》,对历史也一样。

87

"后一项是魔鬼的记录,前一项
　　就是你的,好米迦勒;因此,你明白,
这件事有关咱们双方。我一扑
　　把他攫到空中,就送到这里来,

---

① 骚塞住在德温特湖滨,斯基道山在其附近。

正如你看到他那样子;在空中
　　才十分钟吧,至少我没有离开
一刻钟就飞到了这里,我敢说
他的老婆还在家里吃茶待客。"

88

这里撒旦插嘴道:"我早知道他,
　　我在这儿等待他也有些时辰,
你难得找一个比他更蠢,或者
　　在他那小行业里更自大的人;
不过,说实在的,老弟,把这贱种
　　放在你的翼下未免过于操心;
何必费力背他呢,就是没有你
他也会自动地安然来到这里。

89

"但既然他来了,让我们看看他
　　干了些什么。""干!"阿斯摩狄亚说,
"他已预见你们在这里的公务,
　　便像给命运作秘书,拼命写作。
谁知道他会弄出什么下流话,
　　要是这样一个蠢驴开口胡说?"
"让我们听他讲一讲吧,"米迦勒道,
"你知道我们对他也得讲公道。"

90

诗人很高兴能博得一群听众,
　　这要是在人间他可很难获得;

他开始咳嗽、清嗓子、哼了一阵,
  然后把嗓音提高到对于听者
是一种可怕的哀号(谁要不幸,
  唉,亲聆到诗人的抑扬的音波),
他一用起六步格就固执不变,
那痛风的脚没有一步迈得欢。

91

但在他把筋骨肿的扬抑抑格
  踢进吟诵以前,无论六翼天使
或小天使都立刻显得惶惶然,
  只听一片细语传过这群天使,
而还没等他那跛脚的诗迈出
  一个字以前,米迦勒已叫道:"停止!
看在上帝的面上,停止吧,伙计!
神人俱不容①——你知道那后半句。"

92

这神鬼的集会整个骚动起来,
  他们似乎对诗歌都非常讨厌:
天使们当然如此,那祈祷仪式
  使他们早听够了;鬼魂不久前
在生命终结时也听过不少歌,
  不至于对这场合再感到新鲜;
一直沉默的国王也叫道:"怎么!
派②又来了?可别再、别再搞那个!"

---

① 罗马诗人贺拉斯有一句诗说:神人俱不容平庸的诗。
② 亨利·杰姆斯·派(1745—1813),英国桂冠诗人,他的诗作是当时英国文坛嘲笑的对象。

93

骚动越来越凶,咳嗽震撼空际,
　　就好像卡斯尔雷①在一场辩论中
讲话够长的时候(我是说在他
　　成为首相以前——现在当然不同:
是奴隶们在听)有人像看笑剧
　　会喊:"算了! 算了!"终于,弄得很窘,
诗人请求圣彼得(他也是作家)
看在他的散文面上,为他缓颊。

94

这奴才并不是个难看的无赖;
　　从脸上看,他很像一只鹰,具有
一只钩鼻和一双鹰眼,这给予
　　他整个的面容以类似骗子手
那样的精明、文雅;他相当严肃,
　　可不像他沉闷的诗那样出丑,
至于后者,那确实是不可救药,
足称诗坛重罪,纯系自己制造。

95

米迦勒吹起喇叭,以更大的闹声
　　平息了闹声,就如同在人世间
所通行的办法;除了有些牢骚
　　偶尔悄悄地闯入这会上,打乱

---

① 罗伯特·卡斯尔雷,见第104页注①。他惯于做长篇演说,成为拜伦嘲笑的对象。

守礼的静穆外,没人在喝住后
　　还要再一次抬高嗓门来叫喊;
这时诗人就摆出自吹的架势,
　　为他那倒霉的行业进行解释。

96

他说(我只概述)他之粗制滥造
　　并不想伤害谁:凡写任何题目
他都如此,而且那是为了面包,
　　他总给它两面涂油;他怕耽误
这个会议太久(他确如此担心),
　　用一天也难以列举他的著述。
不过他愿意提几种:《瓦特·泰勒》,
《布嫩海姆之歌》,和《滑铁卢》颂歌①。

97

他曾对弑国王的人加以歌颂,
　　又对无论什么国王都唱赞歌,
他为共和制度写过文章辩护,
　　可又对它进行更激烈的指责;
一度高呼万民平等,社会万岁,
　　这理想怪聪明,却不那么道德;
以后又变成了反雅各宾②党徒,
　　他翻穿衣服③——还想翻转皮肤。

---

① 这三篇都是骚塞的作品。
② 雅各宾党是法国革命的激进派。
③ 翻穿衣服(turncoat)在英文意指"叛徒"。

98

他曾反对一切战争,接着高歌
　战争的光荣;他曾把评论称作
"不文雅的艺术,"接着自己成为
　最卑鄙的粗制滥造的评论者;
他被主子赏赐和豢养,但就是
　这些人害了他的缪斯和道德;
他写过无韵诗和无味的散文,
　无味甚于无韵,数量多得惊人。

99

他写过威斯莱①传;说到这里时
　他转向撒旦:"先生,我正想给您
写一部两卷传记,八开本精装,
　加上前言,注解,和一切能吸引
虔诚的买主的;而且不必担忧,
　因为我能挑选自家人写评论;
所以,请把有关的材料交给我,
　我会把您写成我的一位圣者。"

100

撒旦鞠躬而沉默。"好吧,假如您
　和蔼而谦逊地谢绝我的建议,
那么您怎样,米迦勒?您的回忆录

---

① 威斯莱,即在滑铁卢之役战败拿破仑的英国将领威灵顿,他被一些人吹嘘为民族英雄。

可是神圣庄严,没有别人能比。
我的笔无所不为,虽不如以前
 那么新颖,可是我能把您吹嘘
像您的喇叭一样。嘿,我的喇叭
有更多的铜①,我的吹力也很大。

101

"谈到喇叭了,这就是我的幻景!
 现在请一切人来评判吧;是的,
你们将以我的论断为准,听从
 我决定谁将升天堂,谁下地狱。
我像阿尔丰沙王②,是凭直觉决定
 诸如现在、过去、将来、天堂、地狱
和一切的。当我的眼如此错乱,
我可以替上帝省却许多麻烦。"

102

他住了口,接着拿出一卷手稿,
 不管魔鬼、圣徒、天使怎样劝说,
也拦不住他滔滔不绝的朗诵,
 因此他便读出了前三行诗作;
但读到第四行时,神灵和魔鬼
 立刻消失,只留下硫磺氤氲和
神的香气,因为他们已像电闪
从他顿挫的鼻音前惊惶逃散。

---

① 铜(brass)在英语中还有"厚脸皮"的意思。
② 阿尔丰沙一世(约 1110—1185),葡萄牙王国的创建者。

103

那辉煌的英雄史诗真像符咒,
 使天使堵住耳朵,扬起翅高飞;
魔鬼们嚎声震天地冲下地狱,
 小鬼都结结巴巴朝各界奔回
(因为他们住在哪里还待解决,
 我请读者各抒己见给予定位)。
米迦勒想求救于喇叭,可是,哀哉!
他的牙齿在打战,竟吹不起来!

104

圣彼得呢,他一向被看作是个
 莽撞的圣徒,举起了钥匙一击,
在那第五行上便击倒了诗人,
 他像菲顿①般跌落到他的湖里,
但比菲顿安适,因为他没淹死,
 而是由织网的命运女神编起
桂冠诗人临终花圈的一面网,
因为凡悔过自新都有这收场。

105

他先是沉到底,有如他的作品,
 但很快浮到上面,有如他自己,
因为凡腐物由于自身的腐朽

---

① 菲顿,希腊神话中太阳神的儿子,他驾驭父亲的日车失误,翻倒下来,使大地燃烧,自己则跌入水中。

都能像软木漂儿在水上浮起,
或像泥沼上的鬼火飘忽;也许,
　他像一架子无味的书,能隐蔽
在他的书斋里,写什么"传"、"幻景",
如人所说:魔鬼也变成了正经。

106

至于后事如何,现在该要结束
　这真正的梦了:那使我的视觉
透视一切假相的望远镜已失,
　它曾显示给我已写过的那些;
在残余的梦中我还能看到的
　只是国王乔治已溜进了天界,
而当那一场混乱复归平静时,
我见他正练第一百篇赞美诗。

青铜世纪

或名《世事的歌及平凡的一年》

"并非阿基里斯的敌手"①

〔本诗简介〕

"青铜世纪"这一词,来自西方神话。据古希腊诗人赫西奥德记载,世界经历五个时代,即黄金世纪,白银世纪,青铜世纪,英雄世纪和铁的世纪。青铜世纪是充满暴虐和战乱的世纪。

本诗开始写作于一八二二年十二月,完成于一八二三年一月十日。拜伦在写给李·汉特的信中提到本诗说:"我已送交雪莱夫人一篇诗去誊写,它大约有七百五十行,名《青铜世纪》,或《世事的歌及平凡的一年》,并附有'并非阿基里斯的敌手'这一题词。它是为了能阅读的大众写的,全部论及政治,是对当代时事的评论——使用了我早期的《英国诗人和苏格兰评论家》的文体,不过有一点雕琢,过于充塞了'战斗的辞藻'和古典及历史掌故。如果注解是需要的,那就加以注解。"

本诗在一八二三年四月匿名发表。它所写的"平凡的一年"是一八二二年,这是拿破仑死后的一年,是西班牙资产阶级革命暂时取得胜利的一年,也是反动的"神圣同盟"各国急于采取对策而召开维

---

① 这句题词是拉丁文,引自罗马诗人维吉尔的作品。拜伦引用它可能和如下一事有关:一八二二年六月伦敦海德公园建立一座阿基里斯石像,以英国妇女的名义将它献给"威灵顿公爵及其英勇的战友"。反动派既然把战胜拿破仑的威灵顿比作阿基里斯,拜伦借题反讥,就指出反动派"并非阿基里斯的敌手"。

罗那会议的一年。本诗正是针对维罗那会议的势头予以迎头痛击。

当时的国际局势是,在拿破仑帝国崩溃以后,全欧洲的专制王朝卷土重来,各国腐朽的封建势力在复辟,其中心堡垒是英、俄、奥、普(后三国是"神圣同盟"的发起者),它们执行着国际宪兵的任务,这是一方面;但另一方面,被压迫的民族和阶级也在进行着不断的斗争,革命运动风起云涌;其显著者,在西班牙有一八二〇年至一八二三年的资产阶级革命,争取恢复一八一二年宪法;在意大利有一八二〇年至一八二一年由烧炭党领导的起义,它推翻王室并反对奥国的控制;在希腊有一八二一年爆发的反土耳其统治的独立运动,由希腊国民议会在一八二二年宣布了独立,但随即受到土耳其的残酷镇压。以上这些革命运动虽然暂时失利,表面看来"神圣同盟"及其维罗那会议是强大的,但在诗人拜伦看来,反动势力是腐朽的,终必灭亡的,因此它"并非阿基里斯的敌手"。阿基里斯是希腊神话中的大力士,反动势力是敌不过他、敌不过革命的力量的。

本诗分为十八节。开头两节似对维罗那会议的风云人物而发。他们野心勃勃,觊觎全世界,"事业"虽大,但也有力不从心、"好景不再"之感。拜伦指出:由于他们的"耍弄心机",人间已流够了泪。并举出一些同类人物,近者如英国首相庇特,远者如古代的马其顿王亚历山大,他们的野心不过落得一场空,其结果是死亡和坟墓。拜伦认为,他们算不了伟人,真正的伟人是能超越死亡而永生的。

接着议论拿破仑(第三至五节)。关于拿破仑,诗人对他的评价是复杂的。拿破仑在法国革命初期立有战功,接着偷窃革命的成果,发动政变,自居为皇帝,建立大资产阶级的军事独裁政权,对内镇压人民,对外进行侵略。列宁指出,"拿破仑主义是一种统治形式,是由于资产阶级在民主改革和民主革命的环境里转向反革命而产生的。"拜伦称拿破仑为"暴君",这是正确的,但他还不能免除对拿破仑的一种幻觉。在当时进步的社会舆论中,拿破仑死后的声誉上升了,这是因为那些卷土重来骑在人民头上的王公贵族,是更为腐朽的封建势力,因此,人们自然会追念拿破仑时代所实现的某些民主改革,尽管这些改革不能归功于拿破仑个人,但他的名字逐渐成为法国革命的象征。拜伦是在这一意义上,对拿破仑除了诅咒和嘲笑以外,也有惋惜和推崇的表示。

拿破仑在圣海伦岛上被囚的情况,曾引起英法舆论界的争论。保守派认为待他太宽,激进派则认为不该对他如此苛刻。拜伦对拿破仑的英雄崇拜使他对他的甘受屈辱既嘲讽而又不平。在第四节中,诗人表示:拿破仑的名字作为法国革命的象征将永垂不朽,并成为未来对帝王战斗的号角。第五节回顾了拿破仑一生的战绩,由远征埃及到横扫欧洲,由莫斯科的全军覆没到巴黎陷落,由滑铁卢战役到圣海伦岛的被囚。诗人下结论说,与其以枯骨堆起个人声誉,不如造福人类而流芳千古。

第六、七节谈到各地的革命运动,革命潮流波及的地方包括南美洲、希腊、法国、西班牙。对希腊的革命斗争,拜伦特别提出一个危险的敌人,就是沙皇俄国,劝告起义者不要受沙皇的欺骗,他的诺言不可靠,"惟有希腊人能解救希腊"。如果依靠俄国,终至会"喂养北方的熊"。第七节列举了西班牙的腐败现象——她的昨天,也歌颂了她今天的英勇斗争和游击战。

第八至十节转向一八二二年十月由"神圣同盟"召开的维罗那会议,特别讥讽了它的主要人物俄皇亚历山大。这个会议是专为应付西班牙革命而召开的,它反映了反动派的虚弱。西班牙革命者取得了政权,囚禁了国王,他们的战歌是"吞下它,吞下它",意即要求接受一八一二年宪法。革命的发展震惊了"神圣同盟"的头子,于是会议讨论了武装干涉西班牙问题。俄、奥、普、法一致主张镇压,除了发表宣言谴责西班牙革命外,并秘密决定了由法国出兵。只有英国外相坎宁表示反对,因为英国企图独占西班牙的海外市场,并愿保持仲裁者的地位,以坐收渔人之利。因此,英国在这件事上拒绝与"神圣同盟"合作。会议的结果并不十分满意,当时英国《晨报》曾讥诮说:"皇家的恶鹰们被剥夺了他们所期望的一餐。"俄皇亚历山大一世是第十节的鞭挞对象,他所以被挑选出来,因为他是同盟中最反动、最热心的成员,他是以"自由"、"和平"等词句装饰起来的刽子手,因此拜伦对他的伪装予以揭发,指出他在国内外的黑暗统治,并警告他这样滑下去绝没有好下场。

　　第十一至十二节讽刺复辟后的法国,她的吵闹的会议和不稳的国王。第十三至十五节讽刺英国及其统治者。第十四节写英国的地主阶级,从经济根源揭露出他们好战的原因。在战争时期,英国国内物价上涨,滥发纸币,国债庞大,地租上升,地主极为受益,靠收什一税的教会也如此。但在战争停止后,一八一九年恢复了硬币支付,物价(包括小麦)下跌百分之五十;粮价下降,农村破产,地租也收不进来了,地主们叫苦起来。与此相反的是,一般城市资产者在战时受到通货膨胀和高物价的损害,在和平恢复后却受益于硬币支付和物价下跌,诸如金融资本家、官吏、薪金收入者和购买公债者都得到好处。这些人和地主是两个矛盾的集团,拜伦的论点反映了一般城市资产者的利益。但是大资本家却超出这一矛盾之上,他们无论战时或战后都是掌握经济命脉的,拜伦揭露这些国际金融资本家是世界政治舞台的真正主宰者(第十五节)。

　　第十六至十七节再回到维罗那会议,以其各色人物为花絮,写出会议的滑稽戏性质,特别讥讽了拿破仑的妻子。最后一节以苏格兰的丑剧作为本诗的收场。

译　者

1

呵,好景不再!——一切逝去的时代都好,
这时代如果肯逝去,也将为人称道;
伟业过去有,现在有,将来更会有,
只要渺小的人凭意愿努力以求:
请看前面是一片更广阔的新天地,
专供有志者在青天下耍弄心机。
我不知道天使看见了是否要流泪,
但人间已流够了——只落得更受罪!

2

无论好,无论坏,万事破灭如泡沫。
请想想在你幼年的时代吧,读者!
当时庇特①多么威风,他就是一切,
至少对政敌如此,他从不听劝诫。②
我们曾看到精神界的两大巨灵,
像阿索斯和艾达③两座巍峨高峰
隔海对峙,呵,是被雄辩之海隔开,
那言辞的波涛是多么汹涌澎湃!
就像在希腊和扶里吉亚④两岸之间
爱琴海的深渊掀起咆哮的狂澜。
但而今呢,这两个对手都安在?
只有几英尺沉郁的泥土把他们隔开。⑤
呵,坟墓!你肃静,有力,使一切沉默,
你是一个从不起浪的寂灭之波
淹没了世界。——噫,"尘土复归于尘土",
这故事虽古老,却还没有人吐露;
时间无法减弱它的恐怖,而蛆虫
还是在墓下,在寒冷的穴中蠕动,
无论陵墓多优雅,下面总归一样,
尸灰瓮可以涂彩,但尸灰不再闪光;

---

① 威廉·庇特,见第 154 页注②。他二十二岁时任财政大臣,二十五岁即任首相,在任期中(1783—1804)两次联合欧洲国家与法国作战。一八〇四年复任首相时,继续对抗法国,直至死亡。
② 庇特的政敌指查理·福克斯,见第 298 页注②。福克斯常说:"我从不缺乏言辞,但庇特从不要这言辞。"
③ 阿索斯,希腊半岛的山峰。艾达,小亚细亚半岛上的著名山峰,在古特洛伊城附近。
④ 扶里吉亚,小亚细亚的古国名。
⑤ 庇特和福克斯都葬在威斯敏斯特大教堂内,两墓相隔十八英寸。

尽管克柳巴的木乃伊被迎来三岛,①
安东尼②也曾为它把帝国放弃了;
尽管亚历山大之墓已成为名胜,③
在他不曾征服、从未听闻的国土中——
唉,他曾为没有世界可征服而流泪,
这狂人的愿望多痴!他徒然伤悲:
半个世界不知他为谁,也许只听说
他的生死和凄凉,而希腊,他的祖国,
却已在敌人的铁蹄下沉沦、破碎。
唉,他曾为没有世界可征服而流泪!
想想他,从不知有地球,却已决心
不能饶过它,并为此而日夜不宁!
岂料还有熙攘的三岛,远在北国
留存他的尸瓮,——而未闻他的王座。

3

然而他呢,现今那个更大的权势者④?
他并非王族,却使帝王们为他驾车,
这是再世的西索斯特里⑤,而那群王

---

① 克柳巴,公元前一世纪的埃及女王。大英博物馆中所保存的克柳巴木乃伊,是底比斯行政官的亲属,约生于公元一世纪。
② 安东尼,公元前一世纪罗马将军,因迷恋克柳巴而放弃罗马,终至被政敌战败而死。
③ 亚历山大大帝是公元前四世纪的马其顿国王,他统一了希腊,并将版图扩充到埃及、波斯,直抵印度。传说他为再没有可以征服的地方而落泪。他死于巴比伦,葬于亚历山大城,罗马帝国的皇帝多去祭扫。但以后,石棺及遗体都失踪。一八〇一年,英国军队找到一个石棺,据说就是亚历山大之棺,存于大英博物馆中。
④ 指拿破仑。
⑤ 西索斯特里,即古埃及王拉美西斯二世(前1317—前1251)。据载,当他进入庙宇或城市时,他让侍者将马匹卸下车驾,而把四个国王和四个王子代替马拴在车杆上驾车。

一旦解除缰索,就以为生了翅膀,
他们原来被系于首领驾下的战车,
现在却唾弃他们曾爬过的旧辙!
是呵,他在哪儿?那或伟大、或渺小——
那一切智慧或暴虐的继承和倡导?
帝国是他的儿戏,王座是他的赌注,
大地是牌桌,他的骰子是人的尸骨;
看吧,他只落得一个孤寂的荒岛①
作为辉煌的收获——随你感叹或微笑。
你可以感叹于奋飞高翔的巨鹰
竟降格而啄食自己狭小的囚笼;
或笑看这魔王,以前把万邦横扫,
现在竟天天为规定的口粮而争吵;②
或悲伤地看到他如何在每一餐
为了减少的菜和省略的酒而哀怨。
难道就是这个斤斤计较琐事的人
曾经盛宴帝王,或使他们胆战心惊?
再看看他的命运是靠什么而升降:
一纸医生的证明,一个伯爵的演讲!③
一个塑像误了期,一本书收不到,④

---

① 拿破仑在滑铁卢一役战败后,被放逐到南大西洋的一个小岛圣海伦岛上居住(1815—1821),直至死亡。
② 拿破仑被囚于圣海伦岛时,仍保留一小群随从,每年开支一万二千镑,由圣海伦岛的英国总督赫德孙·罗爵士支付。为了防止他逃跑,除在他身边设有密探外,对拨发给他的酒、家禽和柴,也都严格计算,这一切和其他种种都使他不快。关于拿破仑被囚的这种情况,他的医生奥米拉曾透露到英国,在英国政府中引起过争论。
③ 拜色斯特伯爵(英国国防及殖民地大臣)于一八一七年三月十八日在议院中曾对拿破仑个人待遇问题做出答复。他通过与赫德孙·罗的通信,也得到奥米拉医生的一些话作为证词。
④ 拿破仑之子莱赫斯塔特公爵的塑像,在寄交圣海伦岛的过程中曾延误十四天,据说是通过检查之故。收不到的"一本书"指霍布浩斯题词"赠拿破仑皇帝"的著作《巴黎一英侨的信简》,该书为赫德孙·罗没收,未送到拿破仑手中。

这震撼过世界的人就睡不好觉。
难道就是他,曾使显贵服服帖帖,
而今却求助于一切手段,以图取悦
一个好奇的游客,为了他的游记,①
或激怒下贱的狱卒、盘查的奸细!②
唉,倒不如下地牢,他仍可保持雄伟,
这中间的地位才最难堪、最卑微;
他居住的既不是牢狱、也不是宫廷,
他忍受的那一切很难博得人同情!
他抗议有什么用?他的用款有人付,
勋爵大人按时发给他酒和食物;
他患病也无用,绝对更换不了地方,
无需怀疑:他那个岛最适于调养;
那为他的利益申诉的梗直的医生③
已被免了职,却得到世人的掌声。
然而微笑吧——尽管头和心的痛苦
蔑视和拒绝医术的迟缓的援助,
尽管没有人守在他卑微的床边,
除了几个至友,和那男孩雕塑的脸,
(唉,这男孩已不能再被父亲拥抱!)

---

① 可能指贝西尔·郝尔船长,他在《爪哇航程记》一书中谈到与拿破仑的会见。
② 指拿破仑的监管人、圣海伦岛总督赫德孙·罗。他为人傲慢而苛刻。他曾与拿破仑会面五次。拿破仑在他面前和背后都骂过他,并不惜采取一些借口来激怒他和反抗他的指令。据推测,拿破仑所以如此做,可能有意扩大事态,使消息传到伦敦和巴黎,或可引起进步人士的抗议,以改善他的处境。
③ 拿破仑的医生爱德华·奥米拉原为英军中的军医,以后在船上工作,拿破仑因他会讲意大利语而喜欢他,便请求派他到圣海伦岛做他的医生。奥米拉被总督赋以密告的任务,但他逐渐接近了拿破仑,不再向总督秘密汇报情况,终于在一八一八年七月被免职,并勒令离开该岛。他返英后对此事向上级提出抗辩,因提到赫德孙·罗说的"拿破仑死了有益于欧洲"一语,上级认为是诽谤,索性取消了他的军医衔。他愤而于一八一九年写出《流放中的拿破仑,或圣海伦的声音》一书,行销五版,轰动一时。

尽管那久令人类敬畏的心昏迷了,
微笑吧——因为被囚的鹰已挣脱锁链,
他又能在这世界之上傲然飞旋。

4

呵,假如那翱翔的精灵还有记忆,
把他战火的统治哪怕模糊记起,
在他俯视这世界时,他会怎样暗笑,
看他的过去和他的追求如此渺小!
尽管他无边的野心拓展的帝国
还不及他的名字那样远远传播,
尽管他居于荣耀之首,又跌得最惨,
帝国的荣华和诅咒都被他尝遍;
尽管帝王们庆幸逃脱最近的枷锁,
并且巴不得以他们的暴君为楷模;
他必会遥顾那荒凉的坟而微笑,
因为那是高于波浪的傲岸的海标!
何必管他的看守耿耿忠于职务,
惟恐铅制的棺材还不能把他囚住,
竟不许在他的棺盖刻一句言语,①
以记载那被包藏者的生死日期;
他的名字将变受辱之地为圣土,
对一切人(除了他自己)都是护身符;
在东风下扬帆的船从海上过路,
将会有水手们在桅杆上向它欢呼;②

---

① 拿破仑死后,蒙托隆伯爵请求在棺上刻上"拿破仑。生于阿雅克修,一七六九年八月十五日;死于圣海伦,一八二一年五月五日。"但为赫德孙·罗所拒绝。他说他接到的指示是只能刻上"波拿巴将军",不能刻其他名称。
② 郝尔在《爪哇航程记》中提到,一八一七年他的船将在圣海伦靠岸时,船上的人都为可以见到拿破仑而异常兴奋,连最冷漠的人都激动起来。

只要有一天高卢的胜利碑重树,
有如在沙漠的天空下庞贝的石柱①,
那埋葬了他的骨灰的荒凉海岛
将如英雄的像,俯瞰大西洋的波涛;
而雄浑的大自然将举办他的葬礼,
远胜过吝啬的"嫉妒"所拒绝的哀祭。
但这些与他何关?无论飞升的魂灵,
或受缚的尘土,可还会渴望声名?
他何必再顾及坟墓:假如永眠了,
他无感;假如他永生,那更不必要:
那彻悟一切的幽灵当然看得开,
一个石岛上粗糙的墓与他无碍,②
假如不久把他的骨灰换一个地方,
到罗马或高卢的神殿,也是一样。③
他对此无所求,但是法国将需要
这最后的一点安慰,尽管如此少。
是她的荣誉和信念需要他的骨灰
高过王座金字塔上最高的王位;
或者把它向战斗的最前方传布,
像盖克兰④的骨灰,成为法国的护符。
但无论如何——他的名字总有一天
像色斯卡⑤的战鼓,能使敌人胆寒。

---

① "庞贝的石柱"在公元三〇二年建立于亚历山大城附近,纪念罗马皇帝戴克里先(约243—313)的战功。
② 拿破仑最初葬于圣海伦岛上一深谷中,在两棵柳树下。
③ 拜伦认为拿破仑将会改葬在法国名人所安葬的神殿中。拿破仑的灵棺于一八四〇年十二月迁葬于法国。
④ 盖克兰(1320—1380),法国名将。"盖克兰在围城战中死去;城被攻克后,人们将城的钥匙放在他的尸架上,以示该城已交托他的尸灰保护。"——拜伦注
⑤ 色斯卡(1360—1424),基督教新教胡斯教派的领导者,在莫拉维亚围攻一城时战死。死前有人问他愿意葬在哪里,他回答说,葬在哪里都行,但要把他的皮保存起来,制成战鼓,带到前线,这鼓声或可吓退敌人。

5

天庭呵！你委任他体现你的神形，
大地呵！他是你一个高贵的生灵；
科西嘉岛呵！你将长久被追念，①
因为你曾见鹰雏啄壳，羽毛未满！
阿尔卑斯山呵，你见他黎明的飞翔，
翱翔吧，你百战不殆的胜利之王！
罗马呵，你看到恺撒的业绩已失色！
唉，为什么他竟也越过鲁比肯河②——
越过人类已醒悟的权利的边界，
去和恶浊的国王和寄生虫并列？
埃及呵！从你那些悠久的陵墓里
被遗忘的法老已从长眠中惊起，
他们在金字塔里也战栗地听到
一个再世的甘拜西③在耳边咆哮，
像惊起的巨人，四十世纪的幽灵
都已站在尼罗河的洪水边吃惊；
或者从金字塔的高耸的尖顶
望着蜂拥的、好似来自地狱的大军
在沙漠上争战，他们的尸体铺满了
这不毛之地，像是给它施加肥料！

---

① 自此以下所列举的地名，都是与拿破仑一生有关联的。他生长于科西嘉岛，以后到法国投身于军队。在共和时期，他曾转战于奥国（阿尔卑斯）、意大利和埃及。
② 鲁比肯河是意大利和西萨尔平·高卢之间的小河。公元前四九年恺撒率军越过这条河进入意大利境内，而开始了与庞贝及元老院的内战。在战败庞贝后，恺撒成为独裁者，意图称帝，终被布鲁塔斯刺死。拿破仑自埃及回国后，发动政变推翻共和政府，自称皇帝，因此把他和恺撒相比。
③ 甘拜西，古波斯王，以夸张的、热烈的雄辩著称。

西班牙呵！你暂时把熙德①置于不顾，
而看到他的旗帜把马德里凌辱。②
奥地利呵，你的首都两次被征服，
又两次被赦，终于策划了他的倾覆！③
腓得烈④的后代呵！前人的名字和狡狯
全被你们继承，只除了他的声威！
你们一败于耶拿，再匍匐于柏林，⑤
先跌倒了，但又爬起来追随于人！
克苏斯科⑥的同族！你们尚能记住
喀萨琳的血债有多少还没偿付！⑦
复仇的天使⑧飞掠过波兰的土地上，
但他没有做什么，你仍是一片荒凉；
他全忘了你的要求依然没有满足，
忘了你被分割的人民，丧失的名目，
忘了你自由的呼号，你久已流的泪，
以及那在暴君耳边的霹雳一声雷：

---

① 熙德是西班牙十一世纪时英勇的战将，曾与摩尔人作战，攻占瓦伦西亚。他的事迹为西班牙的许多民歌、诗及戏剧所传诵。
② 马德里于一八〇八年两次被法军占领。
③ 法国元帅缪拉在奥斯特利茨一役大败俄奥联军，于一八〇五年十一月占领维也纳，签订和约后，次年一月撤出。在此以后，拿破仑于一八〇九年击败第五次反法联盟，又占领维也纳，签订维也纳和约后撤出。但在一八一四年，战败拿破仑的各国在维也纳开会，"策划了拿破仑的倾覆"。
④ 腓得烈大帝(1712—1786)，普鲁士国王，他进行军事扩张，使普鲁士成为强国。
⑤ 拿破仑在耶拿一役(1806)战败普军，随即进军柏林，并在柏林宣布了封锁英国的敕令，禁止欧洲大陆各国与英国通商。
⑥ 克苏斯科(1746—1817)，波兰的爱国志士，他领导了波兰一七九四年的起义，但被俄普联军击败。于是波兰第三次被瓜分。
⑦ 波兰经过三次被瓜分，第一次在一七七二年，由俄国女皇喀萨琳和普鲁士共同策划。第二次瓜分(1792)也是由喀萨琳干涉波兰革命而引起。第三次瓜分在一七九五年。三次瓜分都是由喀萨琳主持的。
⑧ "复仇的天使"指拿破仑，他早年同情波兰，认为波兰的瓜分是一种罪恶。但以后只作了空口的允诺，没有任何实际的帮助。他率军远征俄国时，越过波兰的国土，但未理会波兰复国的愿望。

克苏斯科！去吧,去吧,喝血的魔王
正觊觎农奴的血,和他们的沙皇。
半开化、半野蛮的莫斯科的城垛
在阳光下闪烁,但那已临近日落!①
莫斯科呵！你是他的大业的收尾,
鲁莽的查理②曾为不见你而心碎,
他却看到了你,但他看到又如何?
宫廷和塔尖都卷入了一场大火;
为了这场火,士兵投来燃烧的火把,
为了这场火,商人添上囤积的货物,
王侯捐出大厅——莫斯科成了焦土!③
呵,辉煌的火山爆发!伊特那喷的火
比起你黯淡无光,赫克拉为之失色;
维苏威不过是司空见惯的一景,④
从平凡的高度冒火焰,叫游客吃惊:
只有你是空前的,没有火能匹敌,
除了那把火,将一切帝国付之一炬!
还有你,哦,自然间另一严厉的元素⑤,
你上的一课征服者永不会记住!
你以冰寒之翼扑打崩溃的敌人,
随着每片雪花都有一个英雄下沉;
你以冻僵的铁喙和沉默的指爪
只狠狠一刺,浩荡的大军就都死掉!

---

① 拿破仑于一八一二年入侵俄国,占领莫斯科,由于俄国的焦土抗战和冰雪严寒,法军受到严重损失,溃不成军,拿破仑只身逃回巴黎,从此走向崩溃。
② 指查理十二(1682—1718),瑞典国王,英勇善战。他击败了北方联盟,攻克波兰的首都,侵入俄国,在纳瓦打败了彼得大帝。但在一七〇九年被彼得大帝在波尔塔瓦击败,退入土耳其的本德。有一次他从本德骑马冒险达到俄营附近,见沙皇车驾胜利行进,不禁沉痛地回到本德。
③ 莫斯科的火焚是俄法战争的转折点,自此拿破仑由胜利转入失败。
④ 伊特那、赫克拉、维苏威都是火山,各处于西西里岛,冰岛和意大利南部。
⑤ 指冰雪。

塞纳河①还在沿岸张望,但是枉然:
他欢跃的千万壮士已不再回返!
法兰西将在葡萄架下黯然追怀
她的少年——他们的血比酒流得更快;
或者他们已累累躺在北国的荒原
冻成了木乃伊,凝结成冰块一般。
意大利明朗的阳光也白白唤起
她寒冷的子孙:它的光已被遗弃。
从他获得的一切战利品中,有什么
能够送回来?只有征服者的破车!②
只有征服者的尚未破碎的心!
罗兰③的号角又响了,扭转了厄运。
卢森,那胜利的瑞典人倒下的地方,④
看见他战胜;可惜,唉,可惜没有阵亡。
德累斯顿看见三个暴君再次溃逃,⑤
他们的太上皇还能把他们横扫。
然而就在这里,幸运已衰竭、离去,
来比锡的背叛⑥使骄胜者终于屈膝;

---

① 塞纳河,流过巴黎的一条河。
② 拿破仑自莫斯科逃至华沙时,非常狼狈,人们见他坐了一辆雪橇,上面放着一个严重损坏的马车的车身,四面围着皮子。当人们祝他一路平安时,他回答道:"我从来没有比现在更好;如果我带着魔鬼同行,那就更好了。"说完这句话,他又登上雪橇扬长而去。
③ 罗兰,据欧洲中世纪传奇,他是法兰克王查理曼大帝的著名骑士。公元七七八年八月,查理曼的远征军自西班牙凯旋,后备队在隆塞瓦尔山谷中被巴斯克人包围。罗兰为后备队指挥,他的同伴奥里佛三次要求他吹号角求援,罗兰均由于自傲而拒绝。最后他才吹起号角,但为时已晚,终于全军覆没。
④ 卢森,地名,在普鲁士萨克逊省。一六三二年瑞典王古斯塔夫二世战死于此地。拿破仑在一八一三年五月在卢森打败了俄普联军。
⑤ 一八一三年六月,拿破仑进入德累斯顿城,并击退了俄皇和普鲁士皇所率领的联军,取得辉煌的战果。
⑥ 一八一三年十月在来比锡之役,萨克逊军背叛拿破仑而加入联军,法军大败。自此一役后,巴黎即告陷落。

萨克逊的走狗不再为狮子效劳,①
而去充当大熊、狼和狐狸的向导;
于是森林之王退归他绝望之穴,
他郁郁守着家门,但已不容他安歇!

法国呵,你的每一寸绿色的田野
都成为争执的土地,被炮火爆裂,
直到"背叛"——它是他惟一的制服者——
高踞蒙玛特的山头,②向下俯瞰着
被践踏的巴黎!呵,壁垒森严的岛!③
从你可以遥望艾楚瑞阿④在微笑,
你成了他的野心的临时避难所,
直到被"冒险"——他的哭泣的新娘——俘获,
于是法国又为一次进军所振奋,⑤
她的道路本来就是一长串凯旋门!
可是,血战滑铁卢!一切付诸东流!
这表明蠢材们也能有好运临头,
半由于将错就错,也半由于叛谋。
呵,枯燥的圣海伦岛!尽管严密看守——
听!听那普罗米修斯从他的岩壁
正向大地、空气、海洋和一切呼吁,⑥
只要我们感到他的权力与荣耀,

---

① 狮子指拿破仑。
② 一八一四年三月,拿破仑派其兄约瑟夫镇守蒙玛特山,以指挥巴黎的防守战。约瑟夫指令守军向联军投降。因此他被认为是背叛了拿破仑,出卖了巴黎。
③ 拿破仑于一八一四年退位后,被囚于意大利沿海的厄尔巴岛。
④ 艾楚瑞阿,意大利中部的古国名。
⑤ 拿破仑于一八一五年三月逃出厄尔巴岛,率领一千人在法国登陆,接着在巴黎登帝位。这是他的"百日政变",以滑铁卢的失败而告终。这以后,他被囚于圣海伦岛。
⑥ 我请读者参阅艾斯基拉悲剧中普罗米修斯在侍从离去后和海仙合唱队出现以前的第一次独白。——拜伦注

并且能听到那个像悠久的岁月
一样浩荡的名字,我们就能听见
他的教导(教导多少遍也是枉然):
"不要做错!"只要一步做对了,这个人
会成为多少人间地狱的华盛顿!①
一步走错,就会把他的声誉玷污,
他曾是幸运的芦笛,皇座的权标;
是声誉之神,以多少枯骨堆在脚下;
是祖国的恺撒,全欧洲的汉尼巴,②
可惜不如他们倾覆得尊严、可敬。
然而,虚荣曾指出更好的成名途径:
谁不见在历史底扰攘的册页间,
千万个征服者尚不及一个圣贤。
请看富兰克林的遗芳充沛天地间,
因为他曾经劈裂和制服了雷电,③
或者从像雷电一样燃烧的国土
取得自由与和平,带给他的同族;
请看华盛顿的美名已家喻户晓,
只要有回声的地方,它就会传到;
请看西班牙人的战争和黄金梦
竟也忘了皮萨罗,而向玻利瓦尔④致敬!
那么,为什么大西洋的自由之波
聚起一个暴君的坟墓——这个笨伯!

---

① 拜伦认为华盛顿是美国的解救者。
② 恺撒使罗马成为强大的国家。汉尼巴是古迦太基名将,在与罗马长期的争战中,曾几次使罗马处于危险中。
③ 本杰明·富兰克林,见第302页注③。他还是一个作家(作品有《自传》等书)和科学家。他以风筝做试验,测验空中的雷电,发明了避雷针。
④ 西门·玻利瓦尔(1783—1830),拉丁美洲独立运动的领袖。他率领当地的西班牙人和印第安人反对西班牙的统治,成立了哥伦比亚共和国和玻利维亚共和国,并成为秘鲁的元首。他号召人民不要屈从于暴君,拜伦曾一度想迁居到玻利瓦尔的国家去。皮萨罗(1471—1541)是西班牙征服秘鲁的殖民者。

身为众王之王,却也是奴下之奴,
他打碎千万人的锁链,却又铸出
新的枷锁给欧洲和他自己戴上,
而他浮影般在地牢和皇位间消亡!

6

但枷锁捆不住了——火星已经爆发,
西班牙人又为过去的光荣所激发,
那经过八个世纪相互流血的纠纷
终于击败摩尔人的崇高的国魂①
复活了——在哪儿?在那复仇的土地②,
它曾把西班牙看作与"罪恶"同义,
它曾见"考蒂斯"③和皮萨罗的旗在飘,
现在,这个新世界果然有了新貌!
那是古老的渴望鼓起新的生命,
在陈腐的肌体里燃起了人的心灵,
过去希腊就如此驱逐了波斯人,④
(而今天呢?希腊依然是希腊,我相信!)
万众一心为了一个共同的事业,
东西方的奴隶都在震撼着世界,
从安第斯以至阿索斯的山顶,⑤
是同样的旗帜在招展,相互呼应。

---

① 西班牙于七一一年被阿拉伯人和摩尔人占领,此后不断战争,在十五世纪始完全被逐出。
② 指西班牙在拉丁美洲的殖民地。它脱离西班牙而独立。
③ "考蒂斯"是西班牙议会的名称。
④ 指古代希腊曾击退波斯入侵者。在拜伦写作本诗时,希腊仍在土耳其治下,但已在从事独立的斗争。以英国的地理位置来看,希腊是东方,拉丁美洲是西方。
⑤ 安第斯山脉在拉丁美洲(秘鲁和智利),阿索斯山在希腊。

雅典人又拿起哈摩狄阿的短剑,①
智利的首领已与异主一刀两断,②
斯巴达人又以做希腊人而自豪,③
每一个酋长都冠以自由底羽毛。
大西洋翻腾咆哮,暴君枉然争辩,
他们欲退无路,困居于各自的岸边。
浩荡的潮流驶过凯尔普的海峡④,
把法国半已驯服的土地轻轻冲刷,
又冲过那古老的西班牙人的摇篮,
几乎把奥索尼亚⑤和大陆连成一片:
虽然暂时受挫,但它并没有停息,
接着冲过爱琴海,令人想到萨拉密⑥!
呵,就在那儿,它掀起巨大的波涛,
暴君的胜利也无法平息这风暴。
危急而孤立,虽然仰赖基督教徒,
却在需要他们时被弃置于不顾,⑦
呵,被摧残的土地,被蹂躏的岛屿!

---

① 雅典在公元前六世纪为两个暴君所统治,哈摩狄阿和阿里斯托吉吞等刺杀了一个暴君,但为另一个暴君所击倒,并加以刑讯,但他们坚强不屈,以后民众起来把暴君推翻,他们被尊为雅典的爱国志士和解放者。一八二二年六月,希腊一支起义军受挫,在雅典签降,但签降后三日,又以藏在桃金娘枝中的剑举行暴动,杀死无数土军俘虏,雅典街上横尸数百。
② 智利在约瑟·圣马丁的率领下,打败西班牙殖民军,于一八一八年四月宣告独立。圣马丁于一八二一年八月宣告秘鲁独立,并任秘鲁国家元首。
③ 一八二二年八月,由易普息兰梯率领的希腊起义军在勒纳附近打败了土耳其军队。
④ 凯尔普海峡即今直布罗陀海峡。
⑤ 奥索尼亚,即今之意大利。
⑥ 萨拉密海岛附近是古代希腊海军击败波斯入侵者的地方。
⑦ 希腊起义者内部分为两派,以马伏洛柯达多为首的一派代表富商和船主的利益,希望得到英国的援助;另一派以科罗考特洛尼将军为首,反映农民及手工业者的要求;两派的冲突演变成为内战,使土耳其暂居于优势。沙皇俄国伪装同情希腊,实则打算削弱土耳其,扩充它在巴尔干的势力,因此和英国各怀阴谋,互相角逐。希腊的秘密革命团体"希特里亚"原成立于俄国,其领导人易普息兰梯原在俄军中服役,因此拜伦在这里特别提出要警惕俄国。

外人挑唆你的内争只为了自娱,
你求援而被搪塞,教你冷冷等待,
这一切只是为了等你被屠宰——
呵,这一切就是希腊的真实写照,
她能指出假朋友比真仇敌更糟!
但这也好,惟有希腊人能解救希腊,
别靠野蛮人,别信他貌似和平的话;
请想那奴役人的君主,农奴之王①,
怎能期望他把各族的人民解放?
倒不如服侍傲慢的土耳其总督,
远胜过为哥萨克的车队充当马夫;
倒不如服侍主人,胜过奴下为奴,
在俄国人的门前屈身听候吩咐——
你们被成群计算,像一笔人丁资财,
是活的产业,只为了被奴役而存在;
千万人都可以作为适当的奖励
由沙皇赏给最受宠的宫廷官吏;
而这些主子呵,即使他们在睡眠,
也不会忘记西伯利亚的那片荒原:②
倒不如守着自己的绝望,在沙漠中
在赶骆驼,远胜过喂养北方的熊。

7

但不仅是在最古老的文明之邦③,
(自有时间开始,它就是自由的家乡,)
也不仅是在印卡人居住的山间④,

---

① 指俄皇亚历山大一世。
② 意指:俄皇及其爪牙念念不忘迫害人民。西伯利亚是流放之地。
③ 指希腊。
④ 指拉丁美洲。印卡人发源于秘鲁高原。

(到夜晚,他们的队伍好似暗云一片。)
黎明在复苏:连那浪漫的西班牙
也再一次把侵略者拒于国门下,
如今,罗马或迦太基的大军别再想
霸占他的田野作为他们的击剑场,①
如今,汪达尔人和西哥德人更不能
玷污她的平原,对她的人民逞凶;②
年老的培拉犹③已不必在深山腹地
把一千年战士的祖先予以培育。
那种子已经播散,而且有了收获,
因此摩尔人才黯然回忆他的故国。④
在农夫的歌里,在诗人的册页上,
阿本西拉吉⑤的事迹久久地回荡;
齐格里和被俘的胜利者都被逐,
复归他们所来自的野蛮的故土。
他们的信仰、剑和统治都成为过去,
但留下比他们更反基督的大敌:
那是迷信的君主,屠夫般的教士,
宗教裁判,和它那火焚人的筵席,⑥

---

① 古罗马和迦太基在长期的布匿战争中,曾以西班牙为战场进行角逐。
② 汪达尔人和西哥德人都是侵入罗马帝国的日耳曼族。汪达尔人于五世纪侵入西班牙(409)。西哥德人于五世纪后期进入西班牙,并以它为王国的中心。
③ 培拉犹,八世纪时西班牙的国王。他曾被交给摩尔人做人质,以后逃出,率领基督教徒的军队击败摩尔人,于是被拥为王。他是西班牙王系的创始者。
④ 摩尔人(阿拉伯人和柏柏尔人的混合种族)在七一一年侵入西班牙,他们信奉伊斯兰教,与信奉天主教的西班牙人进行了长期斗争,直到十五世纪末始完全被逐出,仍回到他们的故土——北非。
⑤ 阿本西拉吉是在西班牙格拉那达城中的摩尔世家,齐格里是该城中与之为敌的另一摩尔世家。这两家之争(十五世纪末)造成了流血事件,成为后世诗人歌唱的主题。
⑥ 西班牙于一四七八年成立宗教裁判法庭,起初仅对伪称信基督教的犹太人和伊斯兰教徒加以迫害,以后扩展到对一切持有异见的基督徒都不容忍,用刑极为残酷。它的第一任裁判长共烧死两千人。西班牙的宗教裁判是著名于世的,它在一八二○年才最后废除。

是信仰的红炉,竟以人作为燃料,
而天主教的火神坐视,残酷地微笑,
它闪着无动于衷的目光,欣赏着
基督徒痛苦之筵宴的一把烈火!
严厉或昏聩的君主,轮流坐上王座,①
傲慢的贵族,骄傲于懒惰的生活,
久已腐败不堪;有名无实的骑士;
农民日趋困苦,但未尽丧失廉耻,
国土人烟稀少,那一度骄矜的海军
衰落了,那一度攻打不动的方阵
瓦解了,还有著名的托利多钢刀
已不再有人锻铸,熔炉的火熄了;
每一国港口充斥着外国的财富,
而她却不见土人血汗换得的货物;
她的语言本来可以与拉丁文争胜,
而且曾被各族家喻户晓地通用,
却荒废了:这就是西班牙的昨天,
但今天已不如此,它也绝不再现。
那些暴虐为害的入侵者正感到
古老的卡斯提尔的国魂重新燃烧,②
起来吧!无畏的斗牛勇士,重新奋起!
你听法拉里斯的铜牛③又嗥叫不已;
行侠的骑士呵,快骑上你们的马!

---

① 在拿破仑倾覆后,一八一四年西班牙由斐迪南七世恢复君主独裁,贵族又享有特权,宗教裁判也重新活跃,一群腐败的廷臣和教士统治着西班牙达六年之久,至一八二〇年斐迪南才由于革命形势的发展而被迫承认一八一二年宪法。
② 卡斯提尔,西班牙中部的古代王国。它是几个世纪反摩尔人斗争的主要中心。这时由于面临法军的入侵,所以说西班牙的古国魂又在燃烧。
③ 法拉里斯是公元前六世纪西西里岛上的一个暴君。他制造了一个铜牛,将判死刑的人置于铜牛腹中,腹下烧火,囚犯的呼号有如铜牛嗥叫,他以此为乐。他第一次用以试验的人就是发明创制这铜牛的人。"斗牛勇士"象征西班牙,因为西班牙以斗牛著称。

不要白白高呼:"雅各!关住西班牙!"①
是的,用你们盔甲的胸把她关住,
这堵围墙曾抗拒拿破仑的士卒——
那是焦土抗战,叫原野一片荒芜,
市街不留居民,除了被杀的尸骨,
在奇突的峰峦间,更奇突的游击队
像山鹰般翱翔,随时都等待机会
向下猛扑;呵,被围困的萨拉戈萨!
你奋战的城墙虽陷落,却最伟大;②
男人意气风发,女人挥着男人的剑,
阿拉冈的刀,托利多的钢青光闪闪;
卡斯提尔骑士的矛本来名满天下,
凯塔隆尼亚战士的枪从不虚发,
安达卢契亚的战马在前方奔波,③
还有火把能把马德里变为莫斯科;
每一颗心都为熙德的精神所激发,
这就是过去的、也是现在的西班牙!
前进吧,法国! 不是西班牙被占有,
而是你该奋勇取得你自己的自由!④

8

可是看! 一个会议!⑤ 这名字够神圣:

---

① "雅各!关住西班牙!"是西班牙古时的战斗呐喊。雅各是圣徒名。
② 西班牙在一八〇八年受到拿破仑军队的入侵,曾进行过英勇的抵抗。在萨拉戈萨城的攻守战中,女英雄奥古斯丁娜奋勇杀敌的事迹,曾为拜伦所歌颂(《恰尔德·哈洛尔德游记》第一章第五四——五六节)。这里也暗指到她。
③ 阿拉冈、托利多、卡斯提尔、安达卢契亚都是西班牙地名或古国名。
④ 这里对进攻西班牙革命政府的法国侵略军提出忠告,说他们的使命不是占领西班牙,而应该是向法国复辟的君主要回他们的自由。
⑤ 指一八二二年十月的维罗那会议。

它解放过大西洋!① 我们如今可还能
期望它解放陈旧的欧罗巴? 听到它,
使我们想到年轻的自由的预言家,
好像撒母耳显灵在扫罗王之前,②
从华盛顿和玻利瓦尔的国土也呈现
有亨利③,那森林中诞生的德摩斯梯尼,
他的雄辩曾使海上的菲力普战栗;④
有坚忍的富兰克林,他精力充沛,
他的天灵裏以被制服的雷电光辉;
华盛顿也醒来,那暴君的制服者,
呵,他教我们耻于为奴,要打碎枷锁。
然而,这议会的少数人由谁构成,
竟大言不惭地自命要解救大众?
是谁又复苏这一个神圣的名目?
只有造福人类的会议才配这称呼。
如今,是谁响应神圣的号召来开会?
神圣的盟友呀! 据说一共只有三位!

---

① 在美国独立运动初期,由各州代表举行"大陆会议",商议对英政策;一七七六年"大陆会议"通过独立宣言,使美国摆脱英国而独立。因此,拜伦说"它(会议)解放过大西洋"。美国革命当时影响了许多地方。

② 撒母耳是代表耶和华上帝的先知。扫罗是以色列的第一任国王,因他违背上帝的意旨,撒母耳死后显灵,告诉他将失去国家,他和他的儿子们将被敌人杀死。在显灵的次日,这一切都实现了。见《圣经·旧约全书·撒母耳记》(上)第二十八章第十五节。

③ 培垂克·亨利(1736—1799),美国独立运动的领袖之一。生于弗吉尼亚州,少年时喜在林中游猎。他善于演说,在反对"印花税法案"的发言中,他有如下一段著名的话:"恺撒有他的布鲁塔斯,查理一世有他的克伦威尔(译者按:为反对暴政,布鲁塔斯杀死了恺撒,克伦威尔使查理一世断头),乔治三世呢——"这时会上高呼"叛逆! 叛逆!"但亨利接着说,"乔治三世可以从中得到教益。如果这是叛逆,那就由你们惩办吧。"他曾出席第一次"大陆会议",以后任弗吉尼亚州长及参议员。

④ 德摩斯梯尼(前383—前322),希腊著名演说家,因见马其顿王菲力普意图吞并整个希腊,便号召雅典人起来防御。以后希腊被征服,他受到马其顿的侦探追踪,服毒自杀。"海上的菲力普"指英国。

呵,尘世的"三位一体"!① 它装模作样
仿佛承天受命,像猴子学人一样。
一个虔诚的结盟呀!它只有一条心,
就是把三个蠢材捏成一个拿破仑。
你看,埃及的神倒比他们更合理,
他们的狗和牛都知道安分守己,
狗在狗窠、牛在牛棚里都很安详,
不必操劳,自有人按时候来喂养;
然而这些更饥饿的,要求也更多:
他们要有权狂吠、啃咬、抵角、挑拨。
《伊索寓言》的蛙群比我们更幸运,
因为是活的蠢木头统治着我们,②
他们载着沉重的恶意摇摆不定,
常以愚蠢的一击压碎各族人民,
笨拙的他们都急于包揽一切,
不给革命的鹳王留下一点事业。

9

幸福的维罗那③!请看神圣的三位
以他们的御驾向你洒下了光辉!

---

① "三位一体"是基督教的名词,指三位(即圣父、圣子、圣灵)合成一个上帝。"神圣同盟"中的三位指俄皇亚历山大和普皇及奥皇。
② 《伊索寓言》中有一则故事说:一群蛙要求派一个国王治理它们,丘必特天神就扔给它们一块木头,但青蛙嫌这个国王太没有生气,于是天神给它们送来一只鹳,这鹳便把青蛙通通吃掉了。
③ 维罗那在意大利北部。自古它是一个城邦,以下略述它过去的史迹。拜伦给摩尔的信中说:"我游历过维罗那。那圆形剧场很好,甚至超过希腊。他们在某种程度上坚持朱丽叶的故事是真的,列举出事实及时间(1303),并指出有她的墓。那是一个露天的、简单的、部分雕残的石棺,其中有败叶,在一修女院的荒芜的园中,它一度是墓园,但现在完全荒凉了。……"一八一四年以后,维罗那由奥国统治,因此"忘了"她过去的共和传统。

你蒙受他们的光临,却不义地忘却
那凯普雷特家族的骄矜的墓穴!①
你忘了你的斯凯里捷们,——那"狗大帝"
(或甘·格兰德,我冒昧把他如此翻译)②
怎能和这些更辉煌的巴儿狗③相比?
你的诗人凯塔拉斯也把桂冠转移;④
你忘了罗马人曾围观的斗技场,
你忘了你的城庇护过但丁的流放;
呵,你的好老人⑤,他的世界全在城内,
从不知有广大的乡野在他周围;
但愿皇家的贵宾既在你的城里,
那就像他一样吧,永远不再出去!
呵,欢呼!永志纪念!⑥ 树起耻辱之碑,
向"迫害"告禀:全世界都听它支配!
涌向戏院吧,对皇上万分的热狂,
但精彩的喜剧可不是在舞台上;
那最华丽的表演是绶带和金星,
你可以从地牢的门观看这一景;
鼓掌吧,和蔼的意大利,你的双手
虽然戴着镣铐,却还有这点自由!

---

① 凯普雷特家族即朱丽叶所属的家族。朱丽叶是维罗那一少女,殉情而死。详见莎士比亚悲剧《罗密欧与朱丽叶》。
② 斯凯里捷是统治维罗那的家族(1260—1387),在这一世系的统治下,维罗那在政治和文化上有较大的发展。甘·格兰德(按字义,拜伦戏将此名译为"狗大帝")是其中最著名的一个,他赞助文学和艺术,但丁曾避难于他的治下。
③ 巴儿狗们指出席"神圣同盟"会议的各国君主。
④ 凯塔拉斯(前84—前54),罗马诗人,生于维罗那。在拜伦当时,维罗那有名诗人伊波利托·品德蒙特(1753—1828),号称为现代的提布拉斯(古罗马诗人)。
⑤ 出自《维罗那的老人》,古罗马诗人克劳迪安的作品。其中描写一个从未走出城的老人。
⑥ 据法国作家夏多布里安记载:"在会议开过以后,人群涌向圆形剧场去看戏……如果不是服饰不同,旁观者会以为是看到了古罗马人复活了。"当时有歌剧表演,景况热烈。全城入夜灯火辉煌。

10

灿烂的景象！请看花花公子沙皇①
既能在战场、也能在华尔兹上称王！
既渴望疆土、也希求人们的喝彩声，
他不仅会掌舵，也会和女人调情，
有蒙古族之秀，也有哥萨克的文采，
还有宽大的气度，只要它没冻坏。
如今他正半融进自由主义的暖潮，
但也会僵硬如初，只要早晨冷峭；
他并不反对真正的自由，只不过
不能让世界各民族失去了束缚。
这皇家公子哥多会拿和平来吹嘘，
他多愿意解救希腊，假如归他奴役！
他多么高贵地归还波兰人的议会，
接着命令吵闹的波兰快闭住嘴！
他多么想仁慈地派温和的乌克兰
送几团可爱的士兵把西班牙规劝！
在骄傲的马德里，他将以多大气派
向南国显示一下他皇家的仪态！
呵，与莫斯科人结为朋友或仇敌，
人人知道这是代价不高的福气。
前进吧，菲力普大帝之子的同名人，
拉哈普，你的亚里士多德，叫你前进；②

---

① 指俄皇亚历山大一世。他在一八〇一年登位，最初作了一些改良措施，如减锐、减刑、兴办大学，并给波兰以宪法（1815）。但过些时后，他撕下了假相，成为欧洲反动势力的首领。
② 菲力普大帝之子即马其顿王亚历山大（前356—前323）。亚里士多德（希腊著名哲学家）是他的老师。拉哈普（1754—1838）是俄皇亚历山大的老师，具有自由思想，因此亚历山大早年受到他的影响。

他在古昔所见到的西席亚①,在今天
正可由你的士兵在伊比利亚②实现。
不过,请想一想你那老大的年华,
你的前辈在普鲁特河旁的惊吓;③
假如你碰上他的遭遇,你可得求助
不是年轻的喀萨琳,而是许多老妪。④
西班牙也有的是山岩、河流和峡道,
可提防别使大熊冲进狮子的圈套。
海瑞斯的田野是哥特人的墓地,⑤
难道拿破仑的制服者会听从你?⑥
还不如开垦你的荒地,化剑为锄头,
别使你的巴什基尔⑦骑兵囚面垢首;
还不如取缔你国内的农奴和鞭笞,
远胜过朝这致命的道路滑驰,
以你肮脏的军团来蹂躏这片土地:
西班牙原有纯洁的天空和法律,
她不用你们当肥料,但也不喂敌人;
不久以前,她的鹰隼也吃够了食品,
难道你还要供给它们更多的野食?
唉,你岂能征服她,只不过来送死!

---

① 西席亚,黑海以北的古地名,在今俄国境内,当地人以野蛮著称。
② 伊比利亚,即西班牙所在的半岛。
③ 亚历山大由彼得二世和喀萨琳所出。彼得曾在普鲁特河(在俄国和罗马尼亚交界)旁受到土耳其人的围困,喀萨琳以金钱和珠宝向土耳其首相行贿,始得以解围,并订《普鲁特条约》(1711)。
④ 亚历山大曾爱一五十岁的男爵夫人,因此传为笑柄。
⑤ 海瑞斯是西班牙西南部的城名。七一一年,西班牙人在此打败西哥特的最后一个统治者。
⑥ 英国对西班牙另有企图,故不同意"神圣同盟"去镇压西班牙革命。
⑦ 巴什基尔人是居住在乌拉尔山一带的蒙古—土耳其种,他们是俄国骑兵中的非正规军。

我要做第欧根尼,尽管罗斯和匈奴①
把多少民族和他们的太阳隔住;
但如果我当不了第欧根尼呵,
我宁做蛆虫游荡,而不当亚历山大!
任人去当奴隶吧,愤世者却自由,
他的桶壁比赛诺庇②的城墙更耐久,
他还要提着灯盏去照君王的脸,
为了寻找一个正直的人到处察看。③

11

但高卢怎么样,那不再要任何"极端"
和有一支雇佣军的国度?她的讲坛
和争吵的议院,使每个人首先要
爬上讲坛才能发言,而言论刚发表,
他就听到"胡说!"作为对他的回答。
我们英国下院有时还嚷"听听他!"
可是高卢的参议院到处都是舌头
而不是耳朵;甚至他们舌辩的能手
康斯唐④,也必须讲完话去参加决斗,

---

① 第欧根尼(约前404—约前323),公元前四世纪的希腊哲学家,被称为愤世者。他力求朴素而单纯的生活,最终住在一陶泥桶中。当马其顿王亚历山大大帝来会见他时,问到他是否能对他有所帮助,第欧根尼答道:"是的,请别挡住我的太阳。"据说亚历山大赞叹说,"如果我不是亚历山大,我愿当第欧根尼。"这里指罗斯和匈奴(即俄军和奥军)梗阻在希腊等民族和他们的独立之间,有如亚历山大梗阻在第欧根尼和他的太阳中间。
② 赛诺庇在小亚细亚西北,是第欧根尼的乡土。这个城曾受到马其顿王菲力普的进攻。
③ 传说第欧根尼白日提灯在街上行走,人问以故,他说他在寻找正直的人。
④ 亨利·康斯唐(1767—1830),法国议员,他常常惹起激烈的论辩。一八二二年六月,弗般侯爵在报刊上对他的几封信做公开的答复,使他觉得词穷,于是约定决斗。

以证明他在议院的论点确有理由。
但对于真正的法兰克①,这不算什么,
他宁愿殴斗,连父母他都听不得。
真的,算什么呢?简单地面对一声枪,
远胜过不能插嘴,听人慢慢地讲。
尽管这不是古罗马的传统德行:
它曾让塔里②的吼声震动每座大厅;
但德摩斯梯尼却为这做法提出佐证,
因为他说:雄辩就意味着"行动!行动!"

12

然而君王③在哪里?他是否就餐了?
或者已被不消化底积欠压得难熬?
是否革命者的壁垒已沿街筑起,
把皇家的内脏变成了一座监狱?
是否有不满引起了军队的骚乱?
在菜汤放毒以后有没有别的暗算?
那烧炭党④的厨子难道还没有烧够
每一道菜?可恨的医生还不准吃够?
唉,在你那沮丧的容貌上,我看出
法国的一切背叛都寄托于厨夫!
熟读经典的路易呵!你可还认为

---

① 法兰克即法国人,它原指六世纪征服法国的日耳曼族的一支。
② 塔里即西塞罗(前106—前43),罗马著名演说家、作家和政治家。他主张共和政体,因反对奥克达维失败,被处死。
③ 指法国复辟的君主路易十八(1755—1824)。他在拿破仑时代流亡英国,居于哈特威尔郡,于五十九岁时回归法国登位,他臃肿肥胖,食量很大,传为笑谈。他患有不消化症和痛风。但喜欢文学,曾批评贺拉斯(古罗马诗人)的一些译本。
④ 烧炭党是十九世纪意大利的秘密革命组织。一八二○年七月,暗杀了贝里公爵的鲁维尔被处死,据说他是烧炭党人。当时尚有其他一些名人如康斯唐都被疑为秘密党人。

做大家都想杀之称快的人是很美?
为什么要离开艾庇西阿①的餐桌,
哈特威尔绿荫的宅第,贺拉斯的歌,
而来统治一个不愿被统治的人民?
他们宁愿受折磨,也不肯听教训!
唉,你的脾气和胃口原不适于皇座,
你最恰当的位置倒是丰盛的餐桌;
作为一个不太过分贪口福的人,
你充当主人或宾客都恰如其分;
还能谈谈各种学问,或顺口背出
半部诗典,或一整套烹调的艺术;
你是一个读书人,有时也能讥诮,
甚至能温文尔雅,如果消化良好;
但你可统治不了自由人或奴隶,
无须别的,那痛风病已足够折磨你。

13

是否阿尔比安②能被勇敢的英国人
一笔带过,而不像惯常,夸奖一声?
文才呵,武备呵,乔治③呵,光荣的三岛!
还有快乐的英国,财富,自由的微笑,
那白色的峭壁,使侵略者无法登陆,
还有她满足的臣民,全无赋税之苦,
还有骄傲的威灵顿,他有鹰钩的嘴
和鹰钩鼻子,能挂着全世界而无畏!④

---

① 艾庇西阿,见第287页注①。
② 阿尔比安,见第10页注②。
③ 乔治,英国国王之名。
④ "他把自己挂在钩鼻上"——荷拉斯。这个罗马人用这句话仅仅指对自己的熟人骄傲的人。——拜伦注

还有滑铁卢,海外贸易,以及——(嘘!
关于征税和国债可一个字也别提!)
还有一个从未被追悼(够)的卡斯尔雷①,
他用小刀割断一条气管而安睡;
还有"冲过每一种风暴的领航人"②,
(可是千万别提"改革",哪怕为了押韵。)
这些题目以前已多少次歌唱过,
我想这里我无需再为它们作歌;
远远近近都已印出了这么多卷,
读者呵,你们绝不想再在这里看见。

不过,也许还有些什么值得一提,
不但与理性合拍,甚至合乎韵律。
坎宁③呵,你身为政治家,但也有才智,
凭你的天才,你也会承认有这种事——
即使在沉闷的议院,你的诗的火焰
也从没有被顽固的散文紧紧关严;
我们惟一的、最后的优秀演说家,
甚至我也能夸你,不比托利党人差——
不,我夸得更真,——朋友,他们都恨你,
对你的精神不是感奋,而是畏惧。
好像一群猎犬听到猎人吆喝声
就乖乖聚拢,随着他的去向行动。
可是别把他们的叫喊错当做爱慕,
他们不是赞赏你,而是渴求猎物;

---

① 卡斯尔雷是拜伦所最憎恨的英国官僚之一,他于一八二二年割气管自杀。见第104页注①。
② 这句话是一八〇二年坎宁在为英国首相庇特祝寿时的祝辞。
③ 乔治·坎宁(1770—1827),英国政治家和作家。一八二二年任外交大臣。英王乔治四世对他不满,因为他在乔治的离婚问题上,同情王后,而且赞助天主教徒的解放事业。因此,拜伦在本节最后的十几行中,向坎宁提出警告,让他知道他的处境的危险。

不过他们远不如四脚畜生忠义,
一有风吹草动,两脚动物就退避。
你在鞍座上还没有坐得很牢,
那皇家的马也尚未果断地迈开脚;
笨拙的老白马呵,它很可能失足,
每一打滑就把它巨大的身体陷入
到泥坑里,把骑者也整个投下,
但那又算得了什么?它就是这种马。

14

噫,乡间!怎样的笔墨或唇舌,如今
才能悲叹它那祸害乡土的乡绅?
他们最不肯使战争的叫嚣止息,
他们第一个认为和平是场疫疠。
因为,这些乡间的爱国人士为何而生?
还不是为了打猎、选举、使谷价上升?
但谷子,像世间的一切,必然会下降,
国王呵,征服者呵——最不稳的是市场。
难道你们必得随着每一根谷穗跌落?
为什么你们要跟波拿巴①王朝不和?
他是你们的崔普托雷玛斯②,他的罪恶
只是摧毁疆域,却仍保持你们的价格;
他给振兴了——这使每位爵爷都称心——
那伟大的农业淘金术:高高的租金。
为什么那暴君去打鞑靼人,一个失足,
把小麦贬到如此令人失望的地步?

---

① 即拿破仑。
② 据希腊神话,崔普托雷玛斯从狄米特女神得到一只有翼的车,他坐在车中到处传播农艺。

为什么你们把他锁在荒凉的小岛?
那家伙称王的时候用处并不小。
不错,鲜血和财富都曾无限地洒过,
但那又怎样?让高卢担当这罪恶;
但面包涨价了,农夫到时候付款,
结算起来,多少英亩准能收多少钱。
而现在,那喷香的"结算酒"①哪里去了?
那从不肯拖欠的佃户哪里去找?
可还有那从不闲在手上的田庄?
可还会在沼泽地带耕种和开荒?
可还有租约到期的急切的等待?
和加倍的租金?——噫,和平真是灾害!
用奖金鼓励农人增产吧,枉然;
下议院也白白通过爱国法案;②
地主派——(去掉"土地"这样的字,
也许能使你更好地理解这名词)③——
地主们到处为自己的利益呻吟,
惟恐"丰衣足食"也临到了穷人。
高些,再高些,地租!把身价提高,
不然,内阁就要丧失它的选票,
而爱国情绪,一直是这样脆弱,
她的面包眼看要跌到市面的价格。
因为,唉!"面包和鱼",一度价钱多高,
完了——烤炉关了门,海洋都干掉;
花了千百万如今什么都没剩,
只落得安下心来,暂且忍一忍。

---

① 每到地主和佃户结算时,佃户要拿出好酒相待,因此称为"结算酒"。
② 一八二二年四月英国议会通过一条法案,保障地主的利益,规定麦价在某种等级时,政府得付地主以一定数目的款项,以维持谷物的收入。
③ "地主派"原文为 landed interest,字面上的意思是"土地的利益"。去掉"土地",就只剩下"利益"了。

那不是如此的,也曾忍过一阵,①
天道的公平的手这才送来好运;
现在,让他们去获得美德的报酬,
他们赢得的福分该让他们享受。
请看这些可耻的辛辛内塔斯们②,
田庄的独裁者,战争的种植人,
他们的锄头是雇佣兵手中的剑,
异邦所流的血肥沃了他们的田;
安守自己的谷仓,这些塞班③的农夫
把同胞送去作战——为什么?为了地租!
一年又一年,他们在议会里全体赞成
将人民的血汗和眼泪所累积的资金
成百万地花出去——为什么?为了租金!
他们叫嚷,他们宴饮,他们发誓一定
为英国而死——何以又活呢?为了租金!
这些高市价的爱国人士对于和平
一致不满:因为战争曾经是租金!
他们对祖国的爱,和滥用的千百万,
怎样协调?只有解决地租的争端!
难道他们不要偿还政府的贷款?
不,打倒一切,只要地租上升无边!
他们的善恶、健康、财富、失望、欢欣,
生命、目的、宗教——就是租金,租金,租金!
以扫呵,你为一餐卖掉了出生权,④

---

① 指城市资产者。详见本诗简介。
② 辛辛内塔斯,见第38页注①。
③ 塞班人即罗马附近的人,务农。这里是将地主比做罗马帝国的野心家。
④ 《圣经》故事:以扫是猎人,其弟雅各是农夫。有一天雅各煮红豆汤,以扫打猎回来,因饿极,求喝豆汤,雅各说,"你今日把长子的名分卖给我吧。"以扫于是起誓把长子的名分卖给他,便吃了他的饼和豆汤。见《圣经·旧约全书·创世记》第二十五章第二十九节。

你应该饿一顿,或换取更多的饭;
但既已一口把那碗豆汤吞掉,
就该实践诺言,再多要求也无效。
地主老爷呵,你们对战争有所求,
但既已饱餐了血,却又来抱怨伤口!
怎么!你们要使地震朝硬币传开?①
土地已塌陷,还要叫硬币也垮台?
为了租金上涨,叫银行和国家完蛋,
把交易所变为治疗债券的医院?
呵,"教会母亲"看着一切教门在受罪,
也像尼俄伯②哀伤她的子女:什一税③。
教长都落到了——圣徒所在的地位,
那许多骄傲的兼俸呢,只剩下薪水;
教会、政府和党派在黑暗里交争,
在一条共同的船上为洪水所翻腾。
被剥去主教、银行、红利,另一个巴别④
升起来了——而不列颠却要毁灭。

① 一八一九年英国议会通过皮尔法案,恢复硬币支付。地主们把物价及租金的下跌归咎于这一法案,并认为公债持有者应分担损失,因为他们是在通货膨胀时购买债券的,现在不该用黄金偿付他们。当时政论家威廉·考贝特代表城市资产阶级利益质问道:"是什么使你们卫护庇特体制(即纸钞)的?让我告诉你们吧:你们喜欢高物价和它带给你们的统治……此外,你们认为城市能以恢复纸钞来维持,并且要恢复猎兔和野雉法的统治。你们爱的是纸钞的光辉时代,你们要它再回来。你们以为它可以永久通行……一八一九年的法案确实对庇特体制是一个很大的缓和,而你们则高喊'劫掠'和'充公',大叫公债持有者和官吏对你们进行了绑架,同时颂扬庇特体制……你们说他们——特别是公债游民——是得到了超过应得的一份。"
② 尼俄伯,见第125页注①。
③ 什一税是农民把每年收获农作物的十分之一交纳给教会的税。这笔税由租金中扣除,但在一八二二年,有些教区居民请求免除这种税。
④ 《圣经》故事:过去,天下人的语言都是一样。他们要在示拿建造一座城和一座通天塔。耶和华变乱了他们的口音,使他们言语彼此不通,并分散在各地,他们就停工了。那座城就叫做"巴别",即变乱的意思。见《圣经·旧约全书·创世记》第十一章。

为什么?因为只满足了自私的欲望,
只使这些务农的蚂蚁筑岗为王。
"懒人呵,去从这些蚂蚁接受教训,"
你会赞叹他们敷衍逆境的耐心,
你会看到他们的骄傲的代价
是苛捐杂税和杀人,实在不可取法;
再请看他们的公道吧:那是想勾销
一切外债——请问是谁把债台筑高?

15

让我们再驶过那险恶的岩礁——
那新的赛安尼岩石①:毁人的股票!
在那儿,米达斯②又可以看得称心,
无论真正的纸钞,或想象的黄金。
那是爱尔新娜③的魔宫中的财富,
是两个犹太人——而非撒玛利亚人④——
指挥全世界,用他们教义的精神。
人类的幸福对他们有什么意义?
一个会议形成了他们新的圣地:
既有爵位、也有勋章把他们邀请,
神圣的亚伯拉罕⑤!你可见到这情景?
你的后代如今结交了称皇的猪,

---

① 赛安尼岩石是在黑海和博斯普鲁斯遇合处的两个岩石,据说当船只通过时,两岩石即合并将船压碎。这里以它象征交易所中的股票交易和买空卖空的投机生涯。
② 米达斯,传说为扶里吉亚国王,他请求神使他触到的一切变为黄金。因此,米达斯成为财迷的别称。
③ 爱尔新娜,意大利诗人阿里奥斯托的《愤怒的奥兰多》中的人物。她是一个女巫,居于魔园中,把她所爱的男子引进园后,过一时即把他变为树、石,或野兽等。
④ 撒玛利亚人,是以慈悲为怀、济贫救伤的人。见《圣经·新约全书·路加福音》第十章。
⑤ 亚伯拉罕是犹太人的祖先,他因笃信上帝,欲以自己的独生子祭献上帝。

这些帝王已不再啐骂犹太的长服,
而是把它尊为舞台上应有的道具——
(蒲柏①呵!你被遗弃的脚趾在哪里?
能不能赏光给犹大②,狠踢他几脚?
难道它已不再"踢刺"③,学得聪明了?)
请看他们又来了,继夏洛克之后,
要从邦国之心割下他们的"一磅肉"。④
它比英国所失的还多得不可计数;
那是她还没有点化成金的矿石,
是她在巴克托拉斯⑤岸上的石子。
就在那里,"幸运"在赌博,"谣言"下赌注,
而世界颤栗着出价把经纪人赌输。
呵,英国多么富有!当然不是富在
矿石或谷物、油或酒、和平或资财;
她不是"流着奶与蜜之地"的迦南⑥,
也没有现款(除非是印在纸上的钱)。
可是我们对事实也不要不承认:
哪个基督教国家有这么多犹太人?
他们离开本土,曾把牙留给约翰王,
而今却要和善地拔你们的牙,国王!

---

① 亚历山大·蒲柏(1688—1744),英国诗人。
② 犹大,《圣经》中的人名,亦即犹大族(居住在巴勒斯坦南部)的祖先。此处指犹太人。
③ "踢刺",原文意指在面对强大的反对势力时提出抗议。
④ 夏洛克是莎士比亚戏剧《威尼斯商人》中的人物。他是犹太高利贷者,安托尼奥向他贷款时约定:如过期不还,可让他割下自己的一磅肉。以后夏洛克索款不得,即控到法庭,要求割下安托尼奥的一磅肉,但被告律师巧妙地提出:他可以割肉,但不许流一滴血,因约定中没有给他这种权利,这使夏洛克终于败诉。
⑤ 巴克托拉斯是小亚细亚西部的一条河。米达斯因自己触到的一切都变成黄金,无法进饮食,请求神收回这奇异的能力,神叫他到巴克托拉斯去沐浴,就可以解脱那能力。米达斯到这条河水时,把他触到的一切和岸上的沙石都变成了黄金。
⑥ 据《圣经》,迦南是"流奶与蜜"的富饶之地,摩西率领以色列人出埃及而赴迦南(在今巴勒斯坦)。迦南意味着理想之邦。

一切国家,君主,万事都听他们的管,
从印度河到北极,他们都给以贷款。
听呵,银行家,经纪人,男爵兼弟兄①,
快搭救破产的暴君于水火之中。
不仅暴君,连哥伦比亚都能感到
每次成功后他们就争购她的股票。
慈善的以色列不忘西班牙的凋敝,
也光顾她而抽取一笔小小的利率。
俄罗斯岂能没有犹太人而进军,
是金子(而非钢)筑起她的凯旋门。
天之骄子呵! 两个犹太人就能号令
任何疆域内的迦南,使它乖乖听命。
是两个犹太人把罗马人抑制住,②
而却支持了野蛮甚于古代的匈奴;

16

这会议真是奇观! 它注定的任务
是杂糅一切,把矛盾结合到一处。
这不是指君主——他们倒彼此无异,
就像一个造币厂里铸出的钱币。
然而那些耍傀儡的幕后牵线者
却比他们的笨国王更斑斓生色。

---

① 当时的国际金融资本家罗斯恰尔德(犹太人)共有五弟兄,分布在法兰克福、维也纳、伦敦、那不勒斯和巴黎。奥地利向他们的银行贷款三千七百万荷币(1821),为了酬谢他们,奥皇封他们以男爵,并将两弟兄任命为驻伦敦和巴黎的总领事。一八二二年俄国和英国都向罗斯恰尔德的银行借了大笔款项。当时报载,有一罗斯恰尔德曾出席维罗那会议。

② 意大利南部城市那不勒斯在一八二〇年七月爆发革命,成立政府。但于一八二一年三月被奥地利军队侵入,又恢复波旁王朝的统治。一八二二年,那不勒斯政府从罗斯恰尔德银行得到二千二百万金币的贷款。

犹太人,作家,将军,市侩济济一堂,
欧洲在惊奇:不知要搞什么花样:
请看梅特涅①,权势的头号寄生虫
在花言巧语;威灵顿②忘了战争;
夏多勃里昂③在写殉道徒的新作,
而希腊人④为愚蠢的鞑靼人谋策;
蒙莫伦西⑤本来对特权极为厌恶,
在那儿却成了烜赫的外交人物,
这为《辩论报》提供了许多文章题目;
关于战争,他确知要打;但不确知
在《导报》上国王已经把他免了职。
唉唉!何以他的内阁犯了这种错!
为了和平,牺牲过激的大臣可值得?
他确实下了台,但也许重新上台,
几乎像他征服了西班牙那么快。

17

别谈这些吧——一个更可悲的情景
请求不忍注目的缪斯予以垂青。

---

① 梅特涅是奥地利首相,会议的主席。他一贯敌视自由主义与革命运动,力图恢复欧洲封建专制的统治,镇压欧洲革命和民族解放运动。
② 威灵顿是英国战胜拿破仑的将军,出席会议的英国代表。
③ 夏多勃里昂是法国消极浪漫主义作家,著有《殉道徒》和其他小说。他在路易十八复辟后任驻外国大使。
④ 希腊人指卡波第斯特里亚(1776—1831),曾在俄国外交部任职,在会议期间曾被召赴维罗那。但一说他已辞去沙皇政府的职务而从事希腊独立运动。希腊独立后任总统(1827),后来被暗杀身死(1831)。
⑤ 蒙莫伦西公爵(1766—1826)在法国革命初期是激进派,主张废除贵族及封建特权。他原为法国出席会议的全权代表,但为夏多勃里昂所代替,在一八二二年十二月二十九日的《导报》上发表了国王的任免令,免除了他的外交大臣职务。国王和首相都不喜欢他。

呵,那皇家的女儿,皇家的新娘①,
和皇家的受害者,——受害于骄狂;
她诞生了英雄的希望,一个皇子,
是现代特洛伊的阿斯坦纳克斯②;
呵,这古往今来的最崇高的皇后
如今已缩为影子在魅影中飘走——
一个权力的残骸,怜悯的话题,
受着残酷的人言嘲讽!难道奥地利
不能使她的女儿免受这种折磨?
这位法国的寡妇到那里做什么?
圣海伦岛原是她最适宜的归宿,
她惟一的宝座是在拿破仑之墓。
然而,唉,她却要称王于一个小国,
还要那可怕的侍从在她的身侧;③
这百眼巨人虽然有的眼睛已瞎,
还必须在可怜的仪仗中监视她。
尽管她不再掌管(唉,白白地掌管!)
那曾大过查理曼大帝的统治权,
北起莫斯科,南至南海的版图一片,
可是如今她还要管一小块田园,
帕尔玛成了旅客云集浏览的地方,
人们要看看她这小朝廷的装潢。
但是她来了!维罗那见她已失掉

---

① 指奥皇的女儿玛丽·路易丝(1791—1849),她于一八一○年与拿破仑结婚,生一子,名莱赫斯塔特公爵(死于 1832 年)。她按照《巴黎和约》于一八一四年离开法国,放弃了女皇称号,被封为帕尔玛公国(在意大利北部)的女公爵。她出席了维罗那会议,据说是为她的儿子争取权益。她当时被名为"骄傲的奥地利的一朵悲哀的花",惹起人们背后的议论和讥笑。
② 见荷马史诗《伊利亚特》。特洛伊是小亚细亚古国,因和希腊交战而被毁。国王普莱姆及其长子赫克脱都被杀,只留下长孙阿斯坦纳克斯。
③ 玛丽·路易丝在拿破仑死后不久与她的侍从芮波格伯爵秘密地结了婚。这个侍从在战争中受伤,一目失明。

351

一切光彩,使万邦注目和哀悼;
还没有等她的丈夫的骨灰变冷,
(唉,那可怕的骨灰变冷吗? 不可能!
那灰烬的星星之火就快要传开。)
她来了! 今天的安轴梅基①(不像古代
所描写的)倚着庞鲁斯的臂走来!
是的,那染有滑铁卢之血的右臂,
曾将她夫君的节杖劈裂的右臂,
怎么一向她召呼,就被她接纳了?
一个奴才可会比她更不害臊?
而他才新故! 她看来毫没有不宁,
看来这废后也废了她的婚姻!
算了,皇家的亲室之情不值一提!
对自家既虚假,对世人更何所顾惜!

18

可是,海外的笑柄虽多,由它去吧,
我要转向国内,描更精彩的一幅画。
我的缪斯正要哀泣英国的不幸,
却看见克蒂斯勋爵②穿着短裙!
高原的所有族长都济济一堂,
来欢迎他们的族兄,维克·扬·郡长③!
市政厅回荡着苏格兰的方言,

---

① 安轴梅基是特洛伊王子赫克脱的妻子,赫克脱死后,她不情愿地嫁给庞鲁斯(是他的父亲杀死了她的丈夫赫克脱)。玛丽·路易丝所再嫁的芮波格伯爵曾参加来比锡战役。
② 威廉·克蒂斯(1752—1825),海上饼干商,后任伦敦市长。一八二二年八月,乔治四世访问苏格兰,他随行,虽然年已七十岁,而且肥胖,却还穿着苏格兰短裙和花格呢衣,招摇过市,成为大家的笑谈。
③ 苏格兰人称族长弗加斯·麦基弗为维克·扬·沃尔(意即约翰大帝之子),拜伦戏将此名改为维克·扬·郡长以赠克蒂斯。

整个市议会都高呼:"苏格兰短剑!"
因为看到了骄傲的花格呢在围绕
一个城里的苏格兰山民的粗腰;
我的缪斯不禁笑了,笑得太高声,
竟把我吵醒了——怎么,原来不是梦!

读者呵,我要停下笔,假如这篇诗作
无伤大雅,您也许将读到第二支歌。

后　记

　　在《拜伦诗选》即将出版的时候,我和孩子们都不禁想起良铮生前对小女儿说过的一句话。那是在他经过多年的艰辛劳动把《唐璜》和《拜伦诗选》都译完和修订完的时候,他说:"你最小,希望你好好保存这些译稿。也可能要等到你老了,这些书才有出版的机会。"在他突发心脏病逝世的前一天,他将几部译稿整整齐齐地锁进一只小皮箱中,去医院接受因"四人帮"迫害而致伤残的腿的治疗。他当时的心情极坏,没有想到春天来得这样快,在他离世(一九七七年二月)后不过三四年,他花的心血最多、也是他感到最满意的两种英诗译稿都能问世了(《唐璜》已于一九八〇年底由人民文学出版社出版)。

　　一九七二年初步落实政策时,我由被查抄后发还的物品中找到他的老朋友肖珊同志送他的英文本《拜伦全集》。他如获至宝,开始增译和修改一九五八年出版的《拜伦抒情诗集》,汇集成现在的《拜伦诗选》。

　　回顾往事历历在目,我和四个孩子为良铮的过早离世仍然痛心。如果他还在世,一定会很高兴地自我否定当年过于悲观的看法,并用更大的热情为祖国的四化事业做出贡献。同时我也想,如他泉下有知,对他的译作现在得以出版,一定也会感到欣慰,而我和孩子们也为他的欣慰而欣慰。

　　《拜伦诗选》能够出版,全靠朋友们的帮助,特此致谢。

周与良

一九八一年十一月于南开大学

济慈诗选

译 者 序

约翰·济慈(John Keats,1795—1821)是英国十九世纪浪漫主义运动的杰出诗人,和拜伦、雪莱并称于世。他出生在伦敦,父亲是一个马厩主人;诗人的家庭和出身在当时社会看来是相当卑微的,他的一生也无时不在贫困中。在济慈还不到十五岁的时候,父母已先后去世,他和两弟一妹在亲族和监护人的看管下成长起来。

济慈很早便喜好文学,但是没有机会求学深造;在他不及十六岁时,便离开学校,给艾得芒顿的一个医生做学徒。以后他又在伦敦一家医院中学习两年,一八一六年获得了助理医师的资格。但济慈热爱文学,终于放弃行医而选择了写作和贫困的生活道路。

早在学校时期,他就从友人查理士·考登·克拉克那里借阅了很多文学书籍。最使他倾心的,是英国十七世纪诗人斯宾塞的"仙后"和贾浦曼译的荷马史诗。莎士比亚和伊丽莎白时代的诗人也是被他读了又读的。他仿照斯宾塞的风格写出早期的一些作品。由于和当时的自由主义者和民主主义者的往还,他结识了作家李·汉特,又通过他认识了雪莱及其他作家。汉特很看重济慈的诗才,在他所主编的自由主义刊物"探究者"上面,在一八一六年五月,首次发表了济慈的诗作——十四行诗"呵,孤独"。一八一七年,由于雪莱的帮助,他出版了第一本诗集,其中包括他自一八一三年以来四年中所写的诗。但这本诗集的出版在文坛上受到异常的冷落。

一八一八年,他的长诗"安狄米恩"问世。由于他和汉特的亲密关系,由于他平日进步的政治见解,还更由于这首长诗的自由思想和反古典主义倾向,他受到了反动杂志和评论家的恶毒的攻击。[①]

[①] 有一个论者这样谩骂道:"做一个挨饿的药剂师比做一个挨饿的诗人要强得多,明智得多。所以,约翰先生,还是回到你的药店去吧,回到膏药、药丸和油膏匣旁边去吧……"

最初,济慈和汉特有共同的政治倾向和文学嗜好,他们都喜爱斯宾塞、文艺复兴时期的诗和古代神话。在"睡与诗"中,济慈所宣告的反古典主义的诗的信条也反映了汉特的批评见解。但济慈早年诗歌创作上的弱点,却正是受了汉特诗作的不良影响而发展起来的,自一八一八年以后才逐渐克服。在政治见解方面,他和汉特的接近也没有多久。他起初把汉特看作是反对不合理社会制度的战士,可是自由主义以及资产阶级社会进步学说的伪善的本质,很快就使他对原有的政见幻灭了。

一八一八至一八一九年是诗人生活最痛苦、同时创作力也是最旺盛和趋于成熟的时期。一方面,反动杂志在对他口诛笔伐;另一方面,他的弟弟托姆的肺病已成了不治之症,他自己得带着肺病来服侍他,终至看他在一八一八年十二月死去了。这以后不过数星期,他热恋上一个少女,范妮·勃朗。这是无望的爱情,因为他既没有经济能力和她结婚,而且他的健康,他也已预见到,是不会使他活多久的。就在这种情况下,他努力于写作,除试写戏剧("奥托大帝")外,还写有长诗"伊莎贝拉"、"海披里安"、"圣亚尼节的前夕"和"拉米亚"等。他最著称的颂诗如"希腊古瓮颂"、"夜莺颂"、"秋颂",民歌体诗如"无情的妖女"以及很多优美的十四行诗都是在这期间写成的。

一八二○年,济慈的肺病趋于恶化,使他不得不停笔。九月,他接受友人的劝告去到意大利养病。但到意大利不久,即在一八二一年二月去世了,死时才二十五岁。在他的墓碑上,友人按照他的遗言铭刻了如下一句话:"这里安息了一个把名字写在水上的人。"雪莱曾写有"阿童尼"一首长诗哀悼诗人的死亡。

总起来看,济慈的创作生涯不过短短五年,而且是青年时代的五年,虽然这五年已经给英国和世界文学的宝库留下了珍贵的遗产。可惜的是,诗人终竟宏才未展而就夭折了。他自题的墓志铭已经表示他感觉到了这一点。他的早死,自然是和他所生活于其中的社会制度和反动派对他的直接和间接的打击分不开的。拜伦早已有见于此,他在"唐璜"的第十一章中写道:

    济慈被一篇批评杀死了,
    正当他可望写出伟大的作品;

尽管晦涩，他曾经力图谈到
希腊的神祇，使他们在如今
呈现他们该呈现的面貌。
可怜的人，多乖戾的命运！
他那心灵，那火焰的颗粒，
竟让一篇文章把自己吹熄。

拜伦和雪莱对济慈的同情和爱惜，绝不是偶然的。我们知道，在十九世纪后半叶的英国，济慈的诗的影响凌驾一切十九世纪诗人之上，形成了当时诗歌的主要的流派。但他绝非如资产阶级批评家把他说成的那样——一个纯艺术形式的大师，一个"为艺术而艺术"的典范和享乐主义颓废派的先导。这种说法，无异抹杀了济慈作品中深挚的社会热情，无视诗人——特别是在他的长诗如"伊莎贝拉"和"海拔里安"中——对于自私自利的、窒息人的心灵的贵族资产阶级社会的抗议。实际上，济慈所以重视艺术，视之如沙漠中的绿洲，正是由于他对社会生活不满而引起的：他想以艺术去和丑恶的资本主义社会的现实形成对立。他早期作品中所呈现的美学倾向，就是在这种心情的土壤上形成的。但是济慈并没有在这阶段上停留不前；他逐渐转化；在长诗"海拔里安"里，已经可以看到一个严肃的社会主题在发展着，但这首诗没有完成，诗人就去世了。

在早期作品中，有明显地表现社会题材的诗如"咏和平"、"写于李·汉特先生出监之日"、"给海登"、"愤于世人的迷信而作"、"致克苏斯珂"等。这些诗流露了诗人的进步的社会意识以及他对现实的深刻的不满。

但是另一方面，他也企图以自然、艺术和感官的享受构成一幅快乐的生活图画，而将这想象的感官世界置于现实世界之上。他仿佛说，现实世界是悲惨的、丑陋的，这是它不值得注视的一面；可是还有美和美感在，让我们去追求这种快乐吧，因为这是更高的真实。因此，在"希腊古瓮颂"里，他写下"美即是真，真即是美"这句话来。但这并不是他的思想全貌。他是有矛盾的。早在一八一六年写"睡与诗"时，他已认识到，如果不理解社会的疾苦，就无法达到诗的最高的境界。所以他说：

> 我必须舍弃它们去寻找
> 更崇高的生活,从而看到
> 人心的痛苦和冲突;

可惜的是,诗人短促的生命使他来不及实现他的这个描写"人心的痛苦和冲突"的愿心。

苏联科学院一九五三年出版的"英国文学史"把济慈在英国浪漫主义运动中所处的特殊地位作了很好的描述,它说:

> 人文主义,对自然和对人所持的自发惟物主义的、享乐的态度,激进的社会观点,对英国贵族资产阶级社会的丑恶本质的抗议——这一切使济慈和湖畔派诗人们[①]迥乎不同,却使他和革命浪漫主义者颇为接近。但另一方面,雪莱和拜伦积极反对他们周围的不合理的世界,并把诗看作是政治斗争的工具,而济慈则不是这样,他倾心于美,特别是在早期的诗作里崇拜"永恒的美"。(见该书第一卷第二册130页)

济慈不是革命的浪漫主义者(虽然,他也许是朝这个方向接近),他没有在诗中提出改造现实生活的课题,他的作品也不像拜伦及雪莱那样尖刻而多方面地反映现实;但另一方面,他也和湖畔诗人们不同,即使只就"描写美"这一点而言;因为他所追求的美和美感,不在于神秘主义的、缥缈的境界(如柯勒律治),不在过去或另一个世界里,而就在现实现象中。他不像华兹华斯似地引人向往于过去的封建社会。他从热爱现在、热爱生活出发,他所歌颂的美感是具体的、真实的,因此有其相当健康的一面。他善于从瞬息万变的现实世界掌握并突现其优美的一面,而他认为,正因为这"优美"的好景不常,它就更为优美,更值得人以感官去尽情宴飨——济慈的诗在探索这样一种生活感受上达到了艺术的高峰。

济慈对自然及生命的原始惟物主义的看法,在他早期一篇杰出的诗作"蝈蝈和蟋蟀"里很清楚地表现了出来。在这首小诗里,他真实地传达出夏日郊野和冬季室内的两种景色,写出了他对生命运行

[①] 指华兹华斯(Wordsworth)、柯勒律治(Coleridge)和苏赛(Southey)。

不息和自然间永恒的美的感受,通篇充满了明朗的乐观情调。"秋颂"是这种感觉和情调的继续发展和成熟。

艺术的欣赏是济慈所常常歌颂的另一种生活感受。我们说它是生活感受,因为济慈的心灵对艺术如此饥渴,它对他的生命已经是如阳光和空气一样地必需。如果说,早期的"初读贾浦曼译荷马有感"还只是表现了对艺术的单纯的陶醉,和现实生活联系不多;那么,在后期的"希腊古瓮颂"中,这种感受已不单纯是艺术陶醉,而且渗透着现实感。同样,在"夜莺颂"中,诗人一面歌颂夜莺所生活着的世界,一面不断想到人间;这使他既喜悦于"永恒的美",又感到现实的痛苦的重压;这两种情绪的冲突贯穿了全诗。这说明诗人的创作已经达到浪漫主义和现实主义接壤的地方了。

他的叙事诗杰作"圣亚尼节的前夕"是另一个例子。在这里,像罗密欧和朱丽叶一样年轻而美丽的爱情故事,在充满敌视的背景中进行。诗人使我们看到,一方面,年轻的恋人如何热烈地追求光明与温暖,另一方面,又不时地指出那个粗暴、冷酷、酗酒的世界的存在,它随时都可以把这美丽的爱情像肥皂泡一样地戳破。"美"和"现实"是太挨近了,使人不得不感到颤栗和恐惧。这篇诗对于色彩的描写,对于冷的气候、月光、卧房陈设和恋人所经历的各种美妙情景的描写都达到出神入化的地步,引起了各时代的读者的赞叹。还有,成为本诗另一特点的是,它的结尾既不是悲剧,也不是快乐的收场。诗人告诉我们,在远古,有一对年轻的恋人终于逃进了严冬的风雪之中,如此而已。这故事本身就像是对"美"的一支赞歌,悠悠然盘旋在半空,令人神往不已。

无论济慈的哪一篇诗,都是充满了热爱生活的乐观情调的,这种健康的调子使我们不由得想到普希金的诗。例如,在"罗宾汉"这首诗中,诗人一直在惋惜"快乐而古老的英国"的消逝,我们会以为它将以哀歌告终的吧?——然而不,它最后一转,乐观地唱道:

尽管他们的日子不再,
让我们唱支歌儿开怀。

明朗、坚韧,而又极其真诚,——这是多么可喜的艺术天性!"忧郁颂"也是同样地把"忧郁"化成了振奋心灵的歌唱。诗人指出,生活即使是忧郁的,在忧郁中也可以见到美,因此也有喜悦。这里既揭示出他作为诗人的弱点,说明他何以避免和现实做斗争,同时也显示了他是多么热爱生活,在逆境中还能保持着乐观勇毅的精神。

后期的济慈不但接近现实主义,也更接近了人民。他注意到民歌的写作("无情的妖女","狄万的姑娘"),采用了人民传说中的英雄罗宾汉为主题,并且歌颂了苏格兰人民诗人彭斯。他更多地看到人民的日常生活(如"秋颂"中所表现的),他的语言也由最初典丽而模糊的词藻趋于单纯的、富于表现力的口语。

在今天,济慈在苏联读者中的声誉是很高的。我想,这也并非偶然。因为济慈所展示给我们的尽管是一个小天地,其中却没有拜伦的悲观和绝望,也没有雪莱的乌托邦气氛——它是一个半幻想、半坚实而又充满人间温暖与生活美感的世界。这样的作品在教育社会主义新人的明朗的性格方面,当然还是有所帮助的。

我所根据的原文,是 E. D. 西林考特编订的"约翰·济慈诗集"(E. De Sélincourt: *The Poems of John Keats*,伦敦 1905 年版)。济慈的诗在形式上、在语言上都可以说是英文诗中的高峰,译时力图在形式上追随原作,十四行诗和颂诗等都照原来的格式押韵(只有几处例外),在十四行上面,我更力求每行字数近似,使其看来整齐、精炼。这样做是否有益,只有请读者判断和指教了。

查良铮

一九五七年十月

献　诗[①]

——给李·汉特先生

神奇和瑰丽都已消失、不见；
　　因为呵,当我们在清晨游荡,
　　我们不再看见一缕炉香
袅入东方,迎接微笑的白天；
不再有快乐的一群少女
　　妙曼地歌唱,手提着花篮,
　　把谷穗、玫瑰、石竹、紫罗兰,
携去装饰五月的花神祭。
不过,倒还有诗歌这种乐趣
　　遗留下来,点缀平凡的岁月；
我欣幸:在这时代,在林荫里
　　固然没有了牧神,我尚能感觉
葱茏的恬美,因为我还能以
　　这束贫乏的献礼,给你喜悦。

一八一七年三月

[①] 这首献诗是印在济慈第一本诗集的首页上面的。
李·汉特(Leigh Hunt,1784—1859),英国作家及诗人,"探索者"杂志的主编。他初次发表了济慈的诗,并予以评论。济慈通过他而认识雪莱。他也是拜伦的友人。

给我的弟弟乔治

今天我看见的奇迹很多:
　　初升的旭日吻干了清晨
　　眼中的泪,天宇中的诗人
凭倚着黄昏轻柔的金色;
我看见碧蓝而广阔的海,
　　它那巉岩,洞穴,海船,憧憬
　　和忧惧,还有神秘的海声
令人悠悠想到过去和未来!
亲爱的乔治呵,就在此时,
　　月神像在她新婚的夜晚,
羞怯地从丝帷向外窥伺,
　　她的欢情还只流露一半。
唉,但天空和海洋的奇迹
算了什么,若不是联想到你?

　　　　　　　　一八一六年八至九月

给——

假如我面貌英俊,我的轻叹
　　就会迅速荡过那玲珑玉壳——
　　　　你的耳朵,把你的心找到;
热情尽够鼓舞我前去冒险:
但可惜我不是无敌的骑士,
　　没有盔甲闪闪的在我前胸,
　　　　我也不是山中快乐的牧童,
能让嘴唇对牧女的眼睛放肆。
然而我仍得爱你,说你甜蜜,
　　因为你甜过希布拉①的玫瑰
　　　　当它浸润在醉人的露水里。
唉!但我只合品尝那露滴,
　　等月亮露出脸,苍白而憔悴,
　　　　我将要凭咒语把露水采集。

　　　　　　　　　　　　一八一六年

---

① 希布拉(Hybla),爱特纳山腰上的城镇,有野生芳草,味极甘美。

写于李·汉特先生出监之日[1]

为了对当政直言,而不阿谀,
　　和蔼的汉特岂能畏惧监禁?
因为他和他那不朽的精神
正和云雀一样自由而欢欣。
荣华底宠儿呵! 是否你以为
　　他只是期待,只是望着墙壁,
　　直到你不情愿地打开牢狱?
呵,不! 他的命途快乐而高贵!
在斯宾塞[2]的客厅和亭园中
　　他游荡着,采摘魅人的鲜花,
他和密尔顿[3]在广阔的高空
　　快乐地飞翔,直抵天才的冢。
他的美名能不与世永存?
　　且让你的一伙逞凶这刹那!

一八一五年二月

---

[1] 李·汉特在"探索者"杂志上发表评论摄政王的文字,被判处罚金及两年禁闭。他在监狱中继续编辑工作,友人拜伦等都曾前往狱中探视他。他于一八一五年二月二日出狱时,济慈曾访他表示祝贺。

[2] 斯宾塞(E. Spenser,1552? —1599),英国宫廷诗人,著有"仙后"等,以文体绮丽著称。

[3] 密尔顿(J. Milton,1608—1674),清教革命时代的诗人,著有"失乐园"等,以"圣经"的故事及形象反映了资产阶级革命的理想。

"有多少诗人"

有多少诗人把闲暇镀成金!
　我的幻想总爱以诗章作为
　食品——它平凡或庄严的美
能使我默默沉思很多时辰;
平时,每当我坐下来吟咏,
　诗人就拥聚在我的脑海间,
　但并不引起芜杂的骚乱,
而是合唱出悦耳的歌声。
正如黄昏容纳的无数声音:
　树叶的低语,鸟儿的歌唱,
　水流的潺潺,由暮钟的振荡
所发的庄严之声,和千种
　缥缈得难以辨识的音响,
它们构成绝唱,而不是喧腾。

一八一六年三月

给赠我以玫瑰的友人[1]

最近,我在愉快的田野里漫步;
 天鹅正在茂密的苜蓿荫翳里
 摇落颤动的露珠,冒险的骑士
也正又拿起打凹的盾牌上路;
这时,我看到最美的野生花朵——
 一枝早开的麝香蔷薇,在初夏
 散发着甜香,像女皇泰坦妮亚[2]
所执的魔杖,秀丽地滋长着。
当我宴飨于它的芬芳的时候,
 我想,它远优于花园里的玫瑰:
可是,威尔斯呵,你的玫瑰来后,
 我的感官却迷于它们的甘美:
它们有轻柔的声音,悄悄恳求
 和平、真理和无尽友情的陶醉。

---

[1] 指查理斯·威尔斯(Charles Wells,1799—1879),济慈弟弟托姆的同学,曾写过一些小说和剧本。
[2] 泰坦妮亚,妖仙的女皇,见莎士比亚的"仲夏夜之梦"。

给 G. A. W. ①

斜睨和低首微笑的少女呵,
  在一天中哪个神奇的刹那
  你最可爱?是否当你在说话,
一片甜蜜的语调令人沉迷?
或者是看你在安静地思索,
  默默出神?或者突然起了床,
  你披着长衫,出去迎接晨光,
一路纵跳,不愿意践踏花朵?
也许最好是看你凝神地
  张着红唇聆听,满面爱娇:
但你生得如此讨人欢喜,
  很难说:哪种情致最美妙;
  正如难说哪一位格拉茜②
  在阿波罗③前舞得最轻巧。

一八一六年十二月

---

① G. A. 威里(Georgiana Wylie),以后为乔治·济慈(济慈弟)之妻。
② 格拉茜,大神宙斯的几个女儿的总称。她们司美及快乐等。
③ 阿波罗,日神,司艺术。

"哦,孤独"[1]

哦,孤独!假若我和你必须
　同住,可别在这层叠的一片
　灰色建筑里,让我们爬上山,
到大自然的观测台去,从那里——
山谷,晶亮的河,锦簇的草坡,
　看来只是一拃;让我守着你
在枝叶荫蔽下,看跳纵的鹿麋
把指顶花盅里的蜜蜂惊吓。
不过,虽然我喜欢和你赏玩
　这些景色,我的心灵更乐于
　和纯洁的心灵(她的言语
是优美情思的表象)亲切会谈;
　因为我相信,人的至高的乐趣
是一对心灵避入你的港湾。

一八一六年

---

[1] 这是济慈第一次发表的诗作,发表在"探索者"上面。

给我的兄弟们

小小的火苗从新添的煤里
　欢跳着,它微弱的爆裂声音
　爬过一片静寂,像冥冥的家神
在对这些友爱的灵魂低语。
当我,为了韵律,向星空觅探,
　你的眼睛却带着诗意的迷醉
　注视这本大书,它如此深邃,
常在向晚慰解我们的忧烦。
今天是你的生日,托姆,我
　很高兴它过得和煦而静谧。
但愿我们能一起度过很多
　这样充满低语的黄昏,安详地
品尝这世界的真正的欢乐,
　直到上帝的声音把我们唤去。

　　　　　　一八一六年十一月十八日

"阵阵寒风"[①]

阵阵寒风在丛林里低吟,
  树木的叶子半已剥落,枯凋,
  天空的星斗看来那样冷峭,
而我还有很多英里路蹭行。
可是,我一点都没感到寒意,
  也没想到枯叶的飒飒响声,
  或是天空中的盏盏银灯,
或是返家的遥远的距离:
因为我洋溢着友情的温暖,
  是在一间小村屋里,我看到——
金发的密尔顿内心的忧烦,
  为淹死的李西德[②]情辞滔滔;
可爱的劳拉穿着浅绿长衫,
  忠实的彼特拉克[③]冠戴荣耀。

一八一六年十月

[①] 这首诗记述济慈对李·汉特的一次访问。他在汉特的"小村屋"里和汉特谈到密尔顿和彼特拉克——他们所喜爱的诗人。
[②] 密尔顿的同学及友人爱德华·金于航海时淹死,密尔顿曾著诗哀悼。李西德即指爱德华·金。
[③] 彼特拉克(Petrarch,1304—1374),意大利早期文艺复兴的诗人,以一组爱情诗著称,其中所歌颂的少女即劳拉。

"对于一个久居城市的人"

对于一个久居城市的人,
　　看看天空的明媚的面貌,
　　对着蔚蓝的苍穹的微笑
低低发声祷告,多么怡情!
他可以满意地,懒懒躺在
　　一片青草的波浪里,读着
　　温雅而忧郁的爱情小说,
有什么能比这个更愉快?
傍晚回家了,一面用耳朵
　　听夜莺的歌唱,一面观看
流云在空中灿烂地飘过,
　　他会哀悼白天这样短暂:
它竟像天使的泪珠,滑落
　　清朗的气层,默默地不见。

一八一六年六月

初读贾浦曼译荷马有感[①]

我游历了很多金色的国度,
　　看过不少好的城邦和王国,
　　还有多少西方的海岛,歌者
都已使它们向阿波罗臣服。
我常听到有一境域,广阔无垠,
　　智慧的荷马在那里称王,
　　我从未领略它的纯净、安详,
直到我听见贾浦曼的声音
无畏而高昂。于是,我的情感
　　有如观象家发现了新的星座,
　　或者像考蒂兹,[②]以鹰隼的眼
　　凝视着太平洋,而他的同伙
在惊讶的揣测中彼此观看,
　　尽站在达利安[③]高峰上,沉默。

一八一六年十月

[①] 济慈不懂希腊文,这里表示他阅读贾浦曼(G. Chapman,1559—1634?)英译的荷马史诗时所感到的喜悦。据蒲伯说,贾浦曼的译文充满了"大胆而火热的精神"。
[②] 考蒂兹(H. Cortez,1485—1547),探险家及墨西哥的征服者。实则他不是第一个发现太平洋的欧洲人。
[③] 达利安(Darien),中美洲的海峡。

清晨别友人有感

给我一枝金笔吧,让我靠守
　一柱花,在明媚缥缈的境域;
　给我一块比星星更晶白的
方石,不然就给我天使的手
好把歌颂天庭的银弦弹奏:
　让珍珠的车驾,粉红的衣裙,
　鬈发,明眸的眼,钻石的花瓶,
和半显的翅翼在眼前飘走。
让乐声在我的耳边缭绕,
　而当每一曲悠悠地告终,
　　让我写下哪怕一行辉煌的
音节,充满天庭的百般美妙:
　呵,我的心正攀登多高的高峰!
　它不愿这样快就独行踽踽。

　　　　　　　　一八一六年十一月

给 海 登[①]

高尚的情思,对伟大的声名
　　和对善的爱好,往往出现
　　在默默无闻的人们中间,
在喧嚣的小巷,荒芜的丛林;
我们认为最无知识的人
　　却常常具有"意志的坚贞",
　　这该使放债的、盲昧的一群
感到惊诧、羞愧、无地自容。
无畏的天才呵,孜孜不息,
　　你博得了多么光辉的敬爱!
当一个坚强的志士把恶意
　　和嫉妒,都吓得显现了丑态,
相信吧,无数颗心正骄傲于
　　祖国有了他,在无言地喝彩。

一八一六年十一月

[①] 海登(B. R. Haydon,1786—1846),英国画家,主要绘宗教及爱国题材的历史画,认为这对国民有巨大的教育意义。但他的画不能在资产阶级社会里售出,终于因忍受不了生活的压迫而自杀。

给海登[1]

伟大的灵魂正寄居凡尘；
　　那属于云、瀑布和湖水的人，
　　他正守在海尔维林[2]的高峰
要从天使的翅膀获得清新；
那守着春天、玫瑰和紫罗兰，
　　对人微笑，为自由受禁的人，
　　呵！他是这样坚定，他决不肯
采用稍逊于拉菲尔[3]的语言。
还有另一些灵魂，远远站着，
　　孤独地，在未来时代的尖端；
他们将给世界另一种脉搏，
　　另一颗心。你们难道没听见
那巨大进程的前奏？——
　　听一听吧，世界该哑口无言。

一八一六年十一月

---

[1] 本诗前八行所指的人为华兹华斯、汉特及海登。
[2] 海尔维林（Helvellyn），英国北部的山峰。
[3] 拉菲尔（Raphael, 1483—1520），意大利文艺复兴时期的伟大画家。

蝈蝈和蟋蟀

从不间断的是大地的诗歌:
　　当鸟儿疲于炎热的太阳
　　在树荫里沉默,在草地上
就另有种声音从篱笆飘过;
那是蝈蝈的歌声,它急于
　　享受夏日的盛宴的喜悦,
　　唱个不停;而等它需要停歇,
就在青草丛里稍稍憩息。
呵,大地的诗歌从不间断:
　　在孤寂的冬夜,当冰霜冻结,
　　　　四周静悄悄,炉边就响起了
蟋蟀的歌声,而室中的温暖
　　使人熏熏欲睡,我们会感觉
　　　　仿佛是蝈蝈在山坡上鸣叫。

一八一六年十二月三十日

致克苏斯珂[①]

克苏斯珂呵!你伟大的名字
　　是一次丰收集起高贵的感情;
　　对于我们,它是辉煌的乐音
来自天宇:一只永恒的调子。
它告诉了我,在未知的世界中,
　　有些英雄的名字自阴云间
　　爆发出来,变为乐声,就永远
盘旋在星际和无垠的天空。
它又告诉我,在欢乐的日子,
　　当世上行走着善良的精灵,
　　　你的、阿弗瑞德[②]的、和古昔
伟人的名字,就会合而产生
一曲响亮的、柔和的赞美诗,
　　它将远远飘荡,直达于上帝。

一八一六年十二月

[①] 克苏斯珂(Kosciusko,?—1817),波兰的爱国志士,曾参加美国独立战争,并为了争取波兰的自由,在一七九二年率领四千人抵抗俄军一万六千人。波兰屈服后,他于一七九四年再起而抵抗俄普联军,失败被俘。被释后卜居伦敦及巴黎,享受着自由战士的荣耀。

[②] 阿弗瑞德(Alfred,849—901),撒克逊王,以开明著称。他曾振兴文学,并译有哲学及历史著作多种。

"快乐的英国"

快乐的英国！我足够满意了，
　不必再看别处的绿草如茵，
　在它传说中的高大的树林，
吹拂的风足够伴着我逍遥。
不过,我还有时郁郁地怀恋
　意大利的天空,我内心渴望
　把阿尔卑斯山当王位坐上,
使我好似忘了世界和人寰。
快乐的英国,它无邪的姑娘
　纯真,妩媚,应该足使我心欢
　　默默挽着她们那洁白的臂膀:
可是呵,我还时常想要去观看
　黑眼睛的美女,听她们歌唱,
并且一起在夏日的湖中游荡。

致查特顿[①]

查特顿！忧伤和苦难之子！
　呵，你的命运是多么悲惨！
　天才和崇高的争论徒然
在你眼里闪烁，过早的死
已使它幽暗！那华严的歌
　这么快逝去了！夜这样逼近
　你美丽的早晨。一阵寒风
使尚未盛开的小花凋落。
但这已成为过去：而今，你
　住在星空，对着旋转的苍穹
美妙地歌唱，不再受制于
　人心的忧惧和忘恩的人群。
在地面，好人正捍卫你的名字，
　并且要以泪水把它滋润。

一八一四年

[①] 查特顿(T. Chatterton, 1752—1770)，英国文学史上寿命最短的诗人。他捏造了很多英国古代的文件及著作，伪托若雷之名写了很多诗发表出来，并且写有歌剧上演。但终于因贫困不得意而服毒自杀，死时年仅十七岁。他的诗虽伪托古人之作，但颇见他自己的诗才，以后合订成集，出版多次。

给 拜 伦

拜伦！你的歌声多么甜蜜
　而悒郁，教人心里生出温情，
　　仿佛是"悲悯"曾弹低诉的琴，
你听到了，便把那音阶铭记，
使它得以流传。幽暗的悲伤
　并没有使你的魅力减少；
　　在你的悲哀上，你给覆盖了
一轮光晕，使它灿然放光，
仿佛是遮住满月的云雾，
　它的边缘镶着耀眼的黄金，
琥珀的光辉从黑袍下透出，
　又似乌云石上美丽的脉纹；
垂死的天鹅呵，请娓娓地唱，
唱你的故事，你悦人的悲伤。

一八一四年

咏 和 平[1]

和平呵！你可是来祝福
这被战争环绕的海岛，
以你静谧的面容来平复
我们的忧虑，使三邦微笑？
我快乐地迎接你，我欢呼
随你莅临的优美的伴侣，
请不要把我的初愿辜负；
请钟爱那甜蜜的山林仙女，[2]
让英国快乐，欧洲得以自由。
呵，欧罗巴，别使暴君以为
你还得在昔日情况下偷生；
说你要自由，把枷锁打碎，
给国王法律，别任他们不驯：
那你才能有更美好的命运！

一八一四年

---

[1] 这首诗是在拿破仑战争刚刚结束时写成的。
[2] 指自由女神。

"女人！当我看到你"

女人！当我看到你虚荣、饶舌、
　无常、幼稚、骄傲、充满了梦幻；
　没有一丝脉脉的柔情装点
你那垂目而闪的动人的光泽，
它既然引起，就该医治心痛：
　呵，尽管如此，我的心还是欢跳，
　我的灵魂也在快乐地舞蹈，
因为我久已冬眠，等待爱情；
可是，当我看到你多情、温和，
　天哪！我会怎样全心去崇拜
你迷人的优美；我渴望充作
　一个红十字的骑士，卫护在
你的身侧，像凯利多，利安德，①
　我真愿和他们似地为你所爱。

一八一五年

---

① 凯利多是斯宾塞"仙后"中的除妖的骑士。利安德为了去会见他所爱的希罗，每夜游泳渡过希腊海峡，终有一夜因遇风暴而淹死。

愤于世人的迷信而作

教堂的钟声在阴沉地振荡,
　它号召人去寻找另一种幽暗,
　另一种希望,更愁惨的忧烦,
以便倾听那可恶的宣讲。
人的头脑一定被某种魔咒
　紧紧缚住了;你不见每个人
　都匆忙地离开炉边的欢欣,
抛下柔情的歌,心灵的感受?
那钟声尽在响,使我几乎
　坠入坟墓散发的阴冷中,
幸而我知道,他们像残烛
　就要完了,这是他们的悲声
　在没落之前,而世界将出生
鲜花,和许多灿烂不朽的事物。

一八一六年十二月

"呵,在夏日的黄昏"

呵,在夏日的黄昏,当晚霞
　　向西方倾注着万道金光,
　　当白云歇在和煦的西风上,
我多愿意远远地、远远抛下
一切卑微的念头,暂时摆脱
　　小小的顾虑,好随处去寻觅
　　芬芳的野景,自然的秀丽,
把我的心灵骗入一刻欢乐。
我愿意用过去的爱国事迹
　　温暖自己的心,冥想锡德尼
冷酷的尸架,密尔顿的命运,①
或许我还能借助诗的羽翼
　　而翱翔,并且流洒温馨的泪,
若是嘹亮的忧伤迷住了眼睛。

　　　　　　　　　　　一八一六年

---

① 锡德尼(P. Sidney,1554—1586),英国诗人及政治家。在与西班牙作战时,受伤而死。密尔顿因反对帝政和参加清教革命,以后皇室复辟时,曾被捕并失去大部分财产。

"漫长的冬季"

漫长的冬季才尽,当浓雾
　　不再低压着我们的平原,
　　从温煦的南方就送来晴天,
给病恹的天空除尽了斑污。
这解除了痛苦的日子,急于
　　享受权利,已披上五月的感觉,
　　而眼睑却还有寒气在跳跃,
像是玫瑰叶上滴溅的夏雨。
最恬静的思绪浮荡在心上,
　　使人想起嫩叶、静静成熟的
果实、屋檐上向晚的秋阳、
　　莎弗①的面颊、睡婴的呼吸、
沙漏中逐渐滴下的沙子、
森林里的小河、诗人的死。

一八一七年一月三十一日

---

① 莎弗(Sappho),古希腊的女诗人,写有很多爱情诗。

写在乔叟"花与叶的故事"的末页空白上

这可爱的故事像个小丛林:
　　甜蜜的词句如此翠绿交缠,
　　读者关在小小的天地里面
感到如此美妙,他常常全心
停下来浏览,而清凉的露滴
　　有时会不意地落在脸上,
　　他也可以循着歌声的回荡
看细脚的红雀向何处跳去。
呵,晶莹的单纯是多么动人!
　　这文雅的故事多富于魅力!
　　而我,尽管总是渴求荣誉,
这一刻,却满足地躺在草中,
　　就像那两个孩子,与世隔离,
　　只有知更鸟听他们的哭泣。[1]

一八一七年二月

---

[1] 最后两句影射英国古代民歌的一个故事。那故事说,一个乡绅临死时把一儿一女托付其弟照管,弟弟图财,雇了两个恶徒将两个孩子骗入树林,以便杀死。但恶徒终于不忍下手而遁去。孩子们饿死林中,知更鸟以树叶把他们掩埋起来。

初见爱尔金壁石有感[①]

我的心灵是脆弱的;无常
　　重压着我,像不情愿的梦,
　　每件神工底玄想的极峰
都在告诉我,我必将死亡,
像仰望天空的一只病鹰。
　　可是,哭泣又未免太过分,
　　即使不能凌驾云霄的风
去迎接刚刚睁眼的清晨。
这极尽想象的辉煌之作
　　给我滋生了难言的矛盾:
希腊的光辉终于越过
　　时流的摧残,眩人心神,
我看见的是灰色的浪波,
　　却也有太阳,有一痕雄浑。

一八一七年二月

[①] 希腊神殿的古壁画及雕饰被英国人爱尔金劫至英国,因称为"爱尔金壁石",置于大英博物馆中。

咏 海

沿着荒凉的海岸,它发出
　　永恒的喋喋;有时潮水汹涌,
　　它就加倍淹没了千万岩洞,
直到又被赫凯蒂①的魔符
所迷,复归于喃喃的波声;
　　在这种时候,你往往看到
　　曾由狂飙卷来的小小贝壳
会静止多日,动也不动。
呵,请放眼于大海的广阔,
　　假如你的双目迷惑、厌倦;
假如你的耳朵苦于喧腾
　　或袅袅之音,请坐在洞边
默默沉思吧,直到你一惊:
仿佛有海中仙女在唱歌!

　　　　　　　　　　　一八一七年

---

① 赫凯蒂,希腊神话中主宰魔咒与鬼魅的女神。

题李·汉特的诗"理敏尼的故事"

谁若是爱对着早晨的太阳,
　半闭起眼睛,乐于享受闲适,
　他尽可携带这甜蜜的故事
去寻觅草坪和溪水的荡漾;
谁若是爱守望最明亮的星——
　长庚,——他尽可把这诗的音节
　悄悄地念给星光和幽夜,
或月亮,若是她已经在巡行。
谁若懂得这些乐趣,并惯于
　以一笑或一泪去诠释世情,
他会在这诗里找到一片园地——
　他心灵的亭荫,而且会踱进
许多幽径里,看枞树掉果实,
　落叶萎黄,还有知更鸟在跳纵。

一八一七年

再读"李耳王"之前有感

哦,金嗓子的传奇,幽静的琵琶!
　　美丽的鲛人!缥缈之境的仙后!
　　别在冬天鸣啭你诱人的歌喉,
合上你过时的书页,安静吧:
再见了!我得再一次挣扎过
　　高昂的人性与永劫之间的
　　火热的争执;我得再细心尝试
莎士比亚这枚苦涩的甘果。
主导的诗人!阿尔比安①的云霄!
　　你创始了深刻而永恒的主题;
我就要进入你的古橡树林了,
　　可别让我梦游得徒然无益:
当我在火里焚烧,请给我装上
凤凰的羽翼,好顺我的愿心飞翔。

一八一八年

---

① 阿尔比安(Albion),见第 10 页注②。

"每当我害怕"

每当我害怕,生命也许等不及
　我的笔搜集完我蓬勃的思潮,
等不及高高一堆书,在文字里,
　像丰富的谷仓,把熟谷子收好;
每当我在繁星的夜幕上看见
　传奇故事的巨大的云雾征象,
而且想,我或许活不到那一天,
　以偶然底神笔描出它的幻相;
每当我感觉,呵,瞬息的美人!
我也许永远不会再看到你,
不会再陶醉于无忧的爱情
　和它的魅力!——于是,在这广大的
世界的岸沿,我独自站定、沉思,
直到爱情、声名都没入虚无里。

一八一八年一月

致尼罗河

背负金字塔和鳄鱼的大河！
　阿非利加的古月山的儿子！
　我们都说你富饶，但同时
我们脑中又浮现一片荒漠。
你养育过多少黝黑的民族，
　岂能不富饶？或者，你的风景
　难道只使开罗以南的农民
在歇息片刻时，才对你仰慕？
呵，但愿无凭的猜想错了！
　只有愚昧才意度自己以外
都是荒凉。你必润泽一片芦草，
　和我们的河一样；晨曦的光彩
必也沾到你，你也有青绿的岛，
　而且，也一定快乐地奔向大海。

一八一八年二月四日

致斯宾塞

斯宾塞！你的一个崇拜者，
　　一个深居你的园林中的人，
昨晚要我取悦你的耳朵，
　　写一篇或许为你喜爱的英文。
　　但是，灵气的诗人呵，请想：
一个卜居冬之大地的人
　　怎能像日神展开火的翅膀，
手执金笔，快乐地逍遥一早晨？
　　他无法摆脱时令的苦役，
你的鼓舞他还承接不下：
　　一朵花必须受土质的培育，
然后才开出灿烂的鲜葩：
　　等夏天找我吧，为了敬爱你
　　和取悦他，①那时我将试一试笔。

一八一八年二月五日

---

① 可能指李·汉特。

给——[①]

自从我被你的美所纠缠，
　你裸露了的手臂把我俘获，
时间的海洋已经有五年
　在低潮,沙漏反复过滤着时刻。
可是,每当我凝视着夜空,
　我仍看到你的眼睛在闪亮;
每当我看到玫瑰的鲜红,
　心灵就朝向你的面颊飞翔;
每当我看到初开放的花,
　我的耳朵,仿佛贴近你唇际
想听一句爱语,就会吞下
　错误的芬芳:唉,甜蜜的回忆
使每一种喜悦都黯淡无光,
你给我的欢乐带来了忧伤。

一八一八年二月

[①] 这首诗所给的人,据说是济慈在狐厅花园中曾偶尔一见的一个女子。

"但愿一星期能变成一世纪"

但愿一星期能变成一世纪,
　每周都有感于离别和会见,
那么,颊上会永远闪着情谊,
　短短的一岁就变成一千年;
要是这样,尽管人生短暂,
　我们必能长生,时间会无用,
一天的行程会延长和变缓,
　在朦胧中常保我们的欢情。
但愿每星期一都来自印度,
　星期二返自地中海的旅程,
那么一瞬间,就有欢乐无数
　使我们的心灵永恒地激动!
今早和昨晚,朋友,教给了
我该如何珍惜这愉快的思潮。

　　　　　　　　一八一八年二至三月

人 的 时 令

四个季节循环成为一年,
　　人的脑海也有四个时令,
他有他的欢愉的春天,
　　由幻想给揽来一切美景;
他有夏季,那时他爱咀嚼
　　华丽的春梦,春季的甜品,
他的梦想飞扬得这样高,
　　使他最接近天庭;他的心
在秋天有了恬静的港湾:
　　那时他折起翅膀,满意于
懒懒望着雾色,满怀冷淡
　　让一切流去,像门前的小溪。
他也有苍白而丑陋的冬令,
不然,他就丧失了人的本性。

一八一八年一至三月

致 荷 马

孤独的,被巨大的无知所包围,
　　我耳闻到你和狄洛斯群岛,①
正如一个岸上人,看到海水,
　　或想探视海豚所居的珊瑚礁。
谁说你是盲人! ——不,因为约甫②
　　拉开了天帷让你进去卜居,
海神为你支起水泡的帐幕,
　　牧神让蜜蜂给你唱着歌曲。
呵,黑暗底边沿岂不是光亮!
　　悬崖上现出人迹不到的青绿,
子夜里有含苞待放的晨光,
　　盲人的眼睛也另有一种视力。
你就具有这种视觉,像是月神:
她主宰着人间、地狱和天庭。

一八一八年

---

① 狄洛斯(Delos)群岛或赛克莱狄斯群岛,在爱琴海中,希腊神话指为日神阿波罗诞生之地。
② 约甫,罗马神话中的天空之神,相当于希腊神话的宙斯。

访彭斯墓[①]

这个小市镇、这墓场、这圆山、
云、树木和夕阳,虽然美丽,
却冰冷、陌生,仿佛我久已
梦见过的,现在重又梦见。
这样短促而苍白的夏天
仿佛只是冬之疟疾的回光,
这星星虽似蓝玉,却不闪亮,
一切美而冷;痛苦说不完:
因为呵,谁像敏诺斯,[②]能体会
美底实体,使它不致染上
虚弱的想象和可厌的虚荣
所投的暗影!彭斯呵,我常常
敬重你。隐去吧,伟大的阴灵!
我不该把你的家园责备。

一八一八年七月二日

[①] 彭斯(R. Burns,1756—1796),苏格兰伟大的诗人。济慈在访问他的坟墓后,给弟弟托姆写信说道:"我在一种奇怪的、半睡的心情下写了这篇十四行诗。我不知道为什么觉得那云彩,那天空,那房子,都是违反希腊风和查理曼风的。"

[②] 敏诺斯是宙斯之子,因为论断公正,死后封为地狱中的最高裁判。

咏阿丽沙巉岩

喂！你海洋上巉岩的金字塔，
　瀑布几时披上了你的肩膀？
　你的额角几时躲开了太阳？
请以海鸥的叫喊给我回答！
有力的造物主几时让你离开
　海底的梦，把你举上天空的
　睡眠，在雷电或阳光的怀里，
而白云成了你寒冷的被盖？
呵，你不答；因为你在睡眠。
　你一生是两个死寂的永恒：
一端伴着鲸鱼，在海底深渊；
　另一端在巨鹰翱翔的空中！
除非是地震把你拔上青天，
　谁能将你巨大的躯体唤醒！

　　　　　　　一八一八年七月十日

写于彭斯诞生的村屋

这个寿命不及千日的躯体,
彭斯呵,现在站进了你的小屋,
你曾在这里独自梦想诗誉,
从不知道命运怎样将你摆布。
你的麦汁使我的血液沸腾,
我不禁陶醉了,我头晕目眩,
因为伟大的灵魂在和我对饮:
终于,幻想沉醉地到达终点。
尽管如此,我还能在你的房间
踱来踱去,还能打开窗户
看到你所常常行经的草原,
还能想到你,并且饮酒祝福
你的名字——哦,彭斯,在阴界里
微笑吧,因为这就是人的声誉。

咏 睡 眠

哦,午夜的温馨的安慰者,
　请用善意的手,小心地合上
这爱幽暗的眼睛,使它躲过
　光亮,躲进了圣洁的遗忘。
甜蜜的睡眠呵!你的这颂祷,
　如果你愿意,尽可不必唱完
就闭上我的眼,或者直等到
　"阿门",再把罂粟洒在我床边。
　搭救我吧;否则,逝去的太阳
就会照在枕上,滋生忧郁;
　快让我摆脱开这好奇的心,
它像鼹鼠,最会向黑暗里钻;
　请轻轻锁上这滑润的牢门,
呵,请封闭我这寂静的灵棺。

一八一九年四月

咏声名

声名像个野性女儿,但仍然
　　对朝她奴颜婢膝的人畏缩,
轻浮的小伙子讨她喜欢,
　　淡漠的心才叫她难分难舍;
她是个吉卜赛,不喜欢答理
　　那没有她就活不惬意的人,
而且朝三暮四:别跟她低语,
　　谁谈到她;必然会使她心怀怨恨;
呵,她这吉卜赛,生在奈拉斯①,
　　简直是嫉妒的波提乏②的妻子,
单恋的诗人!你该报她以蔑视;
　　艺术家呵!何必为她癫狂、迷醉!
请对她翩然一躬,说声再会,
如果她高兴,自会把你追随。

一八一九年四月三十日

---

① 奈拉斯,尼罗河的古称。
② 《旧约·创世记》中记载,波提乏的妻子引诱奴仆约瑟不成,恼羞成怒,反诬约瑟,使波提乏把他关进监狱。

咏 声 名

你不能又吃糕,又有糕。

——谚 语

多蠢的人!不能冷静地对待
 他有限的时日,而必得干扰
生命这本书,把每一页涂坏,
 从而剥夺了他美名的贞操;
这好像是玫瑰把自己摘取,
 李树摇落了全身花朵的雾,
又像水中的女神顽皮多事,
 用泥污搅浑她纯净的洞府;
可是呵,玫瑰岂不仍在枝上,
 等风儿亲吻,等蜜蜂来啜饮?
李树仍旧披着暗红的衣裳,
 湖面上也依然铺展着水晶:
那么,何以急于想得救的人
倒信仰一个残酷邪异的神?

一八一九年四月三十日

"假如英诗"①

假如英诗必须被呆板的韵式
　　束缚住,而甜蜜的十四行
不管受多少苦,也得戴上锁链;
假如我们必须受一种节制,
　　那就让我们给诗底赤脚穿上
编得更精细的草鞋,处处合宜。
让我们把竖琴检查一下,弹弹
每根弦的重音,不断地尝试,
　　看怎样能找出最适切的音响。
让我们像米达斯②吝惜金钱
那样地珍惜声韵吧,要精于
　　使用每片枯叶去编织桂冠;
这样呵,假如缪斯必须受制,
　　至少是受制于她自己的花环。

一八一九年二至七月

---

① 本诗韵式较复杂,为12312431234545。这似乎是为了证明其中提出的主张。
② 米达斯,古代弗里吉亚传说中的国王,他求神使他触到的一切都变为黄金,这个愿心虽然实现,他却不再能吃东西了。

"白天逝去了"[①]

白天逝去了,它的乐趣也都失去!
　柔嫩的手,更柔的胸,娇音和红唇,
温馨的呼吸,多情的、如梦的低语,
　明眸,丰盈的体态,细软的腰身!
一切违时地消逝了,唉,当黄昏——
　那爱情的夜晚,那幽暗的节日
为了以香帷遮住秘密的欢情,
　正开始把昏黑的夜幕密密编织;
而这时,一朵鲜花,她饱含的魅力
　枯萎了,我眼前的丽影无踪;
枯萎了,我怀抱着的美底形体;
　枯萎了,声音、温暖、皎洁和天庭——
但今天我既已读过爱情底圣书,
而又斋戒、祈祷过,它该让我睡熟。

一八一九年十至十二月

[①] 本诗和以后两首都是写给诗人的恋人范妮·勃朗的。

"我求你的仁慈"

我恳求你的仁慈,怜悯,爱情!
 呵,我要仁慈的爱情,从不诳骗;
要它无邪、专一、别无二心,
 袒开了胸怀——没一点污斑!
哦,让我整个拥有你,整个的!
 那身姿、美色、眼、手和你的吻——
一种甜蜜而次要的爱欲,——
 以及那胸脯:玉洁、温暖、透明、
储有万千乐趣;呵,统统给我:
 你,和你的灵魂,别留一星星;
否则我会死;或者,也许活着,
 成为你悲惨的奴隶,被投进
暗淡苦恼的迷雾里,失去了
生活的情趣、雄心和目标!

一八一九年十至十二月

"灿烂的星"①

灿烂的星！我祈求像你那样坚定——
　但我不愿意高悬夜空，独自
辉映，并且永恒地睁着眼睛，
　像自然间耐心的、不眠的隐士，
不断望着海涛，那大地的神父，
　用圣水冲洗人所卜居的岸沿，
或者注视飘飞的白雪，像面幕，
　灿烂、轻盈、覆盖着洼地和高山——
呵，不，——我只愿坚定不移地
　以头枕在爱人酥软的胸脯上，
永远感到它舒缓的降落、升起；
　而醒来，心里充满甜蜜的激荡，
不断、不断听着她细腻的呼吸，
　就这样活着——或昏迷地死去。

一八二〇年九月二十八日

---

① 这是济慈的最后一首诗，写于自英国赴意大利的海船上。

睡 与 诗

我躺在床上时,睡眠总是不肯
来到我身边,我不知道为什么
不能安息,因为(据我推测)
世上有谁比我更心神平静?
因为我既无疾苦,也无病症。

——乔叟

有什么比夏天的风更温存?
有什么比嗡嗡的蜜蜂更怡情?
它在盛开的花间只停留一瞬,
又快乐地从凉荫飞到凉荫。
什么能静似麝香蔷薇的开放,
远离人的踪迹,在青绿的岛上?
什么比山谷的葱绿更爽人身体?
或者比夜莺的巢更深藏、隐秘?
或者比考德莉亚①的面容更安详?
比骑士小说更充满了幻象?
什么?除了你,睡眠?呵,轻轻闭合
我们眼睛的、催眠曲的低唱者!
你在快乐的枕上轻轻盘旋,
把罂粟花蕾和柳枝编成花环;
你悄悄撩乱了美人的发辫,
又快乐地倾听早晨向你问安:

---

① 莎士比亚悲剧《李耳王》中的女主人公。

它祝福你,因为你教眼睛灵活,
使它们能对旭日明亮地闪烁。

但是,什么比你更崇高得无限?
什么比山树上的果实更新鲜?
比天鹅的翅、鸽子和高飞的鹰,
更庄严、美丽、奇异而宁静?
那是什么? 我将怎样来比喻?
它有一种荣耀,谁也不能企及:
一想到它,便觉敬畏、甜蜜、神圣,
驱散了一切凡俗和愚蠢;
它来时有如可怕的雷鸣,
或是大地底层的低沉的轰隆;
有时候,也像温柔的低语
诉说一些奇异事物的秘密;
这秘密就隐约在我们周身,
使我们不由得放眼搜寻,
想看到光中之形,空中之影,
从听不清的赞诗中掠得清音;
想看见月桂花冠悬在半空,
等生命告终,就罩上我们的姓名。
又有时候,它跃自我们的心窝,
给声音添上荣耀:欢乐吧! 欢乐!
这声音将直达造物主那里,
在热烈的喃喃中袅袅逝去。

只要谁见过一次太阳的光辉
和云彩,感到自己无所愧对
伟大的造物主,他必然知道
我说的是什么,从而全心欢跃:
因此,我不会使他精神不快,

把他原本知道的再讲出来。

哦,诗歌!我为你拿起了笔,
虽然我,在你广大的天空里
还不是光荣的居民——我可要
跪在某座山顶上,直等我感到
我周身全是灿烂的荣光,
并且把你的歌声不断回荡?
哦,诗歌!我为你拿起了笔,
虽然我,在你广大的天空里
还不是光荣的居民;但恳求你
从你那圣殿吹来清新的空气,
为了迷人,再融以月桂的芬芳,
使我能有一次奢靡的死亡;
那么,我青春的幽灵将会跟踪
晨曦的光线,像新鲜的祭品,
直达伟大的阿波罗;不然,我如若
竟受得住这美感,它必能使我
看到种种仙境:一角树荫处
就是一个乐园,一本永恒的书:
从那里可以抄出很多隽语,
讲着叶和花——讲着林中的仙女
怎样和泉水嬉戏,以及那树荫
怎样给沉睡的少女洒一片静;
还可以从那里抄出很多诗句:
我们必然惊愕,它们如此奇异,
不知来自何方。而且很多幻想
会在我炉边缭绕,我或许能碰上
肃穆的美底幻景:我将喜于
在那里静静游荡,像清澈的

米安得①流过幽谷；只要我发见
迷人的岩洞，或更阴森的林间，
或是青山以鲜花织的锦衣
铺在身上，可爱得令人畏惧，
我就将在我的石板上书写
可写的、赋予人的感官的一切。
那时，我将像巨人一样抓紧
这大千世界的一切，无限欢欣，
直到骄傲地看见在我肩上
生出能够飞往永恒的翅膀。

静静想想吧！生命不过是瞬息；
是从树顶落下的渺小的露滴
所走的险径；是印度人的睡眠，
正当他的船冲向凶险的悬崖，
在芒莫伦西。但何必如此哀伤？
生命是没开的玫瑰的希望；
是同一故事永远不同的诵读；
是少女的面纱的轻轻揭露；
是一只鸽子翻飞在清朗的夏空；
是一个不知忧愁的小学童
骑着一条有弹性的榆树枝。

呵，但愿给我十年，使我得以
浸沉在诗歌里；那我就要去
从事我的心灵所拟定的业绩。
我将到我曾从远方瞻望的
国度去游历，不断品尝那儿的
清纯的甘泉。首先，我要去游逛

---

① 冥府中的河水，以曲折著称。

花神和老猎神的国度:睡在草上,
以鲜红的苹果和杨梅充饥,
任凭幻想的指引去尽情游戏;
我要在林荫里捕捉玉腕的女神,
从闪躲的面颊追求甜蜜的吻,——
摩弄她们的手指,触摸洁白的臂膀,
以致她们妩媚地一缩,狠狠地
用嘴唇来咬我:终于我们同意
一起读一篇旖旎的人生故事。
有一个仙女会教鸽子轻轻地
为安睡的我扇动清凉的空气;
另一个屈身停下轻捷的步履,
整一整绿色的飘扬的纱衣:
接着仍旧对花和树木微笑,
带着瞬息万变的情致舞蹈;
另一个招着手,悄悄引我行经
杏花丛和芬芳的肉桂树林,
最后走进一个绿叶世界的怀抱,
我们静静地歇下来,像贝壳
所深藏的两颗珍珠,伏在一起。

呵,我怎能抛下这许多乐趣?
是的,我必须舍弃它们去寻找
更崇高的生活:从而看到
人心的痛苦和冲突;因为,哦!
我看见远天上,一驾飞速的马车
驰过崎岖的蓝色——驾车的人
带着辉煌的恐惧探望着风:
一会儿在一片巨云的峰顶
轻颤地踏了过去,一会儿他们
又敏捷地驶进另一片青天,

车轮被太阳的光辉染成银环。
在下坡时,他们更快地奔跑;
忽而我见他们在绿色的山脚
歇了下来;在摇摆的花梗中间,
驾车者以奇异的手势对山峦
和树木谈话;转瞬间,在那里
出现了喜悦、神秘、恐惧底形体,
它们在一片橡树林的阴影前
迅速掠过,仿佛它们是在追赶
飘飞的乐音。哦!看它们正怎样
低声喃喃,哄笑,喜悦,或悲伤:
有的举起手来,嘴角严肃;
有的以双手把面孔遮住
直遮到耳朵;有的青春盛年,
欣喜而微笑地穿过了幽暗;
有的频频回顾;有的抬头仰视;
是的,千万形体以千万种方式
掠过去——一会儿,可爱的一圈
小姑娘,把光润的头发跳得纷乱;
又一会伸出翅膀。赶马的车夫
身子向前倾侧,凝神而严肃,
仿佛他在谛听:哦,我多想知悉
他在一闪烁间记下的东西。

幻象飞散了——车驾已消失
在天庭的光辉里,接着来的是
更顽强的现实事物的感觉——
它像是浑浊的水流,要拖曳
我的心灵直抵虚无:但我却要
排除一切疑虑,只清晰地记牢
那驾车,和它所走的奇异旅程。

难道如今,人的精神能力已经
如此微弱有限,崇高的幻想
再也不能像自己以往那样
自由地翱翔?再也不能备好坐骑,
向光明迈出,作出神奇的业绩
在云端上?难道我们不曾见她①
自澄澈的大气以至初开的花
所发的芬芳里?自约甫的蹙额
以至四月草原的一片绿色?
即使在这个岛上,她的神坛
也曾辉煌;谁曾胜过这个合唱班?②
它唱过热烈而和谐的歌,这歌声
直达天宇,就在那儿永远形成
巨大的回旋之音,有如行星;
有如行星环绕着眩人的真空
永恒地运转。呵,在过去那时日,
缪斯们岂非如此载满了荣誉?
她们整日无所事事,除了高歌,
除了把她们的鬈发轻轻抚摸。

难道这一切都遗忘了?是的,
由盲昧主义和浮华所培育的
一个教派,③使阿波罗对这片领地
感到羞惭。那不解他的荣耀的,
被认为智者:他们骑着一只木马,
使尽了稚弱的力气摇动它,

---

① "她"指"崇高的幻想"。
② 指乔叟及伊丽莎白时代的诗人们。
③ 指违反伊丽莎白诗歌传统的十八世纪古典主义派。

当它是彼加斯。① 噫,心灵多渺小!
天空的风在吹,凝聚的海涛
在滚转——你们却不见。蔚蓝的天
袒露着永恒的胸怀,在夏晚
露水静静地凝聚,为了使清早
更为珍奇:美普遍地苏醒了!
何以你们总是不醒?但你们
对你们不知的事物无动于衷,
只守着发霉的教条,又充塞以
邪恶的法规和鄙陋的戒律。
你们教一群愚人把诗句磨光、
切割、镶配,使它们像雅各的魔枝②
配合起来。这工作真太容易:
成千工匠都戴上了诗底面具:
呵,倒霉的、邪恶的一族!凌犯了
光辉的抒情诗人,却还不知道!
不,他们到处招摇,举着一支
破旧的、标以浮浅口号的旗帜,
上面写着什么波瓦洛③的姓名!
哦,本该在我们可爱的山林中
翱翔的一群!你们全体的庄严
早就充满了我虔诚的心坎,
在这不洁的地方,离那些人太近,
我无法缕述你们崇高的姓名;
他们的无耻岂不使你们惊异?

---

① 彼加斯,诗神所骑的神马,灵感的象征。
② 《圣经·创世记》载:"雅各拿杨树杏树枫树的嫩枝,剥皮,剥成纹理,使枝子露出白的来,将剥了皮的枝子插在饮羊的水沟和水槽里,对着羊,羊来喝的时候,牝牡配合,羊对着枝子配合,就生下有纹理的、有点的、有斑的羊羔来。""雅各的魔枝"就是指的这种树枝。
③ 波瓦洛(Boiieau,1636—1711),法国古典主义的理论大师。

我们古老的幽怨的泰晤士
岂不曾取悦你们？你们岂不曾
聚在优美的爱万,①同发出悲声？
你们可是永别了这个地方,
因为桂花不再在这儿生长？
或是你们还留着,只等欢迎
一些孤寂的心灵把青春
骄傲地唱完,然后就死去？②
呵,正是这样;但让我别再提起
悲惨的时代吧:时光如此美好;
你们正给了我们热切的祝祷;
你们已经编起新鲜的花环:
因为,在很多地方都可以听见
甜蜜的乐音;——呵,有的被天鹅的
黑喙唤醒了,③走出了湖中的
水晶的房屋;在安谧的谷中,
从那静静栖息的密树丛
也漾出笛声;大地正浮荡着
悦耳的音调:你们欢欣而快乐。

这是无疑的;可是,我们也听见
奇怪的雷鸣从诗底内部发散,
固然,由于不凡,那声音也混有
美妙和雄浑的因素,但仍旧——
那些主题显然是丑陋的棍棒,④

---

① 莎士比亚故乡的河流。
② 指诗人查特顿。
③ 据推测:指华兹华斯。
④ "棍棒"(clubs)一词,以及随后的一句,颇为费解,因此有的校订家以为必有勘误处。这里系照西林考特的版本及解释译出。

诗人波里菲姆①们把辉煌的海洋
搅乱了。诗本是光之无尽竭的
洒落;诗是最崇高的神力,
支着自己的右手,半睡半醒。
只要她魅人的眼皮动一动,
千万志愿的使者就会来效力,
而她只以温煦的王笏治理。
但单纯的力,虽然是缪斯所生,
却像堕落的天使:惟有黑暗、蛆虫、
掘倒的树木、祭坛和尸衣,
使它心欢;因为它以生之荆棘
和粗糙的磨石为滋养;②忘记了
诗该是人的朋友,它伟大的目标
是宽慰忧虑,提高人的情思。

可是我也欢欣:因为从苦艾里
生出了桃金娘,胜过帕弗斯③
有过的花,它正甜蜜地伸入空气,
把新抽的绿喂给寂静的空间。
小鸟都把它看作可爱的屏藩,
穿跃浓荫中,扇动着翅膀,
一面啄食小盅花,一面歌唱。
让我们从它的嫩茎旁斩除

---

① 波里菲姆是一个独眼巨人,把漂流的攸利西斯拘留在他的岩洞里,每日吃下他的两个伙伴。攸利西斯设计弄瞎他的眼睛,得以脱逃。这里似指:诗人们也像波里菲姆一样,是巨人,有超人之力,但也和波里菲姆似的瞎了眼睛,无法善用其精力,只好以棍棒(主题)把诗的(或人生的)海洋胡搅一通。
② 这以上所形容的可能是拜伦;济慈虽然早年崇尚拜伦,但后者的充满狂暴热情的阴郁诗歌逐渐为他所不喜。在以下一段中,他歌颂了像汉特那样的恬静的诗作,以与此对照。
③ 帕弗斯,地名,美神维纳斯的奉祀地。

那窒息它的荆棘吧,让年轻的鹿
(在我们飘逝后诞生的一群)
在它下面找到新鲜的草坪
和朴素的花吧:那儿会非常静,
只能听见恋人屈膝的声音;
也没有一点俗气,除了有人
倚着合上的书本,满面从容;
更没有什么比山坳间的草坡
更喧哗。呵,向美好的希望祝贺!
让幻想,像她经常那样,走到
许多最可爱的迷宫里逍遥;
让凡能说故事的,就成为诗王,
只要他单纯的事物使心灵舒畅。
但愿我在死前收获这些乐趣!

会不会有人说,我是在呓语?
是否认为在耻辱临头以前,
我顶好藏起自己愚痴的脸?
埋怨的少年要想不遭雷击,
最好恭敬地屈身?呵,去它的!
如果我隐藏,我要把自己
藏在诗底庙堂,诗底灵光里:
如果我倒下了,至少我要躺下
在白杨树阴的一片静谧下;
我墓前的青草会修剪得整齐,
一块纪念的石碑在那儿竖立。
呵,去吧,沮丧!卑鄙的毒素!
凡是每一刻都在渴望和追逐
崇高目的的人,不会尝到你。
尽管上天没有给我很多急智,
尽管我不能知道巨大的风

把人类变幻的思想向哪里吹动；
尽管我没有雄伟济世的智力，
从而把人类灵魂的幽暗秘密
化为清楚的思维；但在我面前
永远波动着一个巨大的概念，
我从它得到自由；从而我也看出
诗底终极和目标。它像真实之物
一样清晰，像一年由四季更替——
像老教堂屋顶上的大十字
高耸入白云那样明显。所以，
若果我真是懦夫，有意歪曲，
在我说出我大胆想到的话时，
可曾眨一眨眼？呵，宁可像疯子，
让我冲下悬崖吧；宁可让太阳
熔化我的狄德勒斯的翅膀，①
使我痉挛地向下跌落！哦，打住！
内心告诉我，我何必如此激怒？
一片幽暗的海洋，许多海岛，
可畏地展示在我眼前。这需要
多少劳力、时间、挣扎和奔忙，
才能探知它一切辽阔的地方！
呵，多大的辛苦！我尽可以屈身
否认已说过的话——但怎么行！
怎么行！
　　　为了稍稍松一口气，
我要说些琐事，让这不像样的
试作，以高雅始，却如此告终。
现在，我的胸中已复归平静：

---

① 据古代神话：狄德勒斯以蜡和羽毛制成翅膀，他的儿子插上这种翅膀飞翔，因为接近太阳而致熔化，落海而死。

我整个的心期望友好的援助
给我铺平光明正直的道路；
期望友善：彼此福利底保姆。
我期望衷心的握手给头脑注入
一首优美的十四行，以及那种
使诗韵得以畅流的一片安静；
还有，当诗吟成时，那可喜的会集：
必定送个信，明天一定聚齐。
或许还可以取一本珍爱的书，
等我们再会时，围着它阅读。
我不能写下去了；呵，优美的音响
像成双的鸽子在室内翱翔；
我忆起那可喜一日的欢乐，
那时我的感官初尝它们的柔波。
这声音使我想起那优美的画：
一群人坐在马车上，庄严、潇洒，
因急驰而倾着身，——柔润的手指
分着光泽的鬈发；——巴克科斯①
从车上急跳下来，他的眼睛
直使阿里阿德涅的面颊赤红。
正是这样，每当我打开画页，
我记起歌声的美妙的流泻。

像这样的事物永远会引动
一串和煦的形象：天鹅的颈
隐蔽在芦苇里，轻轻摇曳；
一只红雀惊吵了树丛里的一切；
一只蝴蝶，展着金色的双翼，

---

① 巴克科斯，酒神。阿里阿德涅被弃后意图自尽，他援救了她，娶她为妻。这里在形容一幅画。

停在玫瑰花上,仿佛由于狂喜
而痛楚地颤动;——还有很多,很多,
我可以怀着乐趣细细讲说。
但是呵,我怎能忘记那静静的
围以罂粟花的睡眠:因为,这里
假如我写了什么像样的诗行,
都该部分地归功于它:就这样,
温煦的乐声被同样甜蜜的静谧
所替代,而我在卧榻上憩息,
开始追忆那愉快的一天。那是
一个诗人的家,①其中有把钥匙
为我打开喜悦底庙堂。在屋里,
四壁悬挂着曾在过去的世纪
高歌过的诗人的光辉身影——
他们彼此微笑着,神圣而冷静。
呵,快乐的人!能把珍贵的声名
寄托给晴朗的未来!在室中
还有牧神和林神拿箭对着
密密藤叶间的圆润的苹果,
只等射中时,一个跳纵,用手指
把果子接住。我还看到大理石
建筑的庙宇,一群仙女正越过
草地向那里走去。其中有一个
最美的,以玉手指着耀目的旭日;
有两姊妹弯下秀丽的身躯
从两边去扶一个跌倒的儿童;
有一些少女正在注意聆听
笛声的有似露珠的滚滚流动。

---

① 济慈是住在李·汉特的家中写成本篇诗的。自此至篇终,都在描写汉特书室中的墙画和艺术装饰品。

看呵,在另一幅画里,仙女们
正轻轻洗拭狄安娜①的手足;
在浴池边,一叠细麻的衣服
浮一角在水里,随着晶莹的荡漾
轻轻地颤动:好像是海洋
在石岸上缓缓涌来了波涛,
使耐心的野草又一次飘摇;
而现在,既然泡沫不来推耸,
草儿又在波动着寻求平衡。

莎弗和蔼的面容对着空间
淡淡微笑,仿佛那一顷刻间
深思底皱眉刚刚离开了
她的前额,她又为寂寞所围绕。
还有伟大的阿弗瑞德,露着
焦灼而怜悯的眼神,像在听着
世界的叹息;还有克苏斯珂的
痛苦而憔悴的脸——异常悲凄。
彼特拉克从树荫里走出来
看到劳拉,不胜惊羡;竟移不开
注意她的眼睛。呵,他们多快乐!
因为在他们肩上,自由地张着
一对翅膀,而诗底灿烂光辉
闪耀在他们之间:我又怎能描绘
她从她的宝座所看到的景象!
只要我意识到我处在的地方,
睡眠就会躲开;更何况,在我内心
不断的思绪使感情烧个不停;
因此我一夜未眠,但我仍然

---

① 狄安娜,月底女神。

为晨光所惊醒,我起来,新鲜、
愉快而兴奋,当天就决定了
写下这些诗句,无论好与不好,
那只有随它们去吧,正好像
做父亲的放任他的孩子一样。

一八一六年

附记:本诗最初的四十行,解释了"睡"与"诗"两种意境,并将未醒的精神与觉醒的诗的精神作了对比。自第八十五行("静静想想吧")至一百六十四行,济慈写出诗歌在他心目中所经历的阶段,也就是列出他自己的发展过程。一百二十二至一百六十四行似在表示"(一)只有在同情地理解人性以后,人才能与自然交感不隔并获知其秘密的美;对自然与人生的理解是互通的,相互作用的;(二)认识了自然所显示的理想以后,恶浊的生活现实更显得尖锐而不可忍受,要不是有幻想——它使诗人心中的理想得以不死,使他免致绝望——支持的话。"(西林考特)从一百六十五至二百一十五行,写出诗人对当代诗坛的不满并对十八世纪的古典主义倾向提出尖刻的批评,这批评曾引起拜伦等人的反击。由二百一十六行所起的一段,可能是致伊丽莎白时代的诗人们,并提出当前的欢愉景色。此后大致缕述诗人的信念和愿心。最后的六十余行列举汉特书室的艺术陈设。——译者

夜莺颂

1

我的心在痛,困盹和麻木
　　刺进了感官,有如饮过毒鸠,
又像是刚刚把鸦片吞服,
　　于是向着列斯①忘川下沉;
并不是我嫉妒你的好运,
　　而是你的快乐使我太欢欣——
　　　　因为在林间嘹亮的天地里,
　　　　　　你呵,轻翅的仙灵,
你躲进山毛榉的葱绿和阴影,
　　放开了歌喉,歌唱着夏季。

2

唉,要是有一口酒!那冷藏
　　在地下多年的清醇饮料,
一尝就令人想起绿色之邦,
　　想起花神,恋歌,阳光和舞蹈!
要是有一杯南国的温暖
　　充满了鲜红的灵感之泉,
　　　　杯沿明灭着珍珠的泡沫,
　　　　　　给嘴唇染上紫斑;

---

① 列斯,冥府中的河,鬼魂饮了它便忘记前生的一切,亦译"忘川"。

哦,我要一饮而悄然离开尘寰,
　　和你同去幽暗的林中隐没:

3

远远地、远远隐没,让我忘掉
　　你在树叶间从不知道的一切,
忘记这疲劳、热病和焦躁,
　　这使人对坐而悲叹的世界;
在这里,青春苍白、消瘦、死亡,
　　而"瘫痪"有几根白发在摇摆;
　　　在这里,稍一思索就充满了
　　　　忧伤和灰眼的绝望,
而"美"保持不住明眸的光彩,
　　新生的爱情活不到明天就枯凋。

4

去吧!去吧!我要朝你飞去,
　　不用和酒神坐文豹的车驾,
我要展开诗歌底无形羽翼,
　　尽管这头脑已经困顿、疲乏;
去了!呵,我已经和你同往!
夜这般温柔,月后正登上宝座,
　　周围是侍卫她的一群星星;
　　　但这儿却不甚明亮,
除了有一线天光,被微风带过
　　葱绿的幽暗,和苔藓的曲径。

5

我看不出是哪种花草在脚旁,
　　什么清香的花挂在树枝上;
在温馨的幽暗里,我只能猜想
　　这个时令该把哪种芬芳
赋予这果树,林莽,和草丛,
　　这白枳花,和田野的玫瑰,
　　　　这绿叶堆中易谢的紫罗兰,
　　　　　还有五月中旬的娇宠,
　　这缀满了露酒的麝香蔷薇,
　　　它成了夏夜蚊蚋的嗡嚶的港湾。

6

我在黑暗里倾听;呵,多少次
　　我几乎爱上了静谧的死亡,
我在诗思里用尽了好的言辞,
　　求他把我的一息散入空茫;
而现在,哦,死更是多么富丽:
在午夜里溘然魂离人间,
　　当你正倾泻着你的心怀
　　　发出这般的狂喜!
你仍将歌唱,但我却不再听见——
　　你的葬歌只能唱给泥草一块。

7

永生的鸟呵,你不会死去!
　　饥饿的世代无法将你蹂躏;

今夜,我偶然听到的歌曲
　　曾使古代的帝王和村夫喜悦
或许这同样的歌也曾激荡
　　露丝①忧郁的心,使她不禁落泪,
　　　　站在异邦的谷田里想着家;
　　　　　　就是这声音常常
　　　　在失掉了的仙域里引动窗扉:
　　　　一个美女望着大海险恶的浪花。②

8

呵,失掉了! 这句话好比一声钟
　　使我猛省到我站脚的地方!
别了! 幻想,这骗人的妖童,
　　不能老耍弄它盛传的伎俩。
别了! 别了! 你怨诉的歌声
　　流过草坪,越过幽静的溪水,
　　　　溜上山坡;而此时,它正深深
　　　　　　埋在附近的豁谷中:
　　　　噫,这是个幻觉,还是梦寐?
　　　　那歌声去了:——我是睡? 是醒?

一八一九年五月

---

① 据"旧约",露丝是大卫王的祖先,原籍莫艾伯,以后在伯利恒为富人波兹种田,并且嫁给了他。
② 中世纪的传奇故事往往描写一个奇异的古堡,孤立在大海中;勇敢的骑士如果能冒险来到这里,定会得到财宝和古堡中的公主为妻。这里讲到,夜莺的歌会引动美人打开窗户,遥望并期待她的骑士来援救她脱离险境。

429

希腊古瓮颂

1

你委身"寂静"的、完美的处子,
　　受过了"沉默"和"悠久"的抚育,
呵,田园的史家,你竟能铺叙
　　一个如花的故事,比诗还瑰丽:
在你的形体上,岂非缭绕着
　　古老的传说,以绿叶为其边缘,
　　　讲着人,或神,敦陂或阿卡狄?①
　　呵,是怎样的人,或神!在舞乐前
多热烈的追求!少女怎样地逃躲!
　　　怎样的风笛和鼓铙!怎样的狂喜!

2

听见的乐声虽好,但若听不见
　　却更美;所以,吹吧,柔情的风笛;
不是奏给耳朵听,而是更甜,
　　它给灵魂奏出无声的乐曲;
树下的美少年呵,你无法中断
　　你的歌,那树木也落不了叶子;

---

① 敦陂(Tempe),古希腊西沙里的山谷,以风景优美著称。阿卡狄(Arcady)山谷也是牧歌中常歌颂的乐园。

鲁莽的恋人,你永远、永远吻不上,
虽然够接近了——但不必心酸;
　　她不会老,虽然你不能如愿以偿,
　　你将永远爱下去,她也永远秀丽!

3

呵,幸福的树木!你的枝叶
　　不会剥落,从不曾离开春天;
幸福的吹笛人也不会停歇,
　　他的歌曲永远是那么新鲜;
呵,更为幸福的、幸福的爱!
　　永远热烈,正等待情人宴飨,
　　　　永远热情地心跳,永远年轻;
幸福的是这一切超凡的情态:
　　它不会使心灵餍足和悲伤,
　　　　没有炽热的头脑,焦渴的嘴唇。

4

这些人是谁呵,都去赴祭祀?
　　这作牺牲的小牛,对天鸣叫,
你要牵它到哪儿,神秘的祭司?
　　花环缀满着它光滑的身腰。
是从哪个傍河傍海的小镇,
　　或哪个静静的堡寨的山村,
　　　　来了这些人,在这敬神的清早?
呵,小镇,你的街道永远恬静;
　　再也不可能回来一个灵魂
　　　　告诉人你何以是这么寂寥。

5

哦,希腊的形状!惟美的观照!
　上面缀有石雕的男人和女人,
还有林木,和践踏过的青草;
　沉默的形体呵,你像是"永恒"
使人超越思想:呵,冰冷的牧歌!
　等暮年使这一世代都凋落,
　　只有你如旧;在另外的一些
　忧伤中,你会抚慰后人说:
"美即是真,真即是美,"这就包括
　　你们所知道、和该知道的一切。

一八一九年五月

幻　想

哦,让幻想永远漫游,
快乐可不能被拘留:
只要一碰,甜蜜的快乐
就像水泡被雨点打破;
那么,快让有翅的幻想
随着思想的推展游荡:
打开脑之门吧,这只鸟
会冲出,飞到云端缭绕。
哦,甜蜜的幻想!放开她,
夏季之乐已日久无华;
春天又能够享受多久?
它已经随着落花流走;
秋天的果实固然迷人,
从雾里透出露水红唇,
但尝尝就够:那怎么办?
还是请你坐在炉边,
看着干柴熊熊地燃烧,
像冬夜的精灵在欢跳,
而死寂无声的田野
覆盖着一层平整的雪,
正被农夫的厚靴踢乱;
这时候,当子夜、白天
正秘密地聚在一起
阴谋把黄昏逐出天宇,
你尽可坐下,让心田

一片肃穆,远远地派遣
幻想,给她一个使命,
她自有属下替她执行;
尽管严寒,她会给带来
大地已丧失的华彩。
呵,她会全部带给你
又是夏令的各种乐趣,
又是五月的蓓蕾,盅花,
从荆棘或草上摘下;
还有秋日的一切财富,
像是一种神秘的脏物;
她将把所有的乐趣
像三味好酒合在一起,
饮干它吧:——你会听到
隐隐的收割者的歌谣,
谷穗的沙沙的声音,
还有小鸟在歌唱清晨;
而同时,听!那是云雀
鸣啭在早春的四月,
或是乌鸦不停地咶噪,
忙于寻索树枝和稻草。
只消一眼,你就会看见
雏菊,金盏花,和篱边
初开的樱草,点点黄色,
还有白绫的野百合,
还有紫堇,五月中旬的
花后,在树阴里隐蔽;
那每一片叶,每一朵花
都在同一阵雨露下
挂上珍珠。你还会看见
田鼠在窥视,不再冬眠;

蛰居的瘦蛇见了阳光，
把它的皮脱在河岸上；
你会看见在山楂树上，
静静地，雌鸟的翅膀
正覆在生苔的巢里，
把有斑点的卵孵育；
而后飞来了一群蜜蜂
就引起骚乱和惊恐；
成熟的橡实打在地上，
秋风正在轻轻地歌唱。

哦，甜蜜的幻想！放开她，
万物都日久而失华：
哪里有不褪色的人面？
哪一个少女百看不厌？
她的红唇会永远新鲜？
她那眼睛，无论多蓝，
怎能够长久保持魅力？
哪儿有一种柔声细语，
能够听来永远不变？
哪个人能够永远看见？
只要一碰，甜蜜的快乐
就像水泡被雨点打破。
那么，快让有翅的幻想
给你找个中意的姑娘，
让她有美妙的眼睛
妩媚得像普洛斯嫔，①
因为痛苦之神还未教她
怎样皱眉，怎样责罚；

---

① 据希腊神话，普洛斯嫔是一个美女，被地狱之神普鲁东盗去，成为冥后。

要让她的腰身洁白
有如希比,①让她的腰带
脱落金钩,上衣落到脚前,
手里拿着青春的金盏——
而约甫醉了。呵,快解开
纠缠着幻想的丝带;
只要打碎了她的牢狱,
她就会带来各种乐趣。
哦,让幻想永远漫游,
快乐可不能被拘留。

一八一八年八至十二月

---

① 希比是天神宙斯(约甫)和赫拉之女,主宰青春的女神。她经常在诸神之前侍酒。

颂　诗①

歌唱"情欲"和"欢乐"的诗人
人间留下了你们的灵魂！
你们是否也逍遥天上，
同时生存在两个地方？
是的，你们的在天之灵
成了太阳和月亮的知心，
伴着神异的喷泉喧响，
和雷的鸣声一起振荡；
你们和天庭的树叶低语，
你们彼此会谈，恬静地
坐在极乐园的草地上，
以蔚蓝的花朵作屏障；
在那儿，月神的鹿在吃草，
雏菊发出玫瑰的味道，
而玫瑰另有一种香气
是人间未曾有过的馥郁；
夜莺在那儿所唱的歌
不是毫无意义的欢乐，
而是悦耳的至高的真理，
是智慧的悠扬的歌曲，
是金色的历史和掌故
把天庭的秘密一一吐露。

---

① 本诗是写在英国十七世纪剧作家波芒和弗莱齐（Beaumont and Fletcher）的悲喜剧"旅店中的美女"的空白上面的。

呵,就这样,你们住在天空,
但在地面你们也生存;
你们的遗魂告诉了世人
怎样前去把你们访寻,
寻到灵魂的另一个居处,
看你们欢乐,从不餍足。
在这儿,你们尘世的灵魂
还在叙述自己的一生,
讲着那短短的一个星期:
爱和恨,忧伤和欢喜,
讲着自己的耻辱和光荣,
什么慰藉,什么在刺痛。
就这样,你们每天都教人
智慧,虽然早已飘逝无踪。

歌唱"情欲"和"欢乐"的诗人,
人间留下了你们的灵魂!
你们是否也逍遥天上,
同时生存在两个地方?

一八一八年八至十二月

咏"美人鱼"酒店[①]

呵,亡故的诗人的幽灵,
你们看过哪个青苔洞,
哪个极乐世界或桃源,
比得上"美人鱼"酒店?
你们饮过哪种仙品
比它那葡萄酒更芳醇?
是否天堂里的花果
有一种美味能胜过
它的鹿肉饼?呵,美味!
好像罗宾汉就会
用角杯盛上这种饮料,
和他的姑娘痛饮通宵。

我听说,有一天,老板,
他的招牌被刮上天,
没有人知道飞往哪里,
直到星象家的鹅毛笔
在羊皮纸上讲了出来,
据说,他看见你很光彩,
正坐在另一家老字号
啜饮着神仙的饮料,
并且保证要把"美人鱼"

---

① "美人鱼"酒店是伦敦最早的一家文人荟萃的酒店,莎士比亚、约翰・敦(John Donne,1571—1631)、波芒和弗莱齐常到那里去。

开设在黄道十二宫里。

呵,亡故的诗人的幽灵,
你们看过哪个青苔洞,
哪个极乐世界或桃源,
比得上"美人鱼"酒店?

一八一八年

罗 宾 汉[①]

——致一友人

是的!那个时代消逝了,
它的时刻已经苍老,
它的每一分钟都埋在
多年的落叶下,任未来
把它践踏一遍又一遍;
多少次了,冬季的刀剪,
冷峭的东风,北国的严寒,
带给林中落叶的华筵
一阵骚动,呵,早自人类
还不知道有所谓租税。

是的,喇叭已经不响了,
铮鸣的弓也没有了,
角笛的尖声已经沉寂,
越过荒原,没入群山里;
林中再也听不见大笑——
一脉回音断续地飘,
使哪个村夫感到诧异:
荒林深处有谁在打趣!

在六月的美好的时光,

[①] 罗宾汉是英国民间传说的侠盗,约生于十三世纪,有不少民歌及故事记述他及他的同伙。他体现了过去人民爱自由及反抗不合理社会的理想。

你可以趁着太阳、月亮、
或七颗星座的光明,
或借着北极光的指引,
尽你去走,你不会遇见
勇敢的罗宾,或小约翰;
你不会遇到任何好汉
用手弹着一只空铁罐,
沿着绿径自在逍遥,
口哼一支猎人的小调,
去找他的女主人"欢乐",
在纯特草原边上经过;
因为呵,他已经遗留
一个快乐的故事下酒。

完了,化装舞会的欢腾,
完了,甘米林①的歌声,
完了,那无畏的强盗
不再在绿林里逍遥;
一切去了,一切都不见!
即使罗宾汉呵,突然
跳出他青草的坟头,
即使玛丽安又能够
在树林里消磨时光,
她会哭的,而他会发狂,
因为他所有的橡树
都已成为造船的大木
在咸涩的海上腐烂,
她会哭泣,因为再也不见
蜜蜂对她歌唱——多惊奇!

---

① 甘米林是乔叟"甘米林的故事"中的绿林英雄。

没有钱就得不到蜂蜜！

好吧：但让我们唱一遍，
纪念那古老的弓弦！
向角笛和绿色的森林，
向林肯镇的布衫致敬！
唱一唱弓手的神箭，
还有短小精悍的约翰
和他那马儿。且让我们
向勇敢的罗宾汉致敬，
他正在灌木丛里安眠！
还有他的姑娘玛丽安，
和舍伍得的一伙好汉！
尽管他们的日子不再，
让我们唱支歌儿开怀。

一八一八年二月

秋　颂[①]

1

雾气洋溢、果实圆熟的秋，
　你和成熟的太阳成为友伴；
你们密谋用累累的珠球
　缀满茅屋檐下的葡萄藤蔓；
使屋前的老树背负着苹果，
　让熟味透进果实的心中，
　　使葫芦胀大，鼓起了榛子壳，
　好塞进甜核；又为了蜜蜂
一次一次开放过迟的花朵，
使它们以为日子将永远暖和，
　　因为夏季早填满它们的粘巢。

2

谁不经常看见你伴着谷仓？
　在田野里也可以把你找到，
你有时随意坐在打麦场上，
　让发丝随着簸谷的风轻飘；
有时候，为罂粟花香所沉迷，
　你倒卧在收割一半的田垄，

[①] 本诗有些词句,参照了朱湘"番石榴集"的译文。

让镰刀歇在下一畦的花旁；
或者，像拾穗人越过小溪，
　　你昂首背着谷袋，投下倒影，
　　或者就在榨果架下坐几点钟，
　　　　你耐心瞧着徐徐滴下的酒浆。

3

呵，春日的歌哪里去了？但不要
　　想这些吧，你也有你的音乐——
当波状的云把将逝的一天映照，
　　以胭红抹上残梗散碎的田野，
这时呵，河柳下的一群小飞虫
　　就同奏哀音，它们忽而飞高，
　　　　忽而下落，随着微风的起灭；
篱下的蟋蟀在歌唱；在园中
　　红胸的知更鸟就群起呼哨；
　　而群羊在山圈里高声咩叫；
　　　　丛飞的燕子在天空呢喃不歇。

　　　　　　　　　　一八一九年九月十九日

忧 郁 颂

1

不,不要去到忘川吧,不要
　　拧出附子草的毒汁当酒饮,
无须让普洛斯嫔的红葡萄——
　　龙葵,和你苍白的额角亲吻;
别用水松果壳当你的念珠,
　　也别让甲虫或者飞蛾充作
　　　哀怜你的赛姬①吧,更别让夜枭
做伴,把隐秘的悲哀诉给它听;
因为阴影不宜于找阴影结合,
　　那会使心痛得昏沉,不再清醒。

2

当忧郁的情绪突然袭来,
　　像是啜泣的阴云,降自天空,
像是阵雨使小花昂起头来,
　　把青山遮在四月的白雾中,
你呵,该让你的悲哀滋养于
　　早晨的玫瑰,锦簇团团的牡丹,

---

① 赛姬,据希腊神话,是国王的女儿,为爱神丘比特所恋,但因以灯盏的热油烫伤了爱神,他一怒而去。赛姬悲哀地到处寻找他,经过许多困苦,最后如愿以偿。

或者是海波上的一道彩虹；
或者，如若你的恋女①生了气，
　拉住她的柔手吧，让她去胡言，
　　深深地啜饮她那美妙的眼睛。

3

和她同住的有"美"——生而必死；
　还有"喜悦"，永远在吻"美"的嘴唇
和他告别；还有"欢笑"是邻居，
　呵，痛人的"欢笑"，只要蜜蜂来饮，
它就变成毒汁。隐蔽的"忧郁"
　原在"快乐"底殿堂中设有神坛，
　　虽然，只有以健全而知味的口
　咀嚼"喜悦"之酸果的人才能看见；
他的心灵一旦碰到她的威力，
　　会立即被俘获，悬挂在云头。

　　　　　　　　　　　一八一九年五月

---

　① 指"忧郁"。

阿波罗礼赞

1

大神呵,你有金琴,
　　还有金色的头发;
你有金色的火焰,
　　还有金弓一把;
　　　驾着车环行
　　　四季迟缓的旅程;
请问你的怒火在哪里伏下?
难道你能容忍我冠戴你的荣誉,
　你的花冠,你的桂花,
　你的故事的光华?
或者我是蛆虫——不值死的一击?
　哦,狄尔菲的阿波罗!

2

掌雷的天神①握拳又握拳,
　　掌雷的天神皱眉又皱眉;
巨鹰的鬃发般的羽毛
　　愤怒得根根竖立——而霹雷
　　　才孕育它的声音,
　　　却又逐渐消沉,

---

① 指雷神宙斯,他有巨鹰在身侧。

喃喃着,不得脱手而飞。
哦,为什么你不忍,要为蛆虫求情?
　　为什么你要轻弹金琴
　　使巨雷哑然无音,
为什么不让它摧毁这可鄙的微菌?
　　哦,狄尔菲的阿波罗!

3

七姊妹的星辰起来了,
　　她们守着空中的静寂;
埋在地下的种子和根芽
　　正在鼓胀,等着宴飨夏季;
　　大地的邻居,海波,
　　也做着古老的工作,
呵,这一刻,有谁、谁敢于
发疯似地,在额前扎上你的花草,
　　骄傲地冷笑和四顾,
　　如此高声地把神亵渎,
而还以此为荣,因为现在就向你伏倒?①
　　哦,狄尔菲的阿波罗!

一八一六年

---

① 这里的意思似乎是,诗人自谦他过早以其诗歌炫耀于世,其实这还不是诗歌出现的时代,因此他之对阿波罗"伏倒",正是亵渎了阿波罗。

画眉鸟的话①

——给瑞诺兹②

呵,你的脸上扑过冬天的风,
你曾看见雪絮的云雾弥漫,
黑色的榆枝插上冰冷的星天!
等着吧,春天将是你丰收的季节。
呵,极度的黑暗曾是你惟一的
学识的明光,在日神离开后,
一夜又一夜,你以它为营养!
等着吧,春天定是灿烂的黎明。
别急于求知吧。我一点没有;
但我的歌却和温暖的天同调。
别急于求知吧!我一点没有;
但黄昏却在聆听。凡是忧心于
无事可做的人,是不懒散的;
那自以为睡的,他必定清醒。

一八一八年二月

---

① 批评家曾指出,本诗以半似重复的语句,传出了画眉歌唱的节奏。原诗无韵。
② 瑞诺兹(John H. Reynolds, 1796—1852),英国诗人,济慈的好友。

仙灵之歌

不要悲哀吧！哦,不要悲哀!
到明年,花儿还会盛开。
不要落泪吧！哦,不要落泪!
花苞正在根的深心里睡。
擦干眼睛吧！擦干你的眼睛!
因为我曾在乐园里学会
怎样倾泻出内心的乐音——
　　　　　哦,不要落泪。

往头上看呵！往头上看!
在那红白的花簇中间——
抬头看,抬头看。我正欢跳
在这丰满的石榴枝条。
看哪！就是用这银白的嘴
我永远医治善心的伤悲。
不要悲哀吧！哦,不要悲哀!
到明年,花儿还会盛开。
别了,别了！——我飞了,再见!
我要没入天空的蔚蓝——
　　　　　哦,再见,再见!

　　　　　　　　一八一八年

雏菊之歌

太阳,虽然它眼睛大睁,
远不如我看得多而清;
那骄傲的银色的月亮,
云彩遮不遮,反正一样。

哦,来了春天,春天多好,
我就像帝王一样逍遥!
我躺在茂盛的青草上,
偷看每个漂亮的姑娘。

我窥进人所不到之处,
看那人不敢看的事物;
而如果黑夜悄悄来了,
羊群就咩咩催我睡觉。

一八一八年

狄万的姑娘

你到哪儿去呀,狄万的姑娘?
　　你的提筐里装的是什么?
你从牛奶房来的小仙女儿,
　　行不行,要是我讨一点乳酪?

我爱你的草坪,我爱你的花朵,
　　我很爱你的乳酥食品;
如果在门后,我更爱偷偷吻你,
　　哟,别这么轻蔑地看人。

我爱你的山峰,我爱你的山谷,
　　我还爱你的羊儿咩叫,
我多愿意在灌木下和你躺着,
　　听我们的两颗心欢跳!

那我就把你的提筐放在一隅,
　　把你的披肩挂上杨柳,
我们将只对着雏菊轻叹,接吻,
　　用青青的草当作枕头。

一八一八年三月

"在寒夜的十二月里"

1

在寒夜的十二月里，
呵，快乐的、快乐的树！
你的枝干从不记得
自己的绿色的幸福：
北风夹着冰雹呼啸，
却摧不毁你的枝杈，
融雪后的冷峭也不会
把你冻得绽不开花。

2

在寒夜的十二月里，
呵，快乐的、快乐的小溪，
你的喋喋从不记得
阿波罗夏日的笑意；
你带着甜蜜的遗忘
经历过结晶的约束，
对于这冰冻的季节
从来、从来也不恼怒。

3

唉！但愿许多青年男女
也能够和你们相同！
但对于逝去的欢乐
可有谁不心中绞痛？
尽管人感到了无常，
没有办法医治这创伤，
而又不能自居为草木，
这却从不曾表于诗章。

一八一八年十至十二月

无情的妖女

骑士呵,是什么苦恼你,
　　独自沮丧地游荡?
湖中的芦苇已经枯了,
　　也没有鸟儿歌唱!

骑士呵,是什么苦恼你,
　　这般憔悴和悲伤?
松鼠的小巢贮满食物,
　　庄稼也都进了谷仓。

你的额角白似百合
　　垂挂着热病的露珠,
你的面颊像是玫瑰,
　　正在很快地凋枯。——

我在草坪上遇见了
　　一个妖女,美似天仙,
她轻捷、长发,而眼里
　　野性的光芒闪闪。

我给她编织过花冠、
　　芬芳的腰带和手镯,
她柔声地轻轻太息,
　　仿佛是真心爱我。

我带她骑在骏马上,
　她把脸儿侧对着我,
我整日什么都不顾,
　只听她的妖女之歌。

她给采来美味的草根、
　野蜜、甘露和仙果,
她用了一篇奇异的话,
　说她是真心爱我。

她带我到了她的山洞,
　又是落泪,又是悲叹,
我在那儿四次吻着
　她野性的、野性的眼。

我被她迷得睡着了,
　呵,做了个惊心的噩梦!
我看见国王和王子
　也在那妖女的洞中,

还有无数的骑士,
　都苍白得像是骷髅;
他们叫道:无情的妖女
　已把你作了俘囚!

在幽暗里,他们的瘪嘴
　大张着,预告着灾祸;
我一觉醒来,看见自己
　躺在这冰冷的山坡。

因此,我就留在这儿,

独自沮丧地游荡；
虽然湖中的芦苇已枯，
  也没有鸟儿歌唱。

         一八一九年四月二十八日

伊莎贝拉①

(或"紫苏花盆")
——取自薄伽丘的故事②——

1

美丽的伊莎贝尔！真纯的伊莎贝尔！
　罗伦左，一个朝拜爱神的年轻人！
他们怎能并住在一所大厦里
　而不感到内心的骚扰和苦痛；
他们怎能坐下用餐而不感到
　彼此靠近在一起是多么称心；
呵，是的！只要他们在同一屋檐下睡，
必然就梦见另一个人，夜夜落泪。

2

每一清早，他们的爱情增进一步，
　每到黄昏，那爱情就更深刻而温馨；
他无论在哪里：室内、田野或园中，

---

① 原诗韵脚是12121233，译诗改为在第一、三、五行上没有韵。
② 薄伽丘(G. Boccaccio, 1313—1375)，意大利作家，小说"十日谈"即其名著。本篇情节取自"十日谈"中第四日的第五篇故事，但与原来情节略有出入。原作为兄弟三人，济慈改为二人，并以与贵族缔亲作为谋杀的动机。篇中着力描写两兄弟的经济地位及剥削的残忍，这都是济慈添上去的，由此可见诗人对于资本主义的不合理制度有相当深刻的认识。

他的眼帘必充满她整个的身影；
而她呢,树木和隐蔽溪水的喧哗
　　无论怎样清沥,也不及他的声音；
她的琵琶时时把他的名字回荡,
她的刺绣空下一半,也被那名字填上。

3

当房门还没有透露她的身影,
　　他已经知道是谁的手握着门环；
朝她卧房的窗口,他窥视她的美,
　　那视力比鹰隼的还更锐利、深远；
他总是在她做晚祷时仰望着她,
　　因为她的面孔也在仰对着青天；
一整夜他在病恹的相思中耗尽,
只为想听她清早下楼的脚步声音。

4

就这样,整个漫长而忧郁的五月
　　使恋人的脸苍白了;等到六月初：
"明天,我一定要向我的喜悦俯首,
　　明天,我要向我的姑娘请求幸福。"——
"呵,罗伦左,我不愿再活过一夜,
　　假如你的嘴唇还不把爱曲倾诉。"
这便是他们对枕头的低语;唉,可是
他的日子还只是无精打采地消逝;

5

直到伊莎贝拉的孤寂的面颊

在玫瑰该盛开的地方黯然消损,
清癯得像年轻的母亲,当她低唱
　　各种样的催眠曲,抚慰婴儿的病痛:
"呵,她多么难过!"他想,"尽管我不该,
　　可是我决意明白宣告我的爱情:
若果容颜透露了她的心事,我要吻干
她的眼泪,至少这会逐开她的忧烦。"

6

在一个美好的清晨,他这样决定了,
　　他的心整天都在怦怦地跳;
他暗中向心儿祷告,但愿给他力量
　　使他能表白;但心中炽热的浪潮
窒息了他的声音,推延他的决定——
　　美丽的伊莎贝拉越是使他骄傲,
在她前面,他也就越腼腆如儿童,
可不是! 当爱情又是柔顺,又是沸腾!

7

于是,他又一次睁着眼挨过了
　　充满相思与折磨的凄凉夜景,
假如说,伊莎贝尔的敏锐的目光
　　并没有看清他额际的每一表征,
至少她看到,那前额苍白而呆滞,
　　她立刻红了脸;于是,她充满柔情,
啜嚅着:"罗伦左!"——才开口便又停顿,
但从她的音容他读出了她的询问。

461

8

"呵,伊莎贝拉!我不能十分肯定
　　是否我该把我的悲哀说给你听;
假如你曾有过信心,请相信吧:
　　我是多么爱你,我的灵魂已临近
它的末日:我不愿以鲁莽的紧握
　　使你的手难过,也不愿使你的眼睛
因被注视而吃惊;可是呵,我怎能
活过另一夜晚,而不倾诉我的热情!

9

"爱呵:请领我走出冬季的严寒,
　　姑娘!我要你引我到夏日的地方;
我必须尝一尝在那炎热的气候
　　开放的花朵,它开放着美好的晨光。"
说完,他先前怯懦的嘴唇变为勇敢,
　　便和她的嘴唇,像两句诗,把韵押上:
他们陶醉在幸福里,巨大的快乐
滋生着,像六月所抚爱的艳丽花朵。

10

分手时,他们好像走在半空中,
　　好像是被和风吹开的玫瑰两朵,
这分离只为了更亲密的相聚,
　　好使彼此内心的芬芳交互融合。
她回到她的卧房,口里唱着小曲,
　　唱着甜蜜的爱和伤心的情歌;

而他呢,以轻捷的步子登上西山,
向太阳挥手告别,心头充满了喜欢。

11

他们重又秘密地相聚,趁暮色
　还没有拉开它的帷幕,露出星星;
他们每天秘密地相聚,趁暮色
　还没有拉开它的帷幕,露出星星;
藏在风信子和麝香的花荫里,
　躲开了人迹和人们的窃窃议论。
呵,顶好是永远如此,免得让
好事的耳朵喜悦于他们的悲伤。

12

那么,难道他们不快乐?——不可能——
　只怪过多的眼泪寄予了有情人,
我们对他们付出过多的叹息,
　在他们死后又给了过多的怜悯;
我们看到太多的哀情故事,其实
　那内容最好以灿烂的金字标明;
除非是这一页故事:隔着波浪
忒修斯的妻子枉然把丈夫盼望。①

13

是的,对爱情无需有过多的报酬,

---

① 据希腊神话,忒修斯是海神之子,借阿里阿德涅的帮助杀死了妖魔;他将阿里阿德涅带至涅克索斯岛上将她遗弃。"忒修斯的妻子"即指阿里阿德涅。

一丝甜蜜就能抵消大量的苦涩；
尽管黛多①在密树丛里安息了，
　　伊莎贝拉忍受了巨大的波折，
尽管罗伦左没有在印度苜蓿花下
　　安享美梦，这真理依旧颠扑不破：
连小小的蜜蜂，向春日的亭荫求布施，
也知道有毒的花朵才最富于甜汁。

14

这美人和两个哥哥住在一起，
　　祖先给他们留下了无数财产；
在火炬照耀的矿坑，在喧腾的工厂，
　　多少疲劳的人为他们挥汗；
呵，多少一度佩挂箭筒的腰身
　　为鞭子抽出了血，在血里软瘫；
多少人整天茫然地站在激流里，
为了把水中金银矿的沙石提取。

15

锡兰的潜水者为他们屏住呼吸，
　　赤裸着全身走近饥饿的鲸鱼；
他的耳朵为他们涌着血；为他们，
　　海豹死在冰层上，全身悲惨的
射满了箭；成千的人只为了他们
　　而煎熬在幽暗无边的困苦里：
他们悠游着岁月，自己还不甚清楚：

---

① 据罗马神话，黛多爱上了漂流至迦太基的埃涅阿斯。埃涅阿斯以后照神的旨意离开迦太基，黛多被弃自杀。

他们是在开动绞盘,把人们剥皮割骨。

16

他们何必骄傲?因为有大理石喷泉
　比可怜虫的眼泪流得更欢腾?
他们何必骄傲?因为有美丽的橘架
　比贫病者的台阶①更易于攀登?
他们何必骄傲?可是因为有红格账本
　比希腊时代的诗歌更动听?
他们何必骄傲?我们还要高声询问:
在荣誉底名下,他们有什么值得夸矜?

17

但这两个佛罗棱萨商人却自满于
　淫侈的虚荣和富豪者的懦弱,
像是圣城②的两个吝啬的犹太人,
　他们把穷人当奸细一样严防着;
他们是盘旋在船桅间的鹰,是驮不尽
　金银与古老谎骗的衣冠的马骡;
会向异乡人的钱袋迅速伸出猫爪,
对西班牙、塔斯干、马来文一律通晓。

18

像这样算账的人们怎会窥察出

---

① 《旧约·路加福音》中记载,拉撒路整日坐在富人门口的台阶上乞食,死后升到天堂,富人则入了地狱。这里"贫病者的台阶"似即指此事。
② 指巴勒斯坦。

伊莎贝拉的温柔乡的秘密?
他们怎会看出罗伦左的眼睛
　　有什么在分神?让埃及的瘟疫
扑进他们贪婪而狡狯的眼吧!
　　这种守财奴怎会处处看得详细?——
但竟然如此,——就像被追赶的野兔,
凡是正经的商人都必左右环顾。

19

哦,才气磅礴的、著名的薄伽丘!
　　现在,我们需要你慷慨的祝福,
请赐给我们盛开的番石榴香花
　　和玫瑰——如此为月光所爱抚;
赐给我们百合吧,它变得更苍白
　　因为不再听到你的琴声低诉,
请原谅这鲁莽的词句,它拙于
表现这段阴郁而沉默的悲剧。

20

只要受到你原谅,这故事一定会
　　顺利地开展下去,有条有理;
我虽然拙劣,却没有狂妄的意图
　　想把古代文章化为更美的韵律:
它之所以写作——无论好或坏——
　　只为了敬仰你,对你的天灵致意;
只为在英文诗中树立你的风格,
好使北国的风中也回荡你的歌。

21

从很多征象,这兄弟俩看出了
　　罗伦左对妹妹有多深的爱情,
而且妹妹也热爱他,这使他们
　　彼此谈论起来,感到异常愤恨:
因为他,他们商务中的一名小卒,
　　竟然享有了自己胞妹的爱情,
而他们正谋划怎样劝诱她接受
一个富豪的贵族,和他的橄榄树!①

22

有很多次,他们在嫉恨地商议,
　　有很多次,他们咬着自己的嘴唇,
终于想出了最可靠的办法
　　要叫那年轻人为他的罪过抵命;
这两个凶狠的人呵,简直是
　　用尖刀把圣灵割得碎骨粉身,
因为他们决定,要在幽暗的树林里
杀死罗伦左,并且把他掩埋灭迹。

23

于是,在一个晴和的早晨,正当他
　　在园中倚着亭台上的栏杆
把身子探进晨曦里,他们便走过
　　露水凝聚的草地,来到他面前:

---

① 在佛罗棱萨,富人多在自己的庄园种橄榄树。这里即指田产。

"罗伦左呵,你像是正在享受
　　适意的恬静,我们很不愿扰乱
你平静的思绪,可是,假如你高兴,
骑上你的马吧,趁天空还这么冷。

24

"今天,我们想,不,这一刻我们要
　　骑马向阿本奈山地走三英里远;
请你下来吧,趁炎热的太阳
　　还没有把野玫瑰的露珠数完。"
罗伦左,像他经常一样的儒雅,
　　躬一躬身,听从了这蛇蝎的呜咽,
便赶忙走去了,为的是装备停当:
扎上皮带、马刺,穿好猎人的服装。

25

而当他向庭院走近的时候,
　　每走到第三步,便停下来留意
是否能听见他的姑娘的晨歌,
　　或听见她轻柔的脚步的低语;
于是,正当他在热情中流连,
　　他听到嘹亮的笑声来自空际:
他抬起头来,看见她光辉的容颜
在窗格里微笑,秀丽好似天仙。

26

"伊莎贝尔,我的爱!"他说,"我多苦,
　　害怕来不及对你道一声早安:

唉!连这三小时的分别的悲伤
　　我都无法抑制住,假如我竟然
失去你怎么办?可是,我们将会
　　从爱情的幽暗得到爱情的白天。
再见吧!我就回来。""再见吧!"她说;——
当他走去时,她快乐地唱着歌。

27

于是,兄弟俩和他们谋杀的人
　　骑马走出佛罗棱萨,到阿诺河;
到那河边,河水流过狭窄的山谷,
　　以欢跃的芦苇把自己摇摆着,
而鲫鱼逆着水滩前行。两兄弟
　　在涉过河时,脸上都苍白失色,
罗伦左却满面是爱情的红润。
他们过了河,来到幽静的树林。

28

罗伦左就在那儿被杀害和掩埋,
　　就在那林中,结束了他无比的爱情;
噢,当一个灵魂这样脱出躯壳,
　　它在孤寂中绞痛——不能宁静,
一如犯了这种罪恶的恶狗们:
　　他们把自己的剑在河里洗净,
就策马回家,马刺被踢得歪扭,
每人由于当了杀人犯而更富有。

29

他们告诉妹妹,罗伦左如何
　　由于商务的急切需要和紧迫,
而他们又没有别人可信靠,
　　便派了他匆匆搭船去往外国。
可怜的姑娘!披上你寡妇的哀服吧,
　　快逃开"希望"底该诅咒的枷锁;
今天你看不见他,明天也不能,
再过一天你还得满心是悲痛。

30

她独自为了不再有的欢乐
　　而哭泣,直痛哭到夜色降临;
而那时,唉!痛苦代替了热恋,
　　她独自一个人冥想着欢情:
在幽暗中,她仿佛看见他的影子,
　　她对寂静轻轻地发出悲吟;
接着把美丽的两臂向空中举起,
在卧榻上喃喃着:"哪里?哦,哪里?"

31

但"自私"——"爱情"的堂弟——并不能
　　在她专一的胸中永远点着火焰;
她原为期待黄金的一刻而焦躁,
　　急切不安地挨过孤寂的时间——
但没有许久——她心上就来了
　　较高贵的情思,更丰富的欲念;

来了悲剧:那是不能抑制的真情,
是对她的恋人突然远行的悲痛。

32

在仲秋的一些日子,每逢黄昏,
  从远方就飘来了冬底呼吸,
它逐渐给病恹的西天剥夺了
  金黄的色彩,并且奏出死之曲
在灌木丛间,在簌簌的叶子上;
  它要使一切凋落,然后才敢于
离开它北方的岩洞。就这样,
伊莎贝尔的美色逐渐萎谢、无光,

33

因为罗伦左不曾回来。常常地
  她问她的哥哥(她的一双眼
因为矜持而无光),是什么鬼地方
  把他拘留这么久?为了使她心安,
他们回回编个谎。他们的罪恶
  像新诺谷中的烟[①]在心中回旋;
呵,每一夜,他们都在梦里悲鸣,
看见妹妹似乎裹在白色的尸衣中。

34

而她呀,也许到死都茫然无知,

---

① 新诺谷在耶路撒冷西南。据"编年史"记载,阿哈兹在新诺谷中把自己的两个孩子活活烧死,以祭莫洛屈;因此,新诺谷中的烟使他想到自己的罪恶。

要不是有一个最难测的东西：
它像是偶然饮下的强心的药
　　使病危的人可以多一刻喘息，
不致立刻僵毙；它像是长矛
　　以残酷的一刺使印度人脱离
云雾中的楼阁，使他重又感到
一团火焰在心中和脑中啃咬。

35

这就是梦景。——在深沉的午夜
　　和昏睡的幽暗里，罗伦左站在
她的床边，落着泪：林中的坟墓
　　把他的发间一度闪烁的光彩
弄暗了；给他的嘴唇按上了
　　冰冷的毁灭；使他凄凉的声带
失去柔和的曲调；在他的泥颊上，
又割出一条细渠使眼泪流淌。

36

幽灵开口，发出奇怪的声音，
　　因为它那可悲的舌头很想要
发出它生前所惯用的口音，
　　伊莎贝拉细细地听那声调：
它仿佛老僧以麻木的手弹破琴，
　　不合音符，又似无力而飘摇；
就从那口里，幽灵的歌曲在呜咽，
像是夜风飒飒穿过阴森的荆棘间。

37

幽灵的眼睛虽然悲伤,却仍旧
　充满爱情,露水一般地闪亮,
这明光奇异地逐开恐惧底暗影,
　使可怜的少女能略带安详,
聆听幽灵讲起那恐怖的时刻——
　那傲慢与贪婪、那谋杀的狂妄,——
松林的荫蔽处,——水草的洼地,
在那儿,他无言地被刺倒下去。

38

他还说,"伊莎贝尔呵,我的爱!
　我的头上悬有红色的越橘果,
一块巨大的磨石压在我脚下;
　还有山毛榉和高大的栗树,洒落
叶子和果实在我四周;对岸有
　羊群的咩叫从我榻上飘过:
去吧,对我头上的野花洒一滴泪,
那将使我在坟墓中得到安慰。

39

"唉,天哪!我如今是个影子了!
　我独自在人性的居室外边
徘徊,独自唱着谢主的弥撒,
　听生命的音响在我周身回旋;
光泽的蜜蜂日午飞往田野,
　多少教堂的钟声在报告时间;

这些声音刺痛我,似熟而又陌生,
而你却是远远的,处于人世中。

40

"我记得过去,对一切都有感觉,
　哦,我必发疯,如若我不是魂魄;
虽然我丢了人间幸福,那余味
　却温暖了我的墓穴,仿佛我
从光明的苍穹有了一位天使
　作为妻子;你的苍白使我欢乐;
我渐渐爱上你的美色,我感到
更崇高的爱情在我魂中缭绕。"

41

幽灵呻吟道:"别了!"——接着消隐,
　给幽暗的空气留下轻轻骚动;
好像当我们在午夜不能安眠,
　想到艰难的经历,无益的苦辛,
我们会把眼睛埋进枕头缝隙,
　看见闪烁的幽暗在翻动、沸腾:
悲哀的伊莎贝拉正是感到眼皮痛,
天刚破晓,她忽地坐起,睁开眼睛。

42

"哈哈!"她说,"谁懂得这冷酷的人生?
　我曾以为最坏的不过是灾难,
我以为命运只使人快乐或挣扎,
　不是活得愉快,就是一命归天;

想不到有罪恶,——有哥哥的血刃!
　　亲爱的幽灵呵,你教我变为成年:
为了这,我要去看你,吻你的眼,
每早每晚,在天空中向你问安。"

43

在天光大亮时,她已盘算好
　　怎样可以秘密地到树林里去;
怎样可以找到那珍贵的泥土,
　　就对它唱一支最近的安眠曲;
怎样使她的暂别不为人知道,
　　好把她内心的梦景加以证实。
决定以后,她就带了老乳妈一人,
走进那阴森的灵棺似的树林。

44

看呵,她们沿着河边悄悄走去,
　　她不断地对那老婆婆低语;
在环顾旷野以后,她拿出了
　　一柄刀。——"是什么烈火在你心里,
我的孩子?——究竟有什么好事
　　又使你笑起来?"——暮色在凝聚;
她们找到了罗伦左的睡乡:
那儿有磨石,有越橘树在头上。

45

谁不曾徘徊在青青的坟场,
　　让自己的精灵,像一只小鼹鼠,

穿过黏土的地层,坚硬的沙石,
　去窥视脑壳、尸衣、棺中的枯骨?
谁不曾怜悯过那被饥饿的"死亡"
　所蚕食的形体,想看它再次恢复
人的心灵?唉!这感觉却不算凄惨,
比不得伊莎贝拉跪在罗伦左之前!

46

她凝视着那一抔新土,仿佛
　只一瞥已完全看出它的隐秘;
她清楚地看出来,清楚得像在
　明亮的井中认出苍白的肢体;
她完全呆住在这谋杀的场所,
　好似百合花扎根在幽谷里:
突然,她拿起小刀往地下掘,
她掘得比守财奴还更心切。

47

她很快就挖出一只脏手套,
　那上面有她绣出的紫色幻想,
她吻着它,嘴唇比青石还冰冷,
　接着又把它放在她的心胸上,
就在那儿,它冻结了一切能止住
　婴儿哭嚎的甘蜜,和她的幻想;①
于是她又放手去掘,不稍间断,

---

① 这句话比较难懂,因为太紧缩了内容。其意似为:伊莎贝拉做妻子和母亲的幻想(类如给婴儿吃糖,使他不要哭泣等美好的幻景),都被这一只手套(象征罗伦左的死)所摧毁了。此处形象的美丽和含蓄,曾为批评家所称赞。"她的幻想"一词,尚是译者所加的。

476

只有时把遮面的发撩到后边。

48

老乳妈站在一旁,奇怪地望着:
　这凄凉的景象、这墓穴的掘挖,
使她的心深处充满了怜悯;
　于是她跪下来,披散一头白发,
用她枯柴的手也尽力帮着
　做这可怕的工作;她们直向地下
掘了三点钟,终于把墓穴摸到,
伊莎贝拉既不顿足,也不哭嚎。

49

噫! 为什么尽是这阴森的描述?
　为什么这支笔把墓门说个不完?
古老的传奇故事是多么文雅!
　想想行吟的歌,那单纯的哀怨!
亲爱的读者,还是请你读一读
　原来的小说吧,因为,在本篇
它实在讲得不够好:读读原作,
听乐音如何流贯那暗淡的景色。

50

她们的钢刀不及珀耳修斯的剑,①
割下的头也不是畸形的魔妖,

---

① 希腊神话:珀耳修斯是大神宙斯之子,他杀死并割下了墨杜萨的头。墨杜萨三姊妹原是刀枪不入的,她们凝视谁,谁便会变成石头。

而是这样一个人,他死后依然优雅,
　　有如生时。古代的竖琴曾唱道:
爱情不朽,它是主宰我们的神;
　　但它也许是化成肉身,而且死了,
伊莎贝拉正是吻着这肉身伤悲。
这正是爱情;呵,死了——却没有退位。

51

她们急急把它秘密地带回家,
　　于是它成了伊莎贝尔的宝藏:
她用金梳子梳着它散乱的头发,
　　又在每只眼睛的阴森孔穴旁
把睫毛梳直;她以眼泪(它冰冷得
　　像石穴的水滴)把泥污的脸庞
洗拭干净:——她一面梳,一面叹息,
整天不是吻着它,就是哭泣。

52

以后她用一方丝巾(它因有
　　阿拉伯的奇花的露水而香甜,
并且沾有各种神异的花汁,
　　仿佛刚从那幽冷的脉茎涌现,)
把它包裹了;又找出一个花盆
　　当做坟墓,就把它放在里面;
于是她铺上泥土,把一株紫苏花
种植下去,用她的泪水不断浇洒。

53

从此,她忘了日月和星辰,
　　从此,她忘了树梢上的青天,
她忘了流水潺潺的山谷,
　　也忘了冷峭的秋风飞旋;
她不再知道白天几时消逝,
　　也看不见晨光升起:只不断
静静地望着她甜蜜的紫苏,
并且把泪水滴滴向它灌注。

54

就这样,由于她的清泪的灌溉,
　　它繁茂地滋长,青绿而美丽;
它比佛罗棱萨所有的紫苏花
　　都更芬芳,因为它还从人所怕的
吸取到营养和生命,还从那
　　掩复着的、迅速腐蚀的头颅里;
所以,这珍宝就从密封的盆中
开出花来,又把嫩叶伸到半空。

55

唉,忧郁!在这儿稍停一会吧!
　　哦,乐音,乐音,请哀哀地呼吸!
还有回声,回声,请从渺茫的
　　忘川的岛屿——对我们太息!
悲伤底精灵,抬起头来,微笑吧;
　　精灵呵,把你们沉重的头抬起,

在这柏树的幽暗中闪一闪亮,
把你们的石墓染上银白的光。

56

到这儿呻吟呵,所有的哀辞,
　　请你们离开悲剧女神的喉咙,
从青铜的竖琴上悒郁而行,
　　把琴弦点化为神秘的乐声;
请对轻风悲哀而低回地唱,
　　因为呵,真纯的伊莎贝尔已不能
活得很久了:她枯萎有如那芭蕉:
印度人要为了香汁把它砍掉。

57

呵,任由芭蕉自己去枯萎吧;
　　别再让严冬冷彻它临终的一刻!——
也许不会——但她那膜拜金钱的
　　哥哥,却看到她呆枯的眼睛洒落
不断的泪雨;不少好事的亲友
　　也在奇怪,为什么在她将要充作
贵族的新娘的时候,却不惜
将大好青春与美底天赋委弃。

58

而且,更使她的哥哥诧异的是,
　　为什么她总垂头坐在紫苏前,
为什么花儿盛开,像具有魔力,
　　这一切都给他们提出了疑难;

的确,他们不能相信,这一盆
　渺不足道的东西,竟能截断
她美好的青春,窃取她的欢愉,
甚至霸占她恋人远行的记忆。

59

所以,他们观察许久,想解答
　这一个哑谜;但都归枉然;
因为她很少到教堂去忏悔,
　也很少感到饥饿的熬煎;
她每次离房,都很快就回来,
　好像飞开的鸟要回来孵卵;
她也和雌鸟一样耐心,面对着
她的紫苏,任泪珠朝发丝滚落。

60

但他们终于偷到了紫苏花盆,
　并且把它拿到暗地里仔细考察:
他们看到青绿而灰白的一物,
　正是罗伦左的脸,分毫不差!
呵,他们终于得到了谋杀底报酬:
　两人匆匆离开了佛罗棱萨,
从此不再回来。——他们的头上
戴着血罪,从此流落在异乡。

61

唉,忧郁!移开你的视线吧!
　哦,乐音,乐音,请哀哀地呼吸!

481

还有回声,回声,请在另一天
　　从你的忘川之岛对我们太息!
悲伤底精灵呵,暂停你的丧歌,
　　因为甜蜜的伊莎贝尔将死去;
她将死得不称心,死得孤独,
因为他们夺走了她的紫苏。

62

可怜的她望着无感觉的木石,
　　尽向它们追问她失去的紫苏;
每看到游方的僧人,她就带着
　　凄苦而清朗的笑声向他招呼,
并且问道:为什么人们把她的
　　紫苏花隐藏起来了,藏在何处;
"因为呵,"她说,"是谁这么残忍,
竟偷去了我的紫苏花盆。"

63

就这样,她憔悴,她孤寂地死去,
　　直到死前,总把紫苏问个不停。
佛罗棱萨没有一颗心不难过,
　　不对她的哀情表示怜悯。
有人把这故事编成了一支
　　凄凉的歌曲,这曲子传遍全城;
它的尾声仍旧是:"呵,太残忍!
谁竟偷去了我的紫苏花盆!"

一八一八年二月

圣亚尼节的前夕①

1

圣亚尼节的前夕——多么冷峭！
夜枭的羽毛虽厚,也深感严寒；
兔儿颤抖着瘸过冰地的草,
羊栏里的绵羊都噤若寒蝉；
诵经人的手冻僵了,拿着念珠,
嘴里不断祷告；他呵出的气
像古炉中焚烧的香,凝成白雾,
仿佛向天庭飞升,不稍停息,
袅袅直抵圣母的画像,又飞上去。

2

把祷告做完了,这耐心的僧侣
便拿起灯盏,抬起双膝,赤着脚,
他苍白而清癯的,缓缓走去,
重又走上教堂座间的夹道；
在两旁,死者的雕像好似冻住
在那黑色的、净狱界的围栏中；

---

① 圣亚尼是罗马少女,于十四岁时以身殉基督教。圣亚尼节的前夕在一月二十日,传说在这一夜,少女在进行祷告后可以梦见未来的丈夫。又:原诗每节的韵脚是121223233,译诗稍有改变,是121234344。

骑士、淑女,都正在默默地跪伏,
他走过去,也无心去想他们
披着甲胄和披肩,不知怎样僵痛。

3

他向北走,从一扇小门走出,
还不到三步,清婉乐音的金舌
就把苍迈老僧的眼泪勾出;
唉,够了!——他的丧钟早已敲过;
他此生的欢乐已经数尽、唱完:
在圣亚尼节的前夕,只有忏悔
是他的份:他换条路走,转瞬间
他已坐在灰堆上替灵魂赎罪,
也为了造孽的世人,整夜在心悲。

4

老僧人所以听到委婉的前奏,
这是因为,很多人来来往往
使门户透进了乐曲。而不久
银铃般刺耳的号声开始激荡:
一排房间被灯火照得通明
等着接待成千的宾客;许多天使
雕刻在飞檐下面,都睁大眼睛
永远向着上空热烈地注视,
头发往后飘扬,胸前交叠着双翅。

5

终于,辉煌的盛会开始了,

到处是毛羽、冠冕、盛装与银饰，
灿烂得仿佛少年人的思潮：
无数幻影和古代传奇的韵事
都在那里聚集。但撇开闲言，
且让我们叙说有一个少女：
呵，那整个冬季，她的心不断
冥想着爱情，想着圣亚尼天使，
因为老乳媪对她讲过了很多次。

6

乳媪说，在圣亚尼节的前夕，
姑娘们都能看到恋人的影像，
只要她们遵守正确的仪式，
在甜蜜的午夜，她们的情郎
就会在梦中对她们情话绵绵；
她们必须不吃晚餐就上床，
将百合似的玉体仰卧朝天，
不准斜视或后顾，只面对天堂，
只对上天默念她们的一切愿望。

7

梅德琳的脑中充满着幻想：
乐声虽高，像天神痛苦的呻吟，
她却没听见；仕女熙熙攘攘
行经她跟前，但她虔诚的眼睛
只垂向地板，丝毫不曾看到。
多少钟情少年朝她踮脚走来
又悄悄退回；并不是她骄傲，
而是看不见：呵，她的心早已不在，

为了圣亚尼的梦,飞往九霄云外。

8

她淡漠而茫然地和人舞蹈,
唇干舌燥,呼吸短促而迫急:
庄严的时辰快到了,她直心跳,
既听不见鼓声,也无意拥挤
去与人愤慨地低语,或者说笑;
爱与恨、无礼与轻蔑的世相
都被幻想蔽住,不再使她看到,
除了圣亚尼和她的一群羔羊,①
还有午夜的欢乐在眼前荡漾。

9

就这般,她耽延着,每一刻
都想走开。但这时,驰过荒原,
少年波菲罗心里满是情火,
朝梅德琳来了。他立于门边
守在月阴处,暗向圣徒祷告:
但愿得见梅德琳,哪怕是等它
漫长的几点钟,只要能悄悄
注视她一会,甚或还对她谈话,
下跪、接触、亲吻——膜拜一刹那。

10

他侧身走进来:唉,千万可藏好,

---

① 圣亚尼的祭祀时,必使用羔羊。

谁也不准看见,要不然,百把剑
就刺穿他的心,那爱情的碉堡;
对他说,这里好似一伙生番,
是鬣狗似的仇敌,愤怒的暴君,
连他们的狗都会对他的门楣
吠出诅咒。他们没有一个人
对他心怀仁慈;整个爵府内,
只有一个老媪能以笑颜相对。

11

呵,巧得很!正是那老媪来了,
拄着象牙头的拐杖,蹒蹒跚跚;
他站脚的地方,火炬照不到,
又挡在门柱后为人所不见,
也远离欢笑与嘈杂的喧声:
老媪猛吃一惊,但立刻认出了
是他,便把他的手握在手中,
说道:"天呵,波菲罗!快快逃跑;
他们全在这儿,谁见你也不饶!

12

"快走!快走!矮子西尔得勃兰
最近生过热病,病中还咒骂
你和你的一族,你整个的家园;
莫理斯爵爷虽然是一头白发,
也对你心怀不善——唉!跑吧!
跑得无影无踪。"——"不,老婆婆,
这儿足够安全的;你且坐下,
告诉我——""天哪!别在这,别在这;

跟我来,孩子,不然你免不了灾祸。"

13

他跟着她,穿过低矮的走廊,
他的缨毛擦过了蛛网灰尘,
来到一间小屋,屋里有月光
从窗格透进来,苍白、寂静、阴森,
有如坟墓。老媪这才把心松开。
"现在告诉我吧,"他说,"哪儿是
梅德琳呀?噢,告诉我,请看在
那神圣的织机面上(只有修女
在那上织出圣亚尼的绒衣)。"①

14

"呀,圣亚尼!这是圣亚尼前夕——
可是就在节期,人们还是杀戮:
除非你能叫筛里的水不滴,
要不能把妖魔鬼怪都管住
怎敢到这里?呵,你多叫我心惊,
波菲罗!——竟在今晚跟你见面!
今晚呀,我的小姐要祭神明,
但求天使帮忙,把她骗一骗!
我要笑笑,伤心可有的是时间。"

---

① 在圣亚尼祭礼上使用的羔羊,经常取其毛,用特殊的织机织成布,作成衣服。此处波菲罗就以这"神圣的织机"起誓。

15

她微弱的笑在月光里荡漾；
波菲罗尽望着老媪的面孔，
仿佛是老婆婆坐在炉火旁
戴上眼镜，而小顽童目不转睛
望着她，等她讲解一本奇书。
但一待她说出小姐的心意，
他双目立刻灼亮，却又忍不住
流下眼泪，想到在如此寒夜里，
梅德琳要照古代的传说安息。

16

突然有个念头，像玫瑰花开，
红透了他的鬓角，又在他心中
搅起一片紫波：而等他说出来
这个计谋，老婆婆却吃一惊：
"呀，不料你这么放肆、荒唐；
好姑娘，尽她自个去祷告、做梦、
和好天使做伴吧，千万别让
你这种坏人来打扰。去去！如今
我看你再也不像从前那么好心。"

17

"我绝不惊扰她，呵，神明在上！"
波菲罗说，"如若我不守誓言，
动了她柔发一丝，或对她面庞
投上无礼的一瞥，就让老天

对我临死的祈祷堵住耳朵:
好安吉拉呵,凭这眼泪,请相信
我的真诚吧,不然,就在此刻
我要大声嚎叫,唤出我的仇人,
我要一拼,尽管他们比虎狼还凶。"

18

"咳!你何苦让我这老命残生
跟着你担惊受怕?黄泉不远,
不到午夜就许敲出我的丧钟;
还不是为了你,我每天早晚
都默默祷告!"她说完这番话,
波菲罗立刻也放软了语气;
他是这么难过、悲哀、心乱如麻,
安吉拉一口答应:她必尽力
帮助他,赴汤蹈火也在所不惜。

19

那就是,她要偷偷把他领到
小姐的闺房,把他藏在壁橱里,
这样,他就可以从帷后悄悄
窥伺着美人,以称他的心意。
而如果那一夜,有成队的妖仙
舞于被面,使她的眼受到魔祟,
他也许就缔结了美满姻缘。
呵,自从莫林①将宿债偿还了魔鬼,

---

① 莫林是一个老巫师,因为将符咒给了一个邪恶的少女,少女反将他永远闭锁在一棵橡树里。详见丁尼生(Tennyson,1809—1892)的"国王牧歌"。

还不见有情人今夕如此相会。

20

老婆婆说,"一切都依你的话。
我要快把糖果和糕点摆好:
她的琵琶就挨着刺绣绷架,
你就会看到。哦,我可得去了;
你看我又老又慢,体力不支,
这摆席的大事可糊涂不得:
你且耐心等一会吧,我的孩子,
求求天:你和小姐一定能结合,
不然,就让我死后魂无归所。"

21

说完,她蹒跚地去了,满心惶恐。
恋人的时光真漫长而迟缓;
老乳媪回来了,附在他耳中
说道,"跟我来吧";她惊惶的老眼
生怕暗中有人,不住地张望;
他们穿过了许多阴森廊道,
走到少女幽静的丝帏绣房,
波菲罗快活地在室内藏好,
他的向导也走开,脑中在发烧。

22

正当安吉拉的颤巍巍的手
扶着栏杆,在暗中摸索楼梯,
中魔似的梅德琳恰巧上楼

要来度过她圣亚尼的佳夕:
手执着银烛,她转头将老婆婆
小心扶下楼梯,扶到了平地上。
呵,现在,幸福的少年波菲罗:
准备好吧,快注视那一张绣床;
她来了,又来了,像飞鸽不断回翔。

23

她匆匆进来,烛火被风吹熄,
一缕青烟散入了银灰的月光;
她闭起房门,心跳得多么急,
呵,她已如此临近仙灵和幻象:
别吐一个字,不然就大祸临头!①
可是呵,她的心却充满了言语,
一腔心事好似有骨鲠在喉;
有如一只哑夜莺唱不出歌曲,
只好窒闷于胸,郁郁死在谷里。

24

三层弧形的窗棂十分高大,
有精巧的花纹镂刻在窗顶,
果实、枝叶和芦草缠结垂挂;
窗心嵌着各种样的玻璃水晶:
缤纷的五彩交织,奇光灿烂,
好像虎蛾的翅膀映辉似锦;
在这幽暗如层云的花纹中间,
在天使的荫蔽下,立着一面盾,

---

① 仪式的条件之一是,必须绝对缄默,才能在梦中看到情人。

像被帝王和后妃的血所浸润。

25

寒冷的月色正投在这窗上,
也在梅德琳的玉洁的前胸
照出温暖的绛纹;她正在合掌
向天默祷,像有玫瑰复落手中;
她那银十字变成了紫水晶,
她的发上闪着光轮,有如圣徒:
又好似光辉的天使正待飞升,
呵,波菲罗已看得神志恍惚:
她跪着,这么纯净,似已超然无物。

26

但他又心跳起来:晚祷完毕,
她就除去发间的珠簪和玉针,
又将温馨的宝石一一摘取;
接着解开芳馥的胸兜,让衣裙
缧缧地轻轻滑落在她膝前,
这使她半裸,像拥海藻的人鱼;
沉思了一会,她睁开梦幻的眼,
仿佛她的床上就睡着圣亚尼,
但又不敢回身看,生怕幻象飞去。

27

只片刻,她已朦胧不甚清醒,
微微抖颤在她寒冷的软巢里;
接着来了睡眠,以罂粟的温馨

抚慰了她的四肢,让神魂脱体
好似一缕柔思飞往夜空,
幸福的脱离了苦乐,紧紧闭住
像一本"圣经"在异教徒的手中;
不但忘却阳光,也不沾雨露,
仿佛玫瑰花瓣开了、又能收束。

28

偷到了这天国,满心是狂喜,
波菲罗尽望着她脱下的衣裙;
又细细聆听,是否她的呼吸
已在睡神的温柔乡里苏醒;
呵,确系如此;他谢过了神明,
舒了口气,便蹑足出了壁橱,
像荒野中的恐惧,寂静无声;
他悄然走过地毡,轻踮着脚步,
掀开丝帷只一瞥:呀,她睡得多熟!

29

靠近床边,正有暗淡的月光
投下银灰的朦胧,他就在那里
轻轻放下桌子,又小心地铺上
绣花桌布(朱赤、金黄兼墨玉);
从远处,午夜的宴会不断传来
喧腾的笑闹声、笙箫与鼓号:
噢,但愿梦神的护符能隔开
这刺耳的杂音,尽管如此缥缈;
他关上了堂门,一切复归静悄。

30

她覆盖着喷香的雪白被褥,
正安享为蓝眼睑锁住的睡眠;
波菲罗这时从橱柜里搬出
蜜饯、苹果、青梅和木瓜多盘,
还有各种果酱,滑腻似乳酪,
透明的果子露含有肉桂味,
还有各种香糕,以及自摩洛哥
运来的蜜枣、仙果,无一不备,
无论是沙马甘、①或黎巴嫩的珍贵。

31

这些珍品有的摆在金盘上,
有的盛以银丝编就的筐篮,
它们堆列着,闪着豪华的光芒,
清香四溢,没入幽静的夜寒。
"呵,现在,我的爱,我美丽的天使,
醒来吧!"波菲罗在床边低语:
"你是我的天堂,我是你的隐士:
睁开眼睛呵,别把今宵虚掷,
不然,我就心痛得在你身边长逝。"

32

喃喃着,他以温暖无力的肘
支在她柔软的枕上。层层黑帷

---

① 旧时俄国地名。

遮起她的梦：是午夜的魔咒
像冰川一样裹住梅德琳沉睡。
晶莹的盘子放射月光的明辉，
宽阔的金线闪在毛毡边沿：
呵，仿佛那封住她双眼的梦魅
他将永远、永远无法给驱散；
他沉思片刻，也堕入悠悠的梦幻。

33

他醒来，把她的琵琶拿到手，
弹出了一支久已沉寂的哀曲，
悠扬的——曲调是那么轻柔，
在普罗旺斯，①人称"无情的妖女"：
这乐声在她耳鬓不断回旋，
她动了动，发出轻微的呻吟：
他停住手，看她喘息——而突然
她受惊的蓝眼睛大大睁开：
呵，他跪下了，像石像一样的苍白。

34

眼睁开了，可是她明明看见
梦中的景象，并未因醒而飞去，
只有一点不同了，这使她心酸，
因为她那梦中纯净的欢愉
似乎已经不在了！——她不由得
泪珠盈眶，不断呻吟和叹息；
她把两眼仍旧注视着波菲罗，

---

① 普罗旺斯（Provence），法国南部的一省。

而他呢,两手紧握,满目怜惜,
却不敢惊动她,也不敢言语。

35

"波菲罗呵!"她说,"怎么,我听到
你的声音刚才还那么甜蜜,
你的誓言还在我耳边缭绕,
那多情的目光多么神采奕奕:
呀,你怎么变了!这么苍白、冰冷!
我的波菲罗呵,请再还给我
你那不朽的眼神,喁喁的话声!
爱,别离开我,使我一生难过,
要是你死了,我岂不永远漂泊?"

36

听了这情意绵绵的话,他立刻
站起身,已经不似一个凡人,
而像是由云雾飘起,远远沉没
在那紫红的天际的一颗星。
他已融进了她的梦,好似玫瑰
把它的香味与紫罗兰交融;——
但这时,西北风在猛烈地吹,
刺骨的冰雪敲打窗户,给恋人
提出警告:节夕的月亮已经下沉。

37

天昏地暗,冰雪敲打得急骤:
"这不是梦呀,我的爱,我的新娘!"

天昏地暗,寒风在横扫和嘶吼:
"这不是梦呀,唉!唉!我真悲伤!
波菲罗竟让我在这儿一个人。——
多狠心!是谁引你来到这里的?
但我也不怨尤,因为这颗心
已溶进你的了,即使被你遗弃,
像失散的鸽子,扑着病弱的羽翼。"

38

"哦,我的梅德琳!你多会做梦!
你说,我能否永远受你的福祇?
能否作你的盾牌,牌心涂上朱红?
银色的庙堂呵,我愿安息在此,
我,长期朝拜的香客,饥饿、疲劳,
终于碰见奇迹了。但请放心,
梅德琳呵,我虽找到你的香巢,
我不偷别的,只要你的金身,
要是你允许我对你全心笃信。

39

"听呵!这是仙灵送来的风暴,
它虽然凄厉,却似对我们祝福,
起身吧,起身吧!一会就破晓;
那些酗酒的人绝不会拦阻——
让我们快走吧,亲爱的姑娘,
这时决没人看见,没人听到,
他们都被蜜酒送进了睡乡,
起身吧!起身吧!爱,不要胆小;
为了你,我在南方早把家园置好。"

40

她匆匆跟随他,万分地害怕,
因为强暴的人就在四周歇息,
也许正持矛在幽暗里巡察——
他们从漆黑的楼梯摸索下去。
整个府邸里寂然不闻人声。
每个门前,垂挂的灯在闪烁;
壁上的画帷在狂吼的风中,
人、马、鹰、犬都随着风抖索;
在风过处,地毡一角也时起、时落。

41

他们像是幽灵,潜行到厅堂内;
像是幽灵,他们来到了铁门前;
守门人正蜷伏在那里酣睡,
一只空肚的酒瓶在他身边;
惊醒的狗站直,摇摇全身的毛,
但立刻认出了是主人走近;
门闩轻易地一一滑出闩道,
铁索堆在石板上,守着寂静;
钥匙转动了,大门吱纽了一声。

42

于是他们逃了:呵,在那远古
这一对情人逃奔到风雪中。
那一夜,男爵梦见不幸的事故,
他的勇武的宾客也都被噩梦

久久地纠缠,看见妖魔、鬼怪
和墓穴中蠕动的长条蛆虫。
老安吉拉瘫痪死去,早已不在;
那诵经老僧,诵过了千遍经文,
也寂然坐化在他冰冷的火灰中。

      一八一九年一至二月